Neljäntienristeys

Tommi Kinnunen

四人の交差点

トンミ・キンヌネン

古市真由美 訳

CREST BOOKS
Shinchosha

その部屋に多くの物語が住んでいる
家に捧ぐ

SHELL

NELJÄNTIENRISTEYS

by

Tommi Kinnunen

First published in Finnish by Werner Söderström Ltd (WSOY) in 2014

with the original title Neljäntienristeys

Published in the Japanese language by arrangement with Bonnier Rights Finland,

Helsinki, Finland, through Tuttle-Mori Agency, Inc., Tokyo

Cover Photograph "In the park" by Anni Leppälä

© Anni Leppälä

Photograph "Näkymä kylätielle" (pp. 2–3)

© Eino Kinnunen

Design by Shinchosha Book Design Division

四人の交差点

目次

カーリナの章

オンニの章――― 261

木瘤の中へ閉じ込めよ（気にかけてはいけない、見せてはいけない、反応してはいけない）

一九九六年　病院　*Terveyskeskus*

痛みが巨大な波となってかぶさってくる。わたしをとらえ、引きずっていく。点滴の瓶から血管へ流れ込んでくる液体が、痛みと苦しみを覆い隠している。体は引き裂かれるような激痛を感じているのに、わたしは感じない。

病室にいるわたしの手は、片方がヨハンネスに握られ、もう一方をカーリナに取られている。この女は四十年も同じ家に住んでいるが、わたしはいまでも親しくファーストネームで呼びかけたりしない。

わたしはまたあれが起きるのを目にする。そのとき、その場にはいなかったのに。

上階の窓が荒々しく開く。頭と、裸の上半身が、窓から外へ突き出される。視線がすばやく脇へ走り、それから下へと向けられる。落ちる距離を測っているのだ。

自分の足が上掛けの下でのたうち回るのが見えるが、足の感覚はない。ヨハンネスが何か言いかけて、途中でやめる。わたしには耳を傾ける気力がない。ヨハンネスは口をぎゅっと引き結んで、オンニのよう。父親のよう。

息が苦しい。こんなものはもう見たくないのに。

逃亡者はいったん中へ引っ込んで、シャツをつかみ取る。そのシャツと靴を、窓から外へ落とす。

部屋のドアが激しく叩かれている。部屋の中にいる人物は、ベッドの隅に腰かけたまま呆然としている。ドアはじきに開けるほかない、さもないと壊されてしまう。

優しい男性だった、オンニという人は。お酒も飲まなかったし、暴力もふるわなかった。戦争に行っても、口をきかなくなったり、汗でベッドをぐしょ濡れにしたり、そんなことはなかった。キエスティンキやシュヴァリの激戦を、夢の中で再び戦ったりはしなかった。戦後になると、あの人はあらゆることを思いついた。新しい家が建ち並び始めたとき、家具を作るようになって、あちこちの家の空っぽの部屋を家具でいっぱいにしようとした。やがて、どこの部屋にもテーブルやベッドや脚つきの食器戸棚が納まると、今度は漁網を作り始めた。

子どもたちのことを、あの人は心にかけてくれた。かわいがってもくれた、ヘレナのことさえも。いつも子どもたちの遊び相手をしてやっていた。

窓がまちに片方の足が乗せられ、もう片方がそれに続く。逃亡者は体の向きを変え、窓がまちに手をかけて、窓の外にぶら下がる。まっすぐに伸びた両足が少しのあいだ揺れ続ける。座っている人物の視線をとらえようとしているのだ、わたしにはわかる、片手を差し伸べようとしているはずだ、別れを告げるために、あるいはたぶん、助けを求めるために。やがて窓がまちにかけた手が外れ、迫ってくる地面の衝撃を受け止めようと、膝が半ば曲げられる。

それに、家を建ててくれた、ほかの誰も持っていないような、大きな、立派な家を。あの人は優しい男性だった。けれどわたしのものではなかった。わたしのものでは。月に一度、あの人は長距離バスでオウルへ出かけていった。最初は丸鋸の刃を注文しにいくと言い、椅子を作るのでこのあたりには生えていないカエデの木材を手に入れてくると言い、そのうちに口実も尽きた。わたしは初めから感づいていたけれど、信じようとしなかった。あの人を自分のものだと思いたかった。

積もっていた雪が衝撃をやわらげてくれる。飛び降りた体は転がってバラの茂みに乗り上げる。さらさらの雪が汗に濡れた裸の背中にまとわりつく。

男は立ち上がる。雪の中から靴とシャツを見つけ出す。その場にとどまるのは、右足を、続いて左足を靴に入れるあいだだけ。

上階ではドアが開けられ、見知らぬ男たちが部屋に押し入ってくる。男の一人が窓へ駆け寄り、逃亡者に気づく。ほかの男たちを手ぶりで窓辺へ呼び寄せて、逃げていく後ろ姿を指さす。

オンニが最後にオウルへ出かけていったとき、二度と戻ってこないだろうと、わたしにはわかっていた。

警察から電話があって、ラクシラ地区で彼が見つかったと知らされたとき、わたしを驚かせたのはただ、あの人は十二年も前から屋外トイレの階段の下に隠していたマウザー銃を使わなかった、という事実だけだった。
ヨハンネスが身じろぎする。わたしは片方の目を閉じて、もう片方の目を凝らす。自分の親指が、ヨハンネスとカーリナと、それぞれの手にあざをつけているのが見える。皮膚を傷つけないように、ヨハンネスの手を離す。カーリナの手は握っておく。

男は膝まで雪に埋まる。シャツを着ようともがく。脱いだときに片方の袖が裏返しになったままだった。門のところで、男はどちらへ行くか決めようとする。左へ走り出すが、右へ行くよりずっといいというわけではないとわかっている。——走って。わたしは叫ぶけれど、男には聞こえないと知っている。彼の耳には届かないし、彼は聞こうとしないはず。いまのわたしが、あのときのわたしとは違っていても。

まじりけのない鮮烈な痛みが、ゆっくりと脈打ちながら目の裏側からほとばしる。わたしがもう摘出手術を承諾しなかった腫瘍の場所から。苦痛がつらい映像をさらっていく。苦痛は熱い波となって全身に打ち寄せては引いていき、わたしは体がそのリズムにつれて硬直したり、弛緩したりするのにまかせる。その動きに揺すられるうちに病室の壁が崩れていき、その向こうに子どものころの夏があった。わたしは氷のように冷たい川の水に浮かんでいて、硬い髪が流れにたゆたい、川底の砂の上に広がっている。母が岸辺で血のついた前掛けを煮沸して洗っている。母は首を伸ばし、わたしの姿を目で探す。わたしはヤナギの枝の陰に隠れているけれど、母は見つけて笑い声を上げる。

『ラハヤ、どうせ水に入っているんなら、こっちに来てすすぎを手伝ってよ』

逃げていく人はもういない、わたしも笑って、水に触れるほどしだれている枝をつかみ、水面にはヤナギの木を通り抜けてきた木漏れ日がまだら模様を描いている。

わたしは母さんの小さな娘。戦争より前のこと。オンニより前のこと。

母さんも川もヤナギの木も壁の白いタイルの向こうへ消えていく。太陽は青ざめて蛍光灯になる。

あの人がそばにいるのを感じる。ようやく。

走っていく逃亡者は、自らの鼓動を、息づかいを、足の運びを感じている。追っ手を引き離すことができているのか、振り返って見る勇気はない。

カーリナはもうわたしの右手をほどいて、いまは窓のそばに座っている。

男の目は、おびえきって暴れる馬のよう、屠られた仲間の血の匂いをかぎつけた雄牛のよう、わたしにはそれが見える。肉切り台から逃れようと、行き先も知らぬまま走り続ける。大切なのは、捕まらないこと。

カーリナがわたしをじっと見つめている。

どこへ行くの？　どんどんわたしから離れていく。もうあの人の姿が見えない！

片方の手が誰かに握られたままだ。ヨハンネスのはず。首を回そうとするのに、うまくいかない。

痛みが背中を駆け抜ける。わたしは叫び声を上げ、しかし唇の動きは感じない。

「行かないで！」

カーリナが何か言っている。何を言っているのかはっきりしない。わたしは背をそらせ、体が弓なりに曲がる。わたしは叫び、その声が歳月を越えてオンニの耳に届くことを願う。

「わたしのそばに戻ってきて」

カーリナが返事をするが、わたしには聞こえない。

あの人に戻ってきてほしい。

廊下に続くドアが開いて、ヨハンネスが入ってくる。カーリナが立ち上がって何か説明している。ヨハンネスはベッドの足元に駆け寄ってくる。カーリナは急ぎ足で部屋から出ていく。わたしは肺から息を吐き出し、体がまたベッドの上に落ち着くままにする。

わたしの手を握っている誰かの手に力がこもる。誰なのか、姿を見たい。首の筋肉が言うことを聞かず、目だけ左へ向けて、見ようとする。片方の目で、誰なのか見分けられた。オンニ。汗にまみれて、息を切らして。わたしの手の中で、彼の手が熱い。

「許して」わたしが言うと、彼は小さくうなずく。それからまっすぐにわたしの目を見る。いまも変わらずハンサムだ。

マリアの章

われは誓う、神とその聖なる福音にかけて、
出産の床でわが助けを求むる者あらば、
そのすべてに手を差し伸べんことを。貴き者にも、賤しき者にも、
富める者にも、貧しき者にも、夜であれ、昼であれ。

助産師の誓い　1890年

一八九五年　頭巾の小路　*Huppukuja*

マリアの目は少しずつ薄暗がりに慣れていった。中は狭い。向かい合わせの二方の壁に、あるかなきかの小さな窓が作られているが、そのうちひとつは板で半ばふさがれており、秋の黄昏の光は一方の窓からしか射し込んでこない。外はまだ明るいのに、ドアのすぐ脇にそそり立つ片岩で組んだかまどは、炉床に薄い木切れがくべられていて、赤ん坊を取り上げようとする女たちのために火が燃えていた。かまどには煙突があるが、四方の壁はすすけて真っ黒だ。機織り機に灰色の敷物が織りかけになっている。産婦は、床に両手と両膝をつかされ、寝椅子に寄りかかっていた。床の上には血まみれの布が散らばっている。

マリアは今日やっとここへ呼ばれた。この郡では、出産にあたって助産師を呼びたいと望む人などおらず、まして、この若い新顔に来てほしがる人は皆無だった。先代の助産師は、血や粘液や逆子や、衰弱して死んだ産婦たちを、森に覆われたこの北の土地であまりに多く見てきた結果、限界を超えてしまい、酒浸りになった。話によると、助産師が酒に酔っていて迎えが来ても出かけられず、四か月のうちに五人の産婦が出血多量で命を落としたという。冬のある日には、助産師もなんとかそりに乗り込んだものの、毛皮と織物を何枚も掛けられていたにもかかわらず幅の狭いそりから何度も落ちてしまい、とうとう雪原にぽつんと取り残されて泣き声を上げたそうだ。それでも、そりを引いていた男は助産師の体をそりにくくりつけてやろうとしたのだが、助産師はわめくわ、暴れるわ、しまいには家へ向かって這いずり去っていったという。

そういうわけで、新しい助産師を呼びに来る者は何か月ものあいだひとりもいなかったし、教区牧師の助手でさえ予防接種の仕事に彼女を同行させなかった。教区の中心である教会村では、マリアも何人かの赤子を取り上げたが、みな正常にこの世に生まれ、どのみち生き延びたであろう赤ん坊ばかりだった。それ以上の手柄を、この若い娘はまだ立てていない。それに、周辺の村にはどこも、子どもを取り上げる経験を積んできた地元の女たち、いわゆるサウナ婆や取り上げ女がいて、難産の赤ん坊でも母胎から引きずり出して緊急洗礼（臨終間際で聖職者が不在のとき信者が代わって授ける洗礼）を授けることができる以上、郡が任命した助産師の手を借りにくる者はいなかった。だいたい、この助産師には自分の子どもすらいないのだ。女の世界のことなど、わかっているはずがないではないか。

夕方、間借りしている部屋のドアをカントル（教会で礼拝や儀式の際の音楽を先導する役職）の夫人にノックされ、ちょうど服を脱ぎかけていたマリアはぎくりとした。

「マリアはまだ起きていますか」時刻は五時にもなっていなかったが、夫人はそう尋ね、返事を待たずにドアを開けると、足を引きずりながら中に入ってきた。「マリアに来てほしいという人がいるのだけれど」

マリアは肩掛けを羽織り、夫人とともに板張りのポーチへ向かった。背の低い年配の女がひとり、そこに立っていた。女は黒い絹のスカーフを肩までずらし、名乗ったが、その目はもどかしげに窓からちらちらと外をうかがっている。

「助産師さんに来てもらえないものかと」そう言ってから、女は念を入れて膝を曲げるお辞儀までした。年下の相手に向かって。「これ以上、暗くならないうちに」

カントルの夫人は、一頭立ての軽装馬車を使うように言い、出かける前には幾度となく神の平安を祈ってくれた。この人こそ、子どもを授かる資格があるだろうに、とマリアは思った。だからこそこの人は、ほかの女性の出産があると、それは熱心にかかわっているのだ。この世に生を受けた子どもたちに会おうと、遠い道のりでも出かけていってはくちづけを浴びせ、産褥の床に伏せっている女たちを、部屋はネズミの糞だらけだし床板は朽ちていてと恥じ入らせてしまう。幸い、夫人はいつも、焼きたてのパンや、レイパユースト（焼き目をつけたフレッシュチーズの一種）、コッケリピーマ（濃縮した酸味のある発酵乳）などを携えていくことを心得ていた。おそらくは、人生への切ない望みを持っているからこそ、生まれたばかりの赤ん坊は言うに及ばず、出産したばかりの多くの母親たちをなんとか助けようとしているのかもしれない。子どもを育てるだけの地位と余裕があり、自身もそれを強く望んでいる人に赤ん坊が授からず、一方で、食べるものにも事欠くあばら家のしなびた主婦が、二年に一度は出産の床についているのは、気の毒なことだった。

道々、黒いスカーフの女は、尋ねに応じて自分はお産の床にある娘の母親だと明かし、周囲から、助産師だけは、と反対されたが、それでも呼びに来た、と話してくれた。出産が始まってからすでに長い時間が過ぎており、母親の目には産婦の状態があまりに危うくなってきたように映ったため、助けを求めようとして抜け出してきたという。ただし、産婦自身も助産師に来てもらうことは望んでいない、それを忘れないでほしい、ということだった。

そんないきさつを知った上で、マリアはいま、ここにいるのだった。入口の階段には男がふたり座り込んで、新たな動きがあるのを待っている。男たちは招かれざる客を目で追った。

「まだ子どもじゃないか」

　ふたりのうち、この家のあるじと覚しき、若いほうの男が言った。

「手がちっこいのはいいぞ」年かさの男が応じた。「ズボンを下ろしてみろ、どうしてだか教えてもらえるから」

　若いほうの男は笑わなかった。マリアを見ているが、何も言わない。マリアはふたりのあいだをすり抜けて、台所や居間や仕事場を兼ねているその部屋へ足を踏み入れた。ふたりとも脇に寄ってはくれなかった。

　中に入ると、産婦が苦悶する雌牛の目でマリアを迎えた。額に汗を浮かべ、ふたりの取り上げ女に付き添われている。取り上げ女のひとりが、誰か入ってきたのに気づいて立ち上がった。布で手をふいているが、そこにはすでに乾いて茶色くなった血がこびりついている。マリアはドアのそばに置かれた水がめの脇に鞄を下ろした。もうひとりの、若いほうの取り上げ女も、マリアに気づいた。先に気づいたほうは足を止め、棒でかまどの木切れから火を取るとパイプに火をつけた。やがてマリアの前までやってきた取り上げ女は、じろじろと値踏みする目つきでマリアの頭のてっぺんから爪先まで眺め回した。手を伸ばし、コルセットで整えているマリアの脇腹に軽く触れてくる。

「へえ、こんなお嬢さまなのかい、新しい助産師は」

　そう言って産婦のほうへ向き直り、パイプから長々と煙を吸い込んだ。

「いくら押したところで、出てきやしないさ。つっかえてるんだよ」

　マリアは天井へ昇っていく煙の渦を目で追っていた。取り上げ女が目の前に立っている。マリアが産婦の姿を見ようとすると、取り上げ女は視線をさえぎるように立ちはだかる。取り上げ女の脇から覗き込もうとしても、やはり視線の先に立たれてしまった。

「死ぬだろうね。ふたりとも」そう言った取り上げ女の声はむやみに大きすぎると、マリアは思った。出産の床で死ぬこともある、それはもちろん知っている。そんなことをわざわざ産婦に伝える必要はない。

「かなり出血しましたか？」マリアは尋ねた。

「かなりなんてもんじゃないね」

「容態は？」

「まだ生きてるよ」

取り上げ女は少なくともマリアの倍は歳を取っていた。パイプからさらにひと吸いし、鼻から煙を吐き出している。煙が渦を巻き、すでにすっかりすすけている天井を目指して昇っていく。やがて取り上げ女がマリアを見た。

「お嬢さんは、どうするつもりだったのかね？」

マリアは相手に背を向けるとドアへ歩み寄った。ドアのところには黒いスカーフの女が滑り込んできていて、寝椅子に目をやっている。マリアは女をちらりと見て、それから部屋の奥を振り返った。母になりかけの娘が、ぐったりしたまなざしで自分の母親を見つめている。若いほうの取り上げ女がその背中をさすってやっていた。

「助産師が階段で男衆の相手をしているつもりなら、棺桶に入れる準備ができたときに知らせるから」若い取り上げ女が言った。この人はあまりにも若すぎるのだろうと、マリアは思った。言葉と裏腹に、まなざしはおどおどしている。

黒いスカーフの女がマリアの背後にやってきた。目を開けている気力をなくした娘を見つめている。

「あんたがたがこの子を殺したら」女は枕に顔を埋めている娘を指さして言った。「あたしはあんたがたを殺してやる」

「何を言ってる?」

「この子はあたしのたったひとりの子どもなんだよ。あたしにはこの子しかいないんだ」

若い取り上げ女は年かさの取り上げ女の視線をとらえようとしている。

「助産師の見立ては?」

「あたしが命を救います」

「まさか、どうやって?」

「わからない。いまはまだ」

年かさの取り上げ女はふたりを見ていたが、やがて脇にのいた。かまどのでっぱりでパイプを叩き、灰を落とすふりをしながら、頭を動かして産婦のほうを示す。マリアは鞄を取り上げると、産婦に歩み寄り、首筋に触れて脈を測った。産婦の目が開き、焦点を合わせようとしている。

「母になろうとしている、この人の名は?」

「リエティです」黒いスカーフの女が答えた。

教区簿冊に記録されている正式な名はリーッカか、それともフレデリーッカそのままだろうか、とマリアは考えた。カントルの夫人の名をもらったのだ。夫人が知ったら、きっと喜ぶだろう。この家にはカンパニス(フィンランド北部の伝統的な焼き菓子)の山が常に築かれることになるだろう。

「仰向けにしてもらえますか」

取り上げ女たちはためらっていたが、やがてマリアの言葉に従った。ふたりで産婦の腰を支え、体を持ち上げて、寝椅子の角に寝かせる。年かさの取り上げ女が産婦の胸から冷えた汗をぬぐい取り、黒いスカーフの女は娘が寒くないように古い毛布を掛けてやった。リエティが静かにうめき声を上げた。マリアは毛布をめくり、その端を産婦の腹の上に置いた。

赤ん坊の頭がすでに半分露出しており、ただその顔はマリアのほうを向いてしまっていた。両目が開かれていて、瞳にはわずかに緑の色合いが差している。その目がまばたきすることはなかった。マリアは赤ん坊の額に触れてみた。ひんやりしている。産婦の腹の上部と両脇に手を当ててみた。さらに、左手を腹の上に置き、右手で脇腹を強く押した。動きはない。若いほうの取り上げ女が、マリアの動作を食い入るように見つめている。年かさのほうは窓辺に立っているが、やはりマリアのすることを見守っている。マリアは床の上の鞄に手を伸ばし、中から筒状の聴診器を取り出した。先端を産婦の張り詰めた腹に押し当て、音を聞き取ろうとする。何も聞こえない。片手を赤ん坊の首に沿って滑らせながら、慎重に母胎の中へもぐり込ませると、やがて肩に行き当たった。指先でそっと探ってみる。鎖骨が一本折れている、おそらくもう一本も。肩がつかえてしまっているのだ。

「どれくらいこの状態が続いてるんですか？」

「三日目の晩だよ」

若い取り上げ女が答えた。年かさのほうはかぶりを振っている。

「もう、出てこないよ」

「ええ」

マリアは赤ん坊の額の上に指で小さな十字を切った。

ドアが開いた。男のひとりはドアのあった空間に立ち止まったままで、ひんやりとした風が吹き込んできて床を這ったが、もうひとりは中に入ってきた。その目は女たちの顔を順繰りに見て、やがて黒いスカーフの女のところで止まった。

「まだ生きてるか？」

「どっちが？」

男は返事をしなかった。粘土質の泥にまみれた長靴姿でのろのろと部屋を横切り、寝椅子にいる妻のかたわらに腰を下ろす。産婦の目は開かない。男はその汗ばんだ額に触れたが、あわてて手を浮かせた。手はしばらく宙に浮いていたものの、やがて下ろされ、妻の髪をなで始めた。

「イエス・キリストがおまえの面倒を見てくださる。それから、お慈悲を与えてくださるだろうよ」

黒いスカーフの女が泣き出した。

「いったい何ができたっていうのさ、こんな娘っ子に」若いほうの取り上げ女が挑むようにマリアを見た。年かさのほうは窓辺を離れ、マリアのそばに寄ってきた。

「一緒に埋葬するかね、それとも別々に？」ほかの人に聞こえないよう声を潜めてささやき、マリアの肩に手を置く。「必要なら、赤ん坊はあたしが引っ張り出してやるよ、リエティが息を引き取ったらね。緊急洗礼が間に合ったと言えばいい、そうすれば誰も何も言わないだろうよ。リーッカという名を授けたことにしよう」

マリアは部屋の中の様子を眺めていた。外はすでにほぼ真っ暗だ。若いほうの取り上げ女が、先ほどから燃えていた木切れに新たな木切れを足して火をつけた。この家のあるじは寝椅子の端に腰かけて、両手を膝に置いたままだ。その顔にはあきらめの表情が浮かんでいる。黒いスカーフの女は泣きやまない。マリアは苛立たしさを覚えた。

「この家にプーッコ（伝統的な片刃のナイフ）はありますか？」マリアは尋ねた。

「何をするつもり？」

「どうしてもプーッコがいるんです」

最初に動いたのは黒いスカーフの女だった。部屋のテーブルの上にないかと見にいく。

「プーッコ」それを何に使うのか知らないまま、女はその言葉を繰り返した。「助産師がプーッコをほしいと」

マリアは自分の声に自信をにじませようと努めた。

「ご主人がプーッコを探してください。あなたはバケツを持ってきて」そう言って、若いほうの取り上げ女を手ぶりで示す。

「何に使うのかね」

年かさの取り上げ女が訊いたが、内心では抵抗を感じているようだ。

「乳しぼりのバケツでいい？」若いほうが言った。

「いえ、木でできたのはだめ。トタンのがあったら、それを持ってきて。お湯は沸いている？」

年かさの取り上げ女が火のほうへ向き直り、若い取り上げ女は外へ走り出ていった。あるじはどうしたらいいかわからずに、ただ黒いスカーフの女の探し物を見守っている。ドアのところに立っている男が、プーッコを身につけていることを思い出した。腰のベルトから引き抜く。

「こんなのならあるが」

「上等すぎます。ほかにはない？　どこの家だって、プーッコが何本もあるはずよ」

マリアのてきぱきした物腰があるじにも乗り移った。

「厩にあるかもしれない」

「だったら、取ってきな」

年かさの取り上げ女はそう言って、三本足の大鍋から湯を汲んだ。男はもう一度妻のほうへ目をやったが、やがて立ち上がると出ていった。

「それと、腸線も」

マリアはあるじの背中に向かって叫んだ。中に入ってきた若い取り上げ女は、金属製の洗い桶を携えている。

「これでいい？」

黒いスカーフの女は、かまどの隅に古いプーッコが一本あったのと、もっと新しいのが材木の隙間にあるのも見つけ出していた。あるじが厩からもう一本、刃渡りの長いものを持ってきて、テーブルの上に置く。

マリアはプーッコを選び始めた。重さを確かめ、一本ずつ手に持って手首を回してみる。結局、いちばん古くて刃渡りを短く研いである一本を選んだ。もはやジャガイモの皮むきや、小魚のムイックの処理くらいにしか使われていなかったものだ。それを若い取り上げ女に差し出す。

「煮沸して。腸線は？」

「見つからなくて」

マリアは上着のボタンを外して脱ぐと、たたんでテーブルの上に置いた。鞄から前掛けを取り出して身につけ、部屋の中を見回す。やがてテーブルから刃渡りの長いプーッコを取り上げると、機織り機に歩み寄った。端の縦糸から、たっぷり一キューナラ（古い長さの単位。六十センチ弱）ほど切り取って、それを鍋の湯に浸す。女たちは三人とも、マリアのすることを見守っている。

「何をするつもり？」

「外へ出て。みんな」

男たちはそれ以上何も訊かず、マリアの言葉に従った。この世で起きるさまざまなことどものうち、出産は女だけが取り仕切る場だ。若い取り上げ女はマリアを見ていたが、そのうちに黒いスカートの女を促して出ていった。年かさの取り上げ女も後に続く。ドアのところで、年かさのほうが振り返った。

「手助けはいらないかい？」

マリアはかぶりを振った。

「手助けしてもらえる段階を過ぎているから」

取り上げ女は外へ出ていき、ドアを閉めた。マリアはプーッコと糸を手に取ったが、がらんとした部屋の中で、その動きはしばし止まった。心の中では、小さな手が自分のほうへ伸ばされてくるのが見えていた。

「母さん、置いてっちゃいやだよう」

「置いてなんかいかないから」

「絶対に?」

静けさが重苦しかった。リエティに意識があるかどうか、マリアにははっきりわからなかった。両目はわずかに開いているが、顔の前で手を動かしても視線が追ってこない。それでも脈は感じられた。マリアは産婦の腰を寝椅子の端まで引きずり寄せ、床の上、両脚のあいだに洗い桶を置いた。寝椅子の前に膝をつくと、コルセットのボーンが脇腹に当たるのを感じた。糸を手に取り、一方の端を右手、もう一方を左手の人さし指にそれぞれ巻きつける。それから、両手を赤ん坊の頭のところへ持っていき、糸の両端を顔の両側に当てると、顔の表面に沿って動かし始めた。糸は、額、小さな鼻、と越えていく。マリアは親指で押していき、糸はあごを越えた。糸をさらに中へ押し入れ、赤ん坊の首に掛ける。それから、糸を赤ん坊の首に押しつけるようにして手を前後に動かし始めた。動きにつれて赤ん坊の頭がかすかに揺れている。吐き気がマリアを襲う。両目をぎゅっと閉じた。


「母さん、一緒に連れてって」

「母さんは遠くへ行くの。助産師の勉強をしに、首都まで行くのよ。小さい子は連れていけないの」

「母さん、おうちに帰ってくる?」

「必ず帰ってくるから。ほんとに、必ず。そのあいだ、ここでよく面倒を見てもらいましょうね」

マリアは両手で糸をますます深く食い込ませ、赤ん坊の頭がぐらぐら揺れた。泣きたくなってきた。歯を食いしばる。リエティが小さなうめき声を漏らした。痛かったのかもしれない。マリアはしばし力を緩めた。外の階段から、くぐもった話し声が聞こえてくる。

そちら北の地から何のお便りもありませんので、こちらからお手紙を差し上げます。お送りしたお金は、受け取っていただけましたでしょうか？　ここヘルシンキで貯金組合に預け入れ、あなたさまのお名前で送金しました。できましたら、二言、三言、お手紙をお書きいただき、すべて問題ないとお知らせくだされば幸いです。

赤ん坊の頭が後ろにそり返っていく。まるで、何も映さぬその目で天井を観察していたのが、目を動かしてかまどの煙突を見ることに決め、やがて火床へ、さらに薪の箱へと視線を落としていくかのようだ。ついにマリアは指先にぽきりと小さな感触を覚え、赤ん坊の頭が糸とともに力なく揺れ出した。

お子さんのために送ってくださいましたよそいきの靴、ありがたく感謝しております。わたしは病が重く、やっと起き上がれるようになったばかりだもので、これまで便りをすることがかなわなかったのです。お気の毒だけれども、お子さんの具合がたいそう悪いこと、この手紙でお知らせしなくてはなりません。

マリアが糸を引き下ろして抜き取ると、洗い桶にごとりと重たい音が響いた。胃がむかむかする。あわてて前のめりになり、両手で洗い桶のふちをつかんだ。苦い胃液がせり上がってきたが、吐くところまでいかない。指に巻いていた糸をほどいた。糸が皮膚にきつく食い込んでいたせいで、指は膨れて太くなり、冷たくなっている。刃渡りの短いプーッコを取ろうと、寝椅子の上を手探りした。やがてプーッコを手に取ると、刃先がむき出しにならないよう親指を押しつけた。嗚咽が頬を濡らしている。前がよく見えなかったが、見るべきものなど何もなかった。マリアは片手で死んだ赤ん坊の肩を探り当て、もう一方の手でプーッコを産婦の体の中へ慎重に滑り込ませた。

そちら北の地方の様子はいかがでしょうか？　子どもの病気はよくなりましたか、それともまだ熱があるのでしょうか？　お医者さまに診せる必要があるのなら、どうかそうしてください。きっとどこかからお金を借りて、請求のあった分はすべて、必ずきっちりお支払いいたします。

マリアの手はゆっくりと動いた。プーッコに指を何本か当て、ニンジンを刻むかのように刃の先端近くを親指に押しつける。部屋の中はほぼ真っ暗だったが、マリアは気づいていなかった。何も思わず、考えず、疑問も持たずに、なすべきことをする。一片、また一片と、洗い桶はいっぱいになっていった。マリアの腹の底で声が目覚め、それはほとんど咆哮となって彼女の口からほとばしり出た。柔らかくなったリエティの腹部に頭を押しつけて、マリアは叫び、切り刻んだ。コルセットのボーンが肺を締めつける。マリアの頭の下で、リエティの腹部が震え、揺れた。

宣誓をお済ませになった助産師さまに、お祝いを申し上げねばいけないところですが、同時に、わたしどもに対してあまりお怒りにならぬよう、お願いする次第です。こちらでは大勢が同じ病にかかり、大人でも容易には助からなかったのです。あの靴はここにお返しさせていただきます。何を言っても詮ないことかもしれませんが、幸いにもあっという間の出来事で、ついにはもうこの世でなくあちら側へ召されましたこと、お伝えいたします。

外の話し声は聞こえなくなっていた。しまいにドアが細く開けられ、年かさの取り上げ女がランプを持っておそるおそる中へ入ってきた。マリアの頭はまだリエティの腹に預けられている。口をぽっかり開けているが、もう声は出てこない。ぬかるみじみた血と粘液が、洗い桶にゆっくりとしたたり落ちている。取り上げ女は振り返り、若いほうに入ってくるよう合図した。若い取り上げ女も入ってきたが、洗い桶を目にしたとたん足を止めた。おびえている。年かさの取り上げ女はそれに気づき、腕を取って産婦のそばへ引っ張っていった。ランプが寝椅子の毛布の上に置かれる。リエティの両目は開いていて、視線が炎の動きを追った。

年かさの取り上げ女は床から洗い桶を取り、若いほうに差し出した。若い取り上げ女は手を伸ばしたくなさそうだったが、相手が洗い桶を掲げたまま目の前から動かさずにいるので、最後には受け取った。年かさの取り上げ女はもう一度床に手を伸ばし、血まみれの布を取ると、それを洗い桶にかぶせた。

「外へ持ってお行き。もしも訊かれたら、すすぐのに使った水だと言えばいい」

「どこへ置いておけば?」

「それはあんたが考えな。ただし、ごみ溜めはだめだ。どこへ持っていったか、誰にも言うんじゃないよ」

若い取り上げ女は出ていった。入れ違いに、ドアから黒いスカーフの女が中を覗き込んできた。中からは安心させるようにうなずき返す。女の緊張がみるみる解けるのがわかった。

年かさの取り上げ女は、もう一枚、やはり血まみれの布を拾い上げた。片手をマリアの肩に置き、布を差し出す。

「助産師さん、あとはまかせておくれ。ちょっと休むといい」


ここに以下のごとく告知を行う。助産師学校生徒マリア・トゥオメラは、ヘルシンキ分娩室で指導を受け、助産技術にかかわる研鑽を積んだのち、本日、公の試験にて満足すべき技量を持つことを示したため、同人は助産師として認定され、規則と法令により、フィンランドで助産師に与えられる庇護と権利を享受する資格があることを宣言する。


マリアは脇腹から床にくずおれた。頰がざらついた床板に当たる。しっかりした、心の休まる感触だった。

取り上げ女はドアの脇の水がめに歩み寄り、カップに水を汲んだ。それから寝椅子の端に腰を下ろし、リエティに水を飲ませ始めたが、目はずっとマリアの様子をうかがっている。まるで、ひたすらかぶりを振り続けているかのような様子だ。マリアは仰向けになり、すると靴のかかとが床に当たってこつんと音を立てた。梁が天井を横切り、天井板は黒いのを、ランプの灯りの中で眺める。

まぶたが重い。取り上げ女がリエティの飲み残しの水をマリアに差し出してくれる。嗚咽が波となって戻ってきた。

一九〇四年　旅籠の道　*Kievarintie*

シーツ類は繕ってあるものの清潔。それにしても、大広間に座る場所があるというのに、自立した女性客がなぜ、たったひとり部屋で食事しなければならないのか。それと、シチューは前日の残り物らしく、吐き気を覚えた。

マリアは赤い表紙の宿帳に几帳面な筆跡でそう書き込んだ。旅籠の主人は初めのうち、いまどき宿帳をつける必要はないからとしぶっていたが、最後には根負けして、別室から帳面を持ってきたのだった。宿帳には五か月以上前から何も記録されていない。マリアはさらに何か書いてやろうと思いを巡らせたが、あらが思いつかなかった。ベッドにもぞもぞ動くものの姿はなかったし、テーブル掛けは言えば持ってきてくれた。マリアはペンを浮かせた。旅籠の主人が、ほとんど挑むような目つきでこちらを見つめてくる。

「書き終わったのかね、奥さん」

「未婚です」

マリアは相手の視線を受け止め、それから再びペン先を下ろした。

バターが傷んでいて、臭った。

書き上げた文章を読み返し、最後にピリオドを丁寧に打つと、マリアはペンを主人に返した。主人は宿帳を自分のほうへ向け、内容に目を通している。その眉が吊り上がった。

「シチューは厨房からできたてを持っていったし、バターは夕方に乳から作ったやつだったがね」

「そのペンをもう一度貸してください」

マリアはペン先をインクで濡らすと、文章の下に日付と自分の名前を書き込んだ。ペンはそこで少しのあいだ動きを止めたが、やがて名前の下にひとこと、〈助産師〉の文字が書き加えられた。

「必ず善処しておきますよ」

マリアはゴブラン織りの手提げ鞄を持って外へ出た。オウルまでは、まだ九ペニンクルマ（古い長さの単位。一ペニンクルマは十キロメートルに相当）近くあるが、十時前には余裕を持って到着できるだろう。

駅馬車にはマリアと御者だけで、御者は二十代だろう、口数の少ない若者だった。馬は老いぼれで痩せこけていたが、足の運びは安定しているし、道は砂が敷かれて平らにならされている。夏の盛りの太陽が、地面をミズゴケに覆われた森に照りつけてくる。ときどき、道端の側溝にたまった水から蚊の大群が現れて旅人に襲いかかってきたが、マリアは軽装馬車の座席で旅を楽しんでいた。イソツツジの花が匂い立ち、風のない場所ではその香りがほとんど耐えがたいまでにきつくなる。幸い、ひらけた場所に出れば、風がヒースと砂の香りを運んできてくれた。時折かすかに潮と海藻の香りを感じた気さえする。アカマツ、アカマツ、アカマツ。針葉樹しか生えていない森には、マリアはどうしてもなじめそうになかった。せめて、どっしりしたシラカバの一本でもまじっていてほしい。それから、人家は道沿いに立っていてほしい、小道もない森のそこここに散らばっているのでなく。

馬の歩調の規則正しさと森の香りが眠気を運んでくる。マリアの目は半分閉じていたが、意識はしっかり目覚めているのを感じていた。馬が足を速めると、新たに生まれたリズムが古い歌を思い起こさせた。その歌は、いまでは心に痛みやつらい思いを運んでくることもなく、過ぎた歳月にまつわるただのぼやけた記憶になっている。マリアは心の中でしばらくハミングしていたが、やがて歌詞をあらかた思い出すと、声を上げて歌い始めた。御者の若者が妙なものでも見るような目を向けてきても、笑いたくなるばかりだ。二番の歌詞を、彼女はさらに声を張り上げて歌った。

あんたを一度、愛したけれど
ほかにも大勢、幾度も愛した
戯れにあんたをかき抱き
いたずら心でくちづけをした

道沿いにやっと建築物が姿を現し始めた。最初はぽつりぽつりと見えるささやかな小屋、そのうちにもう少し大きな建物、ついには屋敷。遠くにオウルの大聖堂の塔が見えてくる。道は左に折れ、広々とした河口地帯に向かって下り坂になった。小さな詰所の前で、御者の若者は馬車を停めた。

「ここで金を払ってもらわないと」

「運賃なら出発するときに払ったわよ」

「そのほかに橋の通行料がいるんだ」

「そんなこと、誰が言ってるの？　前回来たときは、お金なんてまったく払ってません」

「上流の鉄道橋なら金はかからないけど、ここらの橋はみんな通行料を取るんだよ」

橋守りがもう馬車の脇に立っていた。帽子のてっぺんに手をやり、期待のこもったまなざしを、まずは御者に、それからマリアに向けてくる。

「おいくらですか？」マリアは橋守りに尋ねた。

「馬一頭につきちょうど一マルッカだ」

マリアはぱちんと音を立てて鞄の口を開け、財布を探った。高い料金だが、鉄道橋へ回ったら時間がかかりすぎるだろう。

「馬じゃなければ、いくらなんですか？」

「歩いて渡れば五ペンニだが」

マリアは五ペンニ硬貨を取り出して橋守りの手に渡した。それから馬車を飛び降り、鞄を取った。

「馬車はもうここで帰っていいわ。あとは歩くから」

マリアはいくつかある橋をどんどん渡っていった。中ほどの、リンナンサーリ島に渡る橋は、まだ新しかった。ほかの橋と違い、木ではなく鉄の板で造られていて、水路に灰色の虹がかかったようだ。靴の下で橋がきしむ。橋の真ん中で立ち止まると、マリアは鞄を欄干に預けた。暑い日なのに、手に触れる鉄板はひんやりと冷たい。金属と塗料の匂いがする。鞄から一通の手紙を取り出し、道順をもう一度確かめたが、道順ならそらんじていた。海辺に向かってさらに歩き、弧を描くようにして西通りに近づいていく。石畳の道を足早に進み、パッカフオネ通りで左に曲がった。しばらく視線を走らせるうちに、目的の店の看板が見つかった。マリアは少しのあいだ立ち止まり、コルセットのボーンを引っ張って位置を直してから、店に足を踏み入れた。

勘定台の向こうに、マリアより若い男が立っていた。値踏みするような目を向けてきたが、やがてその顔に好意的な笑みが広がった。マリアは、着ているものこそ田舎者のそれだが、小間使いには見えず、明らかに顧客と思えたのだろう。

「こんにちは《グダー》」

「こんにちは《パイヴァー》。お手紙をいただいた者ですが、注文した品を取りに来ていいということでしたね」

男もスウェーデン語からフィンランド語に切り替えた。

「おっしゃるとおりです、奥さん」

「未婚です。見せていただけますか？」

「お嬢さんがお待ちくださるなら、取ってきますよ」

男は脇のドアから中庭に出ると、倉庫に向かって歩み去っていった。マリアはその姿が見えなくなるまで目で追い続けたが、あとは待つことにした。ほどなく男が戻ってきた。そして勘定台の扉を開けてくれた。

「こちらへ来て、ご覧ください。鞄はここに置いておいてもかまいませんよ」

鞄は持ったままで、マリアは男について中庭へ出た。倉庫に続く傾斜路に、まばゆいばかりに真新しい自転車が立てかけられている。がっしりしたフレームは明るい青で、太い車輪のリムは暗い赤だ。フロントフォークの上部に紋章がついていて、それをぐるりと囲んでいるリボン状の部分には〈フリース兄弟社　コッコラ〉の文字がある。マリアは自転車のあらゆる部分をじっくり眺め、ハンドルを握って車体を持ち上げたり、ペダルを試したりした。美しい自転車だが、薬剤師が持っていたのとはどこか違う気がする。マリアは曲げられてカーブを描いている自転車の各部に指を滑らせた。ある部分で指が止まった。ここが、なんとなく違っている。

「勝手ながら、ご婦人用の型を注文させていただきました」店の男が言った。

「紳士用とはどう違うんですか？」

「フレームが補強されていますので、真ん中にパイプがないんです。スカートをお召しになったお嬢さんが乗るのに、これのほうが楽ですよ」

型の変更はマリアを苛立たせた。自分で選び、注文した自転車なのに、ふたを開けたらこれだ。男は身をかがめてくると微笑を浮かべた。

「それに、ご婦人用の自転車なら、脛をあらわにしなくて済みますから」

「そんなもの、隠さないといけないとでも？」

会話の雲行きが怪しくなってきたことに気づいたのだろう、男は話題を変えた。

「いかがです、こちらでよろしいですか？」

マリアはあらためて考え込んだ。自分のためにわざわざ婦人用の自転車を注文する必要が、どこにあったのだろう。これは、足でペダルを漕いで運転するように作られている乗り物で、足なら自分も、紳士がたと同じ数だけあるのに。それでも、自転車はマリアの中に、スピードと自由と、お産に呼ばれれば自分の力で出かけていける、行動の可能性への思いを目覚めさせた。チェーンの油のかすかな匂いは、砂地の道や吹き渡る風、そして、新聞記事で描写されていた、手つかずの自然の静かなる威厳を心に運んできた。

「こちら、いただこうと思います」

男がマリアのためにドアを開けてくれ、ふたりは店の中へ戻った。マリアは再び鞄の口を開け、底のほうに隠しておいた布の包みを探った。包みを開き、何枚もの紙幣を勘定台に置いて、手の端でしわを伸ばす。さらに財布から硬貨を取り出し、紙幣の上に注意深く積み上げてから、紙幣ごと男のほうへ差し出した。

「お願いします」

「お嬢さんは配達がお入り用ですか？　馬車に託してお届けすることもできますが」

「いいえ、結構です。そこの通りまで出していただければ」

男が自転車を支えているうちに、マリアは鞄の持ち手を片方のハンドルにさっと通した。それから自転車に手を伸ばし、押しながら歩き始めた。軽く感じる。マリアの様子を、店の男が眺めていた。

「自転車、お乗りになれるんですか？」

マリアは動きを止めて男に目をやった。ポマードの甘ったるい匂いを感じる。

「ご自分は乗れるんですか？」

「教えて差し上げますよ」

「学校には通われました？」

意外な質問に、男は返事ができずにいる。

「学校を出ていない男性が乗れるなら、学校を出た女性に乗れないわけがないでしょ？」

マリアは市の立つ広場まで自転車を押していった。出店の周りには人が集まっていて騒がしく、マリアは新しく建てられた屋内市場の向こう、立ち並ぶ赤い倉庫の陰まで行って自転車を停めた。自転車を左に傾け、片足を右側のペダルに乗せる。それから、ゆっくりと車体を右に戻し、バランスを取ろうとした。少し緊張している。ひとりで乗るのは初めてなのだ。前回乗ったのは春の終わりで、そのときは薬剤師が自転車を押さえ、肩を軽く支えていてくれた。

左足をペダルに掛けようとしたが、自転車はすぐさま左に傾いてしまい、広場の地面に支えてもらうしかなくなった。車体をもっと右に傾けようとすると、今度は右に倒れそうになる。マリアはサドルにまたがって両足を地面についた。片足ずつ持ち上げて、バランスを取ろうとする。自分の村で乗ったときは、この段階で薬剤師が後ろに立ち、タイヤを足で挟んで、自転車が倒れないように支えてくれていたのだ。薬剤師は、マリアの体の両脇から手を伸ばしてハンドルを握り、マリアは背に当たる彼の胸板の熱を感じていた。そのとき、ふたりに貼りついて目を光らせていた薬剤師の妹たちのうち、太っているほうが近づいてきて、小声で言った。ふたりの姿勢はいかにも不適切だし、そもそも婦人が自転車に乗ること自体が不適切だし、それに、開け放しの門から村の人たちが練習につき合っている殿方の姿を見て笑っているかもしれない、と。

バランスが取れるようになってきたので、マリアは足で地面を押して自転車を進ませてみた。しっかりと、滑るように前進していく。サドルに腰を据え、両足で蹴ってスピードを上げた。するとハンドルに掛けた鞄が前に後ろに揺れ、その動きに前輪が持っていかれて、斜めに傾いてしまった。自転車を停め、サドルから降りる。鞄をハンドルから外して、どこに置けば安心だろう、と考えた。広場にたむろしていた酒浸りの男どもが幾人か、倉庫の階段にやってきて、マリアの練習ぶりを見物している。ひとりの男が別のひとりの脇腹をつついて首を傾け、マリアの足首をじろじろ眺め回してきた。

「おねえさん、なんかちらちら見えてるな」

マリアは男たちをにらみ返した。

「スカートの下に何があるかくらい、自分でちゃんとわかってるし、あんただって知ってるんでしょ。だけど、あんたよりあたしのほうが、もっとよく知ってるんだから」

ほかの男たちがどっと笑い、少し遅れて、じろじろ見ていたひとりも笑い出した。みんなに取り残されたくなかったのだろう。いちばん背の高い男がマリアに近づいてきた。

「その鞄はこっちの後ろに載せたらいいよ」

男はマリアの鞄を取ると、後輪の上にある荷台に載せてくれた。マリアは荷台にまったく気づいていなかった。助産師の道具を入れた鞄も、ここに載せればよさそうだ。

「ああ、そんなのがあったの。どうもありがとう」

「おねえさん、スピードを出してみるといい。もっと速く走れば、倒れなくなるから」

マリアは男を見た。ひげはそっていないし、厚手で毛羽立った毛織り生地の上着は袖口がぴかぴかになるほどくたびれているものの、清潔だ。この男なら信用できそうに思えた。

「やってみせて」

マリアが男のほうに自転車を押しやると、男はハンドルを握り、片足を上げてフレームをまたいだ。マリアは男の動作を注意深く観察した。男はもう一方の足をペダルに掛け、反対側の足で地面を蹴って軽く勢いをつけてからペダルを漕ぎ始めた。男の姿が屋内市場の建物の向こうに消えていくのを、マリアは落ち着いて見守り、ほどなく男は建物の反対側から現れて一同の前に戻ってきた。

男はサドルから降りると、自転車を押してマリアのところに帰ってきた。

「腰掛けるのは、スピードが出てからにするといいんだ」


酒浸りの男たちが帰っていき、最後まで残っていた出店が店じまいするころになっても、マリアはまだ練習していた。ふいに、こつが呑み込めた。自転車に乗って広場を二回、最初はそろそろと、次はもっと自信を持ってぐるりと回り、ランタ通りを渡ろうとしている男たちの脇を走り抜けながら手を振った。やがて練習場所まで戻ってくると、マリアは自転車から降りた。荷台から鞄を下ろしてその口を開き、丁寧にたたんでクラフト紙に包んでおいた黒い服を取り出す。今日のためにわざわざ生地を買って縫い上げた、自転車用のマントだ。円錐状の二枚の布を重ね合わせてあり、隙間から手を出してハンドルを握ることができるようになっている。マリアはマントを広げ、襟元のふたつのボタンを外すと、さっと羽織った。ボタンを留め、鞄は荷台に戻して、サドルにまたがる。出発だ。


石畳の通りを走ると自転車が上下に揺れて、マリアは気分が悪くなった。橋を渡る前に自転車を降り、財布から五ペンニ硬貨を取り出して準備しておいた。ところが、橋守りは料金を受け取ってもまだ手を引っ込めない。

「自転車で渡るんなら十ペンニだ」

「あたしは足で歩いて渡るのよ、自転車はついてくるだけでしょ」

「自転車のぶんも、もらわんとな」

「払う気があるかどうか、自転車に訊いて」

橋守りの抗議の声にはかまわず、マリアは向こう岸のトゥイラまで自転車を押していき、再びサドルにまたがった。街道は平坦で乾いており、自転車は軽やかに走ったが、気分の悪さは治まらない。先ほどよりはましになったものの、胸の奥、食道のあたりに居座ったままだ。マリアは一定のリズムでペダルを踏み、来るときの楽しくはずんだ気分を取り戻そうとしたが、うまくいかなかった。マントが暑いし、コルセットのボーンが脇腹を締めつけてくる。自転車を停め、マントをたたんで鞄に戻すと、また走り始めた。それでも暑さはやわらいでくれなかった。行く手にはまだ、少なくとも二十ペニンクルマの距離が残っている。歌を口ずさもうとしたが、うまく思い出せなかった。

道は湿地のほとりを走っており、アブが一匹、自転車に乗った人間の汗の匂いをかぎつけてきた。マリアの周りをしつこく飛び回り、ときどきどこかにとまって姿が見えなくなったり、ぱっと飛び去っていったりするが、やがてまた戻ってくる。首筋や足首にとまろうとする。マリアはペダルを漕ぐ足に力を入れてアブを振り切ろうとしたが、アブはマリアの周りで、ときに大きく、ときに小さく輪を描きながら飛び続けた。太陽が熱く照りつけ、マリアは左手で上着のボタンを外した。どこからかイソツツジの刺すような強い香りが漂ってくる。どこまで行ってもアカマツばかりだ。

突然、マリアは口の中に金属の味を覚え、気分の悪さが波となって彼女に覆いかぶさってきた。ブレーキをかけ、サドルから飛び降りたところで、口から嘔吐物がほとばしった。胃が激しく縮こまり、ついに口から出てくるのは胆汁だけになった。マリアは側溝の土手に膝をつき、地面で体を支えていた。気分が悪いのは楽になったが、力が入らない。朝食のバターか、昨日のシチューのせいだ。アブが手にとまった。肌を探っていたアブが小さな刺し傷を作ろうとした瞬間、叩き潰した。

新たな考えがマリアの心に飛び込んできた。藪の中に仰向けにひっくり返り、雲を見上げる。そうなのだろうか？　学校を出たりなんだり、してきたというのに、自分で自分のことがわかっていないほど愚かだったのだろうか？

新たな情熱、新たな可能性が、マリアの中に満ちてきた。立ち上がり、スカートからコケモモの葉を払う。カントルの家で借りている部屋は、ふたりでは手狭になるだろうから、新しい住まいを探さなくてはならない。自分の家、最初はごくささやかでいい。マリアは青く輝く自転車に手を伸ばし、再びサドルにまたがった。相手が誰であろうと、台所の魔法使いなんかになる気はない、洗濯係にも、料理番にもなりはしない。彼女は自立した女性だった。郡に任命され報酬を受け取って働く助産師、尊敬され、必要とされる存在だ。この十年で、マリアの評判は周辺の郡にも響き渡っており、さらに遠くの村から助けを求めてくる人が、日ごと夜ごとに増えている。マリアは自転車を起こし、ペダルに足を掛けた。大丈夫、きっとやっていける、これまで生きてきて常にそうしてきたように。

マリアは両足を地面に戻した。薬剤師はどうする？　彼になんと言えばいい？　いずれにしろ彼の妹たちが黙っていないだろう、それはいまからわかっている。

息ができないと感じた。マリアは、すでにボタンを外してあった上着をすばやく脱いでハンドルに掛けると、背中に手を回してコルセットのひもを探った。ひもを引いて緩めようとしたが、結び目がほどけない。ひもをちぎり、結び目を左右から引っ張ったが、どうにもならない。それでも結び目は、両手を掛けられる程度には緩んでくれた。結び目をまっすぐ上に引っ張り続けると、ついには布の裂ける音が背中から響いた。コルセットのボーンをつかみ、むりやり引き下げていくうちに、ひもがじれったいたいほどのろのろと緩み始めて、体が解放された。マリアはコルセットを引っ張り上げ、虫がさなぎを脱ぎ捨てるように頭から脱ぐと、側溝の土手に放り投げた。胸いっぱいに空気を吸い込む。両手で乳房の重みを測り、腹部を優しくなでる。息をするのが楽になった。新たな幸せが、もう一度この手に。

　マリアはハンドルから上着を取って再び身につけたが、ボタンは留めず、右足をペダルに掛けると、左足で地面を蹴って進み始めた。風がたちまち胸元に吹きつけてきたが、ひんやりとして、心を落ち着かせてくれる気がする。あと、たった二十ペニンクルマだ。婦人用の自転車は乗りやすい、特にスカートをはいている場合には。

　男の子だったら、名前は希望《トイヴォ》にしよう。

一九二五年　階梯　*Porrastus*

「今日はもう小さく火をおこしても大丈夫だ、そうすれば内側から乾き始めるから」

石工は、金属板で覆われた背の高い筒形ストーブの焚き口のふたを、閉めてはまた開き、何度か往復させながら、きちんと動くか確かめている。やがてもう一度ふたを閉じると、掛け金を掛けた。作業の成果を、マリアは満足して眺めている。これで新しい部屋にもストーブが入った。手に持っていた薪のかごを、ストーブのそばの床に下ろす。石工はかごから薪を一本取って、かぶりを振った。

「ただの小枝がいいんだ、温度が上がりすぎんようにな。いらないごみくずなんかでいいんだよ」

「だったら、もっと小さいのを取ってこないとね」

マリアはかごを再び手に取ると、以前は窓があった場所を打ち抜いて作ったドアを通って、広間にあるストーブのところへ持っていく。

家の反対側の端から槌音が響いてきて、広間に置いてある燭台の台座が音に合わせて震えている。新しい台所を造っている大工が、開けておいた下穴に連結材になる棒を打ち込んでいるのだろう、振動は部屋の壁に伝わり、そこから広間へ、さらに家中へと広がっていく。壁の寸法がすべて打ち合わせ通りか、確かめておかなくては。広間の壁も、常に目を光らせておくべきという頭がなかっために、二キューナラ近く寸法が短くなってしまったのだ。前の大工は、ちょうどその長さの材木を安く買ったからと言っていたが、家を外から見たとき窓が等間隔に並んでいないさまは、マリアを苛立たせたのだった。

もともと村の北のはずれに立っていたのは、台所のほかに部屋がひとつのささやかな建物で、マリアがその家を買ったのは二十年近く前のことだった。そこで娘とともに二、三年暮らし、働いてお金を稼いで、家の一方に広間を建て増しした。それから夏がいくつか過ぎたころ、反対側に部屋をふたつ増やした。今回は、広間の向こうにもう二部屋増やすつもりで、反対側の突き当たりには広い台所が姿を現しつつある。いままでの狭い台所は控えの間にして、いま使っている部屋は新しい台所への通り道にしよう。食堂にするのもいいだろうか。そういう部屋が、少なくとも牧師館や警察署長の屋敷にはある。村人たちは、家の建て増しが続くことを訝って、助産師は女の手が届く範囲を超えてさらに手を伸ばそうとしている、などと言ったが、マリアは意に介さなかった。ときどき、娘のラハヤでさえも母親の建築熱を不思議がり、こんなに部屋があっていったい何に使うのかと尋ねてきた。マリアは答えることができなかったし、実際答えなかった。建てたいから、建てるのだ。それ以上の理由がいるだろうか。

マリアは、玄関先に置いてある薪の箱から、隠しておいた瓶を取り出した。禁酒法も、こんな高原地方までは力が及ばない。

瓶をポーチへ持っていき、テーブルに載せる。ポーチの窓ガラス越しに、大工の助手が材木を家の中へ入れようとしている様子が見え、マリアはそれを目で追った。助手がこれから窓になる穴に材木を立てかけ、しゃがんで材木の下の端を押し上げていく。ある時点で、材木はまるで自分から動いたかのように家の中へと滑り落ち始める。大工がそれを受け止めた。新しい台所はすでに壁が半分できあがっている。マリアは、郵便配達夫がポーチのテーブルに置いていった手紙の束を取り上げ、広間へと戻りながら封筒に目を通した。何通かの差出人と切手をとりわけ仔細に眺めていたが、一通も封を開けることなく、束ごと前掛けのポケットに入れる。この中にどういうものがあるか、もちろんわかっている。それでも、あの話はどうしてもしなければならないだろう。

マリアは台所を抜けて部屋へ行き、ドアを隔てて隣り合う部屋の物音が聞こえてこないかと耳をそばだてた。外壁を通して、重たい材木が積み上げられて下の材木にぶつかるときの振動が伝わってくる。マリアはノックをしたが、返事は聞こえない。鍵を回し、ドアを開ける。隣の部屋はカーテンが閉め切ってあり、ラハヤは自分のベッドで横になっていた。一応、服を着替えてはいる。目を覚ましているが、視線はこちらへ向けてこない。マリアは部屋に踏み込み、カーテンをすべて開けた。ラハヤが壁のほうに顔をそむける。マリアはベッドに腰掛け、娘の肩に手を置いた。

「もう、だいぶ進んでいるのかい?」

「何の話ですか?」

ラハヤの体がこわばったが、視線は向こうに向けられたままだ。

「赤ん坊ができるのは、何もこの世で最悪の出来事ってわけじゃない」マリアは言葉を続ける。

「お母さん、どこからそんなことを思いついたんです」

「娘がサウナにひとりで入るようになって、家の中じゃいつも前掛けをかけている。どういうことか察するくらい、助産師にしてみればわけもなかったよ」

ラハヤは何も言わずにいるが、その体からは力が抜けていく。マリアはラハヤの脇に寝そべり、両手を娘の体に回した。

「心配いらない。生きていくうちには、みじめなことがたくさん起きるけれど、これはその類いじゃない」

ラハヤの指がマリアの手をとらえ、その腕を自分の体にいっそう強く巻きつける。マリアは娘の首筋に息を吹きかけてやる。娘に伝えてやりたい。この世では、自ら望みさえすれば、ちゃんと足から着地することができるのだと。

「相手はレヘトヴァーラ家のアクかい？」

「彼にはもう長いこと会ってません」

「彼なのかい？」

「お願い、怒らないで」

「怒ったりするかね。男はみんな、そういうものだよ。玉を蹴飛ばしてやればよかったのに、おまえに教える暇がなかったからね」

「お母さんったら！」

ラハヤはもう笑っている。空気が軽くなる。

「それがいちばんいい方法さ！」マリアはさらに言った。

「二番目にいいのは？」

「家畜小屋に寝床を作ってやることだね」

久しぶりにラハヤが笑うのを見て、マリアはうれしくなる。

「ただね、アクって男は、お酒を飲むんじゃなかったかい？」

「それほどひどくないんです。だけどあの人、どこにいるんだかわからなくて。誰も消息を聞いてないし、どこへ行ったのか、知ってる人がひとりもいないし」

「あの男が見つからなかったとしても、大丈夫、やっていけるさ。母さんだって、おまえとふたりでやってこられたんだから」

「でも、あの人、約束してくれたんです」

そのとき、隣の部屋から足音と石工の声が聞こえてきた。

「助産師さんはいるかね？」

マリアはラハヤの体に回していた腕をほどき、ベッドから起き上がる。スカートにくっついた羽毛をつまみ取ってから、ドアを開ける。帽子を手にした石工が部屋の中にいた。

「ぼちぼち完成なんだが」

「行きますよ」

マリアはドアのところまで行ったが、踵を返し、ラハヤの脇腹を軽く叩いた。

「すぐにまた、もっと話をしようね」

壁の向こうから、釘が木材に打ち込まれる音が響いてくる。

新しい部屋に着くと、石工は一歩さがって自らの仕事のできばえをじっくりと眺めた。

「こういう寝室向けなら、石材だけでも十分なものができたがね。しかし、こいつは悪くない」

「すばらしいよ」

「こんな金属板の内側に石を組んだことなんぞ、これまで一度もなかったよ。助産師さんはどこで苦行から解放してやることにした。

こんなのを思いついたのかね」

「オウルから取り寄せたんだよ」

石工はストーブに一歩近づき、金属板の覆いをコンコンと叩いている。

「たしかに、ひびが入っても外から見えないってのは、いいな」

マリアはしばらく、石工がストーブに近づいたり離れたりするままにしておいたが、やがて彼を苦行から解放してやることにした。

「ポーチのテーブルに、親方の忘れ物があるみたいだよ」

石工の顔に笑みが広がった。マリアに向かって、うなずいてみせる。

「煙突に窓ガラスをはめ込んでふさいだりしてないでしょうね？」マリアが尋ねる。

「助産師さん相手に、そんなことをするもんかね」

石工は帽子をかぶり、金鎚を手に取って、忘れ物はないかとあたりを見回している。

マリアは石工を送って、広間を通り、外に出た。ドアの前で、石工がもう一度振り返る。

「かまどを造るときは、また声をかけておくれ。それか、まだ建て増しを続けるというんでも」

「もう、これくらいでいいんじゃないかと思うんだけど」

石工はテーブルの上の瓶をさっと取り、工具箱にしまい込んだ。

「前回もそう言ってたよ。この家はもう、そりを引くトナカイの列みたいに長くなってるな」

石工は帽子を持ち上げて、ドアを開けた。

「じゃ、助産師さん、火にくべるのは何かごくつまらんものだ、忘れんようにな」

ドアが閉まり、マリアは去っていく男を見送った。ポーチの窓に、色ガラスを入れてもいいかもしれない。カントルの夫人がいつも色ガラスの話をしていたが、夫人がそれを手に入れたことはついになかった。

マリアは新しい部屋を覗かずにはいられなかった。片方の部屋の壁紙には気持ちがはずんだが、もうひと部屋のほうは、日が当たって明るいから、もっと暗い色にしてもよかったかもしれないと思う。窓辺には花を飾ってもいいし、ベッドと、もちろん洗面用の戸棚も買おう。

「お母さんはこっち側に移るつもりですか？」

ラハヤが広間に来ていた。この三日間で初めて、娘が自分の部屋から出てきたことで、マリアの心は満たされていく。

「玄関から遠すぎるよ。誰かがお産だと呼びに来ても、ここじゃ聞こえない」

ラハヤが広間の安楽椅子に腰を下ろす。ひじ掛けをさすっている娘の姿を、マリアは眺めやる。

「ここをおまえの部屋にしたらどう？」娘に提案してみる。「あっちの、もうひとつの部屋を子ども部屋にして」

ラハヤはマリアの言葉に耳を傾けている。

「あそこに赤ん坊のベッドを置いて、あっちに衣装だんすを置けばいい」

ラハヤは椅子から立ち上がり、ドアのところまで様子を見にやってきた。興味がそろそろと頭をもたげてきたようだ。

「それとも、逆がいいだろうかね？」マリアは続けた。「道に近いほうをおまえの部屋にして、庭のほうは子ども部屋にしようか」

「ここなら落ち着けそうですね」

「台所がむやみに遠すぎるかい？」

「でも、お母さんには、あっちの端の部屋でならゆっくりしてもらえるかもしれませんね。お産がひと晩中かかったあとなんかでも、赤ん坊のせいで起こされたりせずに眠っていてもらえるし」

ラハヤの中に活力がわき上がってくるのを、マリアは満足して眺めていた。心の中で家具の配置を考えているのだろう、娘は久しぶりに満ち足りた顔をしている。もう、ベッドや、いまの部屋にある大きな戸棚は、どこの壁際に置くのがぴったりかと見繕い、部屋と部屋のあいだを往復しては、家具の形を宙に描いている。娘の口から出た言葉のひとつを、マリアは聞き落とした。

「何と言ったの？」

「もっと幅のあるベッドを手に入れないと」

「何のために？」

「ふたりで使えるベッドなんて、うちにはひとつもないでしょう」

「ふたり？　赤ん坊は、こっちの部屋で眠るんじゃないか」

「そうだけど、こっちはあたしとアクの部屋になるんですから」

マリアの心に、収穫の祭りのときラハヤの腕にできていた青あざや、ひげにこすられて傷だらけだった頬が浮かんでくる。

「そうだね。彼が見つかればね」

「見つかってもらわないと。あたしはお母さんと同じようにはできない。こういう何もかもを、ひとりでやるつもりなんてないんです」

「だったら、あの男に出てきてもらうしかないね。仕事を探しにいったんだとしたら？」

「そうだったらいいんだけど！　そのこと、どこで訊けばいいのかしら？　お母さん、訊ける？」

「やってみてもいいけどね。訊くくらい、いつでもできるよ」

「ところで、あそこの空いているところにドアを作ることはできるかしら。広間を通らなくてもいいように」

「たぶん、できるんじゃないかね」

ラハヤは、ベッドの毛布がふたり分に足りるか確かめようと、自分の部屋へ向かっていった。マリアも新しい台所を造っている大工たちの様子を見にいきかけたが、ストーブを乾燥させるために火を入れるべきことを思い出した。台所の薪箱から細い枝を何本か選び、かまどの隅からマッチ箱を取る。広間に入ると、シーツなどをしまった戸棚の前で足を止め、たたんである夏用カーテンの隙間から、封を切っていない手紙を三通、引っ張り出した。前掛けのポケットから今日の郵便物を取り出し、そのうち一通を抜き取って先ほどの三通と一緒にしてから、残りはポケットに戻す。

部屋でマリアはストーブの火床に枝を積み上げた。手紙をくしゃくしゃに丸め、枝の後ろに突っ込む。マッチ箱を開けてマッチを一本つまみ出し、箱に擦って火をつける。マッチ棒を封筒に押しつけ、火が切手を呑み込むまで待った。ユナイテッド・ステイツ・オブ・アメリカ。この家に暖かさが足りなくなることはないだろう。

一九三三年　色男の道　*Shemeikantie*

下から数えて四段目が、踏むたびにたわんでしまう。庭から屋根裏部屋へ上がるその外階段を、マリアはとっくの昔に修繕しておくべきだったのだが、傷んでいることを思い出すのはそこを通るときだけなのだった。もう、その段を飛ばして上り下りすることに慣れてしまっているが、今日のスカートではそういうわけにいかない。マリアは箱を持つ手を替え、もう一方の手で手すりを握って、用心しつつその段に足を乗せる。動きがぎくしゃくしている。ラハヤにどうしてもと言われて今日はコルセットで体を締めつけることになったのだが、マリアはそれを帳消しにするかのように、レースと、高価な人絹の青い生地を何メートルも注文し、自分用に淡く輝くドレスを仕立て上げていた。ラハヤはあきれ顔だった。なにしろ教会には黒い服を着ていない限りお呼びでないと言われている。しかしマリアにとって、そんなことはどうでもよかった。

「だったら、あたしは外に立って、窓から中を覗くことにするよ。もっとも、あたしを教会から追い出そうっていう聖堂番の顔は、見てやりたいけどね」

マリアはショールを首筋までまっすぐに引っ張り上げ、屋根裏部屋のドアをノックする。

「もう、入っていいかい？」

ラハヤは小さな鏡台をテーブルに載せ、自分の姿を確かめていた。マリアが部屋に入ると、さっと立ち上がってドレスの裾を広げる。

「どうですか？」

花嫁衣装は、マリアの目には風変わりと映った。丈が一定でなく、脇は裾が長く垂れているが、前から見ると足首と脛があらわになっている。同じように、ウエストが胴のくびれに合っておらず、腰の張り出した部分まで滑り落ちている。ラハヤが自分で仕立てたドレスで、彼女は初めのうち、雑誌から映画スターや王族の婚礼写真を切り抜いては取っておき、やがてクリーム色の生地を首都から取り寄せて、ついには仕立てに取りかかったのだった。まずは手縫いで、途中からは隣人に借りた足踏みミシンで。できあがったドレスは、いくつものてんでばらばらなスタイルと、あちこちから拝借したさまざまな創意工夫とが、まぜこぜになったものだった。それでもラハヤの裁縫の腕前は、その気になればこの道で食べていけそうなほど優れているようだ。それにこのドレスにも、幸い袖はついている。

ラハヤは、どんな感想が返ってくるかとおびえて下を向き、その立ち姿は奇妙にこわばっている。不思議な思いがマリアを貫いた。その思いは腹の底からわき上がり、喉を通って、両目にまで届いた。彼女の美しい小さな娘が、結婚の準備を整えてそこに立ち、それでもなお、母の承認の言葉にすがろうとしている。マリアは喉がふさがるのを覚えた。

「きれいだとも。世界一きれいな花嫁だよ」

娘の体の緊張がほぐれ、肩の力が抜ける。

「ほんと？」

マリアは持ってきた箱を開けると、薄紙を広げて、自分で編んだギンバイカの花冠を出してみせた。両手で持ち上げ、ラハヤの前に差し出す。娘の肩に再び力が入る。

「ギンバイカの花はだめ、アンナがいるんですから。だから、ドレスだって純白にしなかったんですよ」

「こんなもの、ただの植物じゃないか。白だって、ただの色、それだけだよ」

「悪く言われます」

「ドレスが何色だろうと、悪口を言われるときは言われるさ。だいたい、おまえが悪く言われる筋合いなんか、ないじゃないか」

ラハヤは答えず、指の関節を鳴らしている。緊張しているようだ。

「怖いのかい？」

「少し」

「取りやめにしたい？」

「そんなことはするものじゃありません」

「恥はいっときのものだけれど、間違いはいつまでもついて回るよ」

「オンニのどこが間違いだっていうんですか」

「そういう意味じゃない。ただ、もしも確信が持てないのなら、重大な約束はしないほうがいい」

「これがあたしの選択なんです、あとは手に取るだけよ」

「だったら、そうしなさい」

ラハヤは値踏みするようなまなざしをマリアに向け、目を細めた。

「それとも、アメリカからまだ手紙が来てたんですか？」

マリアは驚きのあまり口をぽかんと開けた。それに気づいたラハヤが、頭をぐっとそらす。

「知るわけがないと思っていた？」

ラハヤはテーブルからヴェールを取って、頭にかぶった。マリアの目には、顔の両側から背中に向かってレースが垂れ下がっているふちなし帽に見える。ラハヤはヘアピンでヴェールを留めつけている。

「いまのあたしには、子どもも、仕事も、家もあって、もうすぐ夫も手に入るのね」

「ほかの人たちとは、手に入る順番が違うだけでね。それが何だというの」

「ほんと。あたしは自分の力で生きてるんですもの」

「おまえはすべてを持っているよ」

「そう。あたしはひとりぼっちでは終わらなかった、ほかの人たちと同じように」

マリアは答えようとせず、代わりに花冠を差し出した。

「つけるかい？」

ラハヤがうなずく。マリアは花冠をヴェールの上にそっと載せ、ピンを二、三本使って留めつけた。一歩さがって、娘の姿をよく見てから、うなずいてみせる。ラハヤは振り返り、鏡に映る自分の姿に目をやっている。

「もうすぐ、すべてがあたしのものになる」

そのとき階段から足音が聞こえ、ノックの音が響いた。

「支度はできたかな？」オンニの声が尋ねてくる。

「入っていいわよ」

オンニは黒いスーツにネクタイというでたちだ。髪はポマードですっかりなでつけている。部屋の真ん中で腰に手を当てて立っているラハヤの姿に、オンニが目を留めた。彼の顔に太陽が昇ってくる。

「映画スターそのものだよ」

ラハヤは彼の服の襟を直し、ベストが曲がっているのを引っ張ってまっすぐにしてやっている。

マリアは持ってきた箱を思い出し、中からギンバイカの花を編んだ小さな胸飾りを取り出した。

「あんたにも、あげたいものがあるんだよ」

ラハヤが胸飾りを受け取って、夫となる人の胸に留め始める。

「それをつけたら、あんたも処女ってわけかね」

マリアが言い、ラハヤが笑い出す。オンニの顔に微妙な表情が浮かんだが、すぐに消えていく。

ラハヤは胸飾りのピンを留め終えて、オンニの胸を軽く叩いた。

「夫が稼いで、家を建てるのが習わしだけど。でも、うちにはもう家もあるし、妻は自分で食いぶちを稼いでいるし」

「おれにも何か、やることが見つかるといいけど」オンニはそう言ってベストのポケットから懐中時計を引っ張り出す。「そろそろ行かないと。ハイヤーが、もう来てるよ」

アンナは階段のいちばん下の段に座り、はんぱ糸で作られた人形でひとり遊びをしていた。屋根裏部屋のドアが開き、新郎新婦が下りてくると、アンナは人形たちをひっつかんでワンピースのポケットに突っ込み、階段を二、三段上った。

「オンニ、あたしもおんなじ自動車に乗っていい？」

「父さんって呼ぶんでしょ」

ラハヤが訂正したが、オンニはにこにこしている。

「おれのことは好きなように呼んだらいいよ」

「お馬さんって呼んでもいい？」アンナが確かめる。

「いいよ」

「わんちゃんって呼んでもいい？」

「いいよ」

アンナの笑い声がオンニにも伝染する。ラハヤはオンニの腕を取ると、アンナに警告するように、額にしわを寄せてみせた。

「つまらないおしゃべりはおしまい。さあ、母さんの番よ」

オンニは花嫁をエスコートして階段を下りたが、アンナの前を通るとき、茶目っ気たっぷりにアンナの鼻をひねった。アンナがけたたけた笑う。走ってふたりのあとを追いかけていき、オンニの手を取る。三人が、丸みを帯びた自動車に向かって歩いていく様子を、マリアは見守っていた。新郎は両手に花だ。オンニは子どもともうまくやっていけそうだ。彼が結婚を望む理由は、ふたりのうちどちらなのだろう。

マリアは、結婚を祝う人々が新郎新婦を見送ろうと庭に集まっているさまを見下ろした。路上に立っている者もいれば、教会に向けていつでも出発できるよう軽装馬車に乗っている者もいるし、ラハヤの女子補助部隊の仲間も幾人か、遠慮がちに庭の門のところまで来ている。新郎新婦に祝福の言葉が降り注ぎ、特に興奮しているうちのひとりがマリアにも膝を曲げるお辞儀をした。

「花嫁のお母さん、おめでとうございます」

「べつに、あたしが何かしたわけじゃないけどね」

階段を下りながら、マリアは傷んでいる段のことを思い出し、そこを注意深く避けた。オンニは手仕事が上手だという話だから、頼んで直してもらおう。そういえば、広間のドアも、枠がきつくて途中で止まってしまい、きちんと閉まらない。あれも鉋をかけてもらえばいい、家に手先の器用な男がいてくれることになるのだから。

オンニが自動車のドアを開け、ラハヤは後ろの座席へ乗り込んだ。マリアは庭を横切って自分の軽装馬車のところへ向かう。隣家の息子が、頼んでおいたとおり馬をつないでおいてくれ、いまはその息子が前の席にいて手綱を握っている。マリアはいつものように、前の席に乗り込んで自分で馬車を操ろうとしたが、隣家の息子が妙な顔をしているのに気づいた。地面に下り、後ろの座席に乗り直す。自動車のドアが開いて、ラハヤが目でマリアを探している。

「アンナはお母さんのほうに乗せていいですか？　でないとドレスの裾がしわくちゃになりそうで」

「だったら、こっちへよこしなさい」

アンナが自動車から飛び降り、馬車に向かって走ってきた。マリアは手を伸ばし、隣に座るのを手伝ってやる。ラハヤがドアを閉め、自動車は教会を目指してゆっくりと走り始める。

馬車が庭から表通りへ出ていき、参列者たちが列を成して静かに付き従ってくる。オンニの親族は誰も来ていない。マリアは過ぎていく建物を眺めていた。平安協会の建物の屋根に防水シートが広げられていて、作業していた男たちが行列に手を振ってくれる。

アンナは毛糸の人形をまた取り出して、座席に並べ始めた。

「何の遊びをしているの？」

「おままごと」

人形が三つ、背もたれに寄りかかり、並んで座っている。

「どれがアンナなの？」

「これよ。こっちが母さん」

「これはオンニ？」

「違うよ、それはおばあちゃんだよ」

「オンニはどこにいるの？」

アンナは前掛けのポケットから人形をひとつ、ほかより大きめのものを取り出した。

「これがそうかな。でも、いなくていいの」

「いいのかい？」

「だって、何に使うの？」

マリアは口を開きかけて、また閉じてしまう。何かに使えるという理由で人を必要としてはいけない、その人だからこそ必要だと思わなくては。そんなことを、どうやってこの子に説明できるだろう。カラマツの向こうに木造の教会の丸屋根が高くそびえ、鐘楼の小窓が早くも開けられていく。自動車が教会の敷地に停まっていて、オンニがラハヤのためにドアを開けようと車を降りて回り込んでいる。マリアの馬車に気づいて、手を振ってきた。

オンニは、前もって決められた目的を果たすために、マリアたちの家に連れてこられるのだろうか、家畜小屋のネズミ捕りの猫や、番犬を飼い始めるように。オンニの仕事は、ドアの木枠に鉋をかけ、階段を修理することなのだろうか。それとも、持ち主が人生においてすべてを手に入れたことを誇示するための、印の役割を務めることなのだろうか。

人生は建物だと、マリアは思っている。多くの部屋や広間を持ち、それぞれにいくつもの扉がある、大きな家。誰もが自分で扉を選び、台所やポーチを通り抜け、通路では新たな扉を探す。正しい扉も、間違った扉も、ひとつとして存在しない、なぜなら扉は単に扉でしかないからだ。ときには、初めに目指していたのとまったく違う場所にいることに気づいたりもする。自分で選んだ扉を開け、それらを閉めて、助産師学校という部屋や、薬剤師という部屋や、苦境を切り抜けるという部屋をも通ってきた結果として、マリアはここにいる。それがいま、意図しないままに孫娘までここに連れてきてしまったと気づいたのだ。どういう部屋にたどりついたか理解していない孫娘、その子は結婚式が執り行われる教会の前で、この世では男にどういう使い道があるのかと行儀よく尋ねてくるのだった。

一九三六年　深い森の道　*Selkostie*

マリアが帰宅の馬そりに乗れたのは、宵の口になってからのことだった。お産に予想していたよりはるかに長い時間がかかった。産婦の骨盤がくる病のために変形してしまっており、狭い産道が赤ん坊の頭を受け入れることができずにいたのだ。産婦の忍耐力以上に、助産師の手の力が必要になった。幸い、産声を受け入れる余地なら、この世界には常にある。生まれ落ちた赤ん坊は、出てくるまでのあいだに頭の形が異様に細長く変形していた。赤ん坊の母親はそれを見て青ざめたが、大丈夫、ちゃんと治る、とマリアが請け合うと落ち着いた。おっぱいを飲み、よく眠れば、じきにほかの子と変わらない姿になるだろう。母親もやはりそれを信じた。

痩せた馬はマリアの家の敷地へとカーブを切って進んでいく。村の表通りが緩い曲線を描き、それから四つ辻と教会へ向かってまっすぐに延びていく場所を、マリアに助けを求めてやってくる人々は、彼女にちなんだ名で呼ぶようになった。助けを必要とする者なら誰でも、村で〝助産師の曲がり角〟はどこかと訊けばよいことを知っている。目の粗い毛織りの外套を着てそりを操っている男は、口数が少ない。家族の新顔をどうやって食べさせていけばいいのかと考えているのだろう。マリアは気の毒だとは思っていない。すでに前回のお産の時点で、もう少し控えるようにと助言してあったのだ。女房の体を秋の畑みたいに耕し続ける必要はないし、子どもの数はもっと少なくても十分なくらいだ、と。今回も同じことを言ったし、それに対して、殖えるだの地に満ちるだの、暗記しているらしい同じ返事が返ってきたのを聞く気にもなれなかった。

毛織りの外套の男は馬を止めたが、立って助産師がそりを降りるのを手伝おうとはしない。マリアは毛皮の掛け布をはたいて、雪をすっかり落としてから立ち上がる。道はどこも以前に比べればよく整備されているが、それでも背中が痛む。何十年ものあいだ、道なき道をはるかに越えて、人々はここへマリアを迎えにやってきた。あるときは馬で、あるときはトナカイぞりで、あるときはスキーを履いて。そのたびにマリアは、オオカミの毛皮のコートをさっと羽織り、鞄を取って、ラハヤには隣の奥さんに面倒をみてもらうよう言いつけ、家をあとにしてきた。何百もの、さらにまた何百もの出産、緊急洗礼、そして唱えられた主の祈り。子宮の中で失われた命に敬意を払い、出産の床で最後の一滴まで出血してしまった女たちを追悼するために。それでもまた、骨のもろくなった女たちは次から次へと、十何人目かの子を産み落とすために床に伏せる。女たちは大声を出し、悲鳴を上げ、誰かを突き飛ばしたり押しのけたり、気を失ったり、母や姉妹や天におわす厳かなる神に助けを求めたりした挙げ句、ようやくその腕に泣き叫ぶ血まみれの新たな命を抱くのだった。

マリアは外階段を上りながら、手を振ろうと振り返ったが、男は何も言わぬまま、もうこちらに背を向けている。亭主たちに好かれていないことはわかっているし、そもそも、彼らがマリアに好意を持つ理由などあるだろうか。マリアがこの郡の助産師に任命されたのは、彼らのためではないのだから。辺鄙な村の取り上げ女やサウナ婆が、精一杯手を尽くしても新たな命をこの世に迎え入れることができなかったり、産婦が何日も悲鳴を上げ続けてとうとう意識を失ってしまったり、そんな事態に陥ってようやく、人々はほかに手段がないと観念し、この村へ助産師を呼びに来た。出かけるとき、マリアは常に、困難な出産が待っているだろうとわかっていた。そのためにこそ、彼女がいるのだ。

マリアは重たいドアを開け、控えの間を通って台所へ入ると、どっしりした上着を脱いで釘に掛けた。台所のテーブルの皿に、分厚い豚の肩肉のローストがひと切れ盛ってあるのは、ラハヤがマリアのために用意しておいてくれたのだろう。フォークを取り、ほろほろの肉を崩して、立ったまま食べ始める。オーブンで焼き上げた肉は濃厚な味わいだ。火が通りすぎていて、肉の繊維が勝手にほぐれてしまうほど。呼ばれていった家で食事を勧められたし、出された薄い穀物粉の粥は、相手に敬意を表するためにちゃんと口に運びもしたが、食べたのは小さな杓子でひとすくい分だけで、しかも粥をすくうとき、杓子をなみなみと満たしはしなかった。食べ物は、より必要に迫られている人々、そこの家族の口に入るべきだ。マリアはテーブルの前に腰を下ろした。足を伸ばし、足首を回す。

産婦に対しては、マリアは親切に、優しく接している。頬をなで、舌を噛んだせいで血のまじるつばを口元からぬぐい取り、励まして、マリア自身が信じているよりもっとうまくいくと暗示をかけてやる。最初から最後まで、痛みもなく、気持ちよくことが運ぶだろうし、赤ん坊は雪の斜面をお尻で滑り降りる子どもみたいにするすると生まれ落ちるだろうし、生まれてくる子はお父さんとお母さんに喜びと栄誉をもたらすだろうし、ひょっとして大人になったら国会議員になるかもしれない。国会に行って、最果ての森に生きる農夫の暮らしぶりが実際にはどんなものか、なみいる人々に語り聞かせるだろう、と。産婦たちは産みの苦しみの中でマリアの話に耳を傾けたし、もしかすると信じ込む者さえいたかもしれない。茶色いゴキブリが部屋の隅から産婦の額にぽとりと落ちてきても、産婦の目は希望と、いまより楽な暮らしへの思いをいっぱいにたたえてゆらめくのだった。そんなとき産婦の心からは、冬のあいだずっと夜中まで薪をくべ続けなければならない無蓋の炉や、出産の床として広げられた肥やしまみれのトナカイの毛皮が消え去っている。産婦の心が見ているのは、壁紙の貼られた部屋や、暖かい暖炉や、食べきれるかぎりのロッシュポットゥ（家畜の血のプディング、ジャガイモ、豚肉などを煮込んだ伝統料理）だ。そんなふうにして、女たちはあとひと踏ん張りの力を腹の底から振り絞り、ぼろ布を汚しながら新たな命を産み落とす。

けれども、ときには産婦が力の源を見つけられないこともある。赤ん坊が出てくる際に産道がひどく裂けてしまい、学校を出た助産師でさえ出血を止められないこともある。あるいは、母体が初めから虚弱で、貧血があり、出産に耐えられない場合もある。そんなときは、女たちの静かな一団がどこからともなく産婦の家に現れて、おびえて身動きできずにいる子どもたちをキリストの教えに従ってきっちり同じ人数ずつ引き受け、生まれたばかりの赤ん坊をあやして静かにさせるのだが、そのさまを目の当たりにするたびにマリアは驚いてしまう。女たちは、男衆がやってくる前に死者の体を清め、穀物粥まで作ってしまうのだ。さらには、どこかの家の名もなき主婦が、ネズの木の枝を束ねたものを持って、部屋の天井と壁の合わせ目にかかっているクモの巣を払い落とし、最後には男たちが部屋に入ってきて讃美歌を歌い出す。男たちは、この女もまた天上の喜びを味わうためキリストに召されたのだ、と認めるようにうなずき合う。主の道はいかに計り知れないものであることか、命の尽きる日の訪れはいかに予測不能であることか、そして、やもめになったばかりの男のために、子どもたちの面倒を見てくれる新しい主婦を、いかに早く見つけてやらねばならないか。そんな言葉に対して、若かったころのマリアは何も言えず、ただ彼らと声を合わせ、主イエスがその血でわが罪を贖ってくださったという讃美歌を歌うばかりだったが、いまは違う。いまの彼女は、亭主どものふるまいについてどう思うか、話して聞かせている。

教区牧師からは、亡骸が横たわる部屋での不適切な言動を控えよという警告を、すでに二回も受けていた。マリアはそれを笑い飛ばした。牧師が彼女に手出しなど、できるはずがない。貧しい家の赤ん坊だろうと、お偉方の子女だろうと、出かけていって同じように取り上げているのだから。もしもマリアが拒否すれば、牧師は大柄な妻の胎内から自ら赤ん坊を引っ張り出すか、さもなくば、出産のために妻を馬車に乗せてオウルまで連れていくしかない。もっとも、マリアは拒否などしない。そんなことはできないし、してはならないし、するつもりもない。このあたりにマリアの代わりはおらず、それで彼女は、公休すら一度も取ったことがなかった。仮に休みを取ったとしても、やはり誰もが彼女を探してここへやってくるだろう。カウコニエミの市に出かけたときでさえ、一本道の向こうの端に自分を待つ人の姿がいまにも現れるのではないかと、マリアは目を凝らしてしまう。もう何十年ものあいだ、彼女はこの家に固く結びつけられてきたのだった。

マリアはさらに平焼きパンを取ってバターを塗り、それから広間へのドアを開けると、自分の部屋へ向かった。ラハヤとオンニはもう床についている。マリアがまた深い森の只中へ出かけていたことに、ふたりは気づいているだろうか。この家は、いまでは細く長い建物になり、そのせいで丸一日、ときには二日も、互いの顔を見ずに過ぎていくことがある。生活のサイクルが違っているからなおさらだ。マリア自身はもとより、ラハヤも小さいころからそれに慣れているが、オンニとしては気になることもあるようだ。オンニは、みんなが顔を合わせることができて、誰かが欠けていればすぐに気づくような、新しい家を建てる、と言ってきかない。しかし、それについて言葉を返す者はおらず、その話は幼い子どものきかん気のように封じられるのだった。

子どもはたしかに持ったけれど、夫は持たなかったことに、マリアは満足している。他人に命令されるなど、考えただけで虫酸が走ってしまう。脂ぎった太鼓腹の男が、欲望のままに覆いかぶさってきたり、そうでなくとも、あれをやれとか、いつやれとか、指図してきたり。表通りを歩くときは、立派なキリスト教徒らしく、妻の二歩先に立ったり。マリアは、自分の考えかたが娘にも受け継がれたことに気づき、娘もまた独り身で終わるのだろうかと案じていたが、結局、娘はオンニを見いだした。彼は気立てのいい男だ、それは認めざるを得ない。

あの薬剤師は、ほかの男たちとは違って、人を対等に扱ってくれた。彼は、相手が男か女かで話題を変えるようなことをせず、相手が自分より愚かだとか、弱いとかいう発想も持たない人だった。けれど、とっくの昔に死んでしまった。マリアは、薬剤師の墓に出かけていってはその前に腰を下ろし、自らの人生のあれこれや、ラハヤの生きかたのこと、初めての孫のことなどを語って聞かせるようになっていた。薬剤師の妹たちとはいまだに口をきいておらず、ふたりいる妹のどちらかが、兄の墓標の、鍛鉄製の十字架に花を供えようとやってくると、マリアは遠くからでもそれを察知するのだった。

部屋のストーブに触れてみる。温かくて、上のほうは熱いくらいだ。オンニが、不在に気づいて火を入れておいてくれたのだと思い、マリアは心の中で彼に感謝した。ラハヤではないだろう、それはわかっている。アンナのことを口にするときも、オンニはまるで自分の血を分けた娘について話しているようだし、彼はこの子がいれば十分だと思っているようだが、ラハヤはもっと子どもをほしがっている。マリアは窓辺の椅子に腰を下ろし、シュロの鉢植えの土が乾いていないか指で確かめた。念のために冷たい窓ガラスから鉢を遠ざけておく。シュロはまだごく小さくて、枯れたとしてもたいしたことではないのだけれど。カーテンを引く前に、窓から外を見やった。冷え込みが増していく厳寒の夜空に、星々が明るくきらめいている。

マリアは丈の長い寝間着に着替え、結ってまとめてあった長い三つ編みをほどいた。もしも、そこに薬剤師が眠っていたとしたら。きっと、むにゃむにゃ寝言を言って、隣にもぐり込んできた人の気配に、一瞬目を覚ますだろう。かつてのマリアは、夜ごと薬剤師を思っては、彼がしてくれたのと同じように自分の体に触れようとしたものだった。目を固く閉じて、頭を枕に押しつけ、体を弓のようにしならせた。指先で自分の唇をなで、頬骨を、胸を、太腿をまさぐった。けれど、もはや薬剤師がマリアのかたわらにやってくることはなくなって、窓の向こうで闇がぼうと輝く中、彼女はひとりベッドに横たわるようになっている。

何より大事なことを思い出して、マリアは起き上がり、広間を抜けてポーチへ行った。しばらく手探りして、探り当てたスイッチを押す。道に面した外壁の角、ガラスの覆いの下に、灯りがともる。この郡で初めての外灯だ。村の大通りに電線が引かれたとき、すぐに取りつけさせたものだった。外灯の光は四つ辻まで届き、トナカイぞりで深い森を越えてくる者たち、助けを求めてスキーを滑らせてくる者たち、血を流し続ける妻の身を案じておびえている夫たち、そのすべてのために、目印となって輝いている。

助産師は家にいる。

一九四四年　鞄を運ぶ者の道　*Laukunkantajantie*

強制避難命令が発令された。

ヘイッキラ家のヴィルホが何を伝えに来るのか、女たちにはわかっていた。彼が、表通りの右側に立つ家を一軒ずつ訪ね歩いてこちらに近づいてくるのを、その姿がまだずっと遠くにあるうちから、マリアは道に面した窓越しに見ていたのだ。道の左側の家を端から訪ねて歩く役目は、別の誰かに与えられたのだろう。マリアは庭に出てヴィルホの到着を待つことにした。じきにラハヤがマリアのかたわらにやってきた。ラハヤはマリアの視線の先をじっと見つめ、避けようのない通告がもたらされるのを待っている。アンナが窓から外を見やり、無表情に待ち続けているふたりに気づいて、やはり庭に出てきた。「あれは何なの、母さん」アンナはラハヤに返事を迫ったが、誰も答えようとしない。アンナ自身、本当は答えを知っているはずだ。

このため、すべての民間人を教会村の域内から退去させるよう命じる。退去させる人員は役場の建物に集合させ、その後は当局の指示に基づいて移動させるものとする。

誰もが気づいている。大砲の轟音がますます激しくなってきたことにも、東から戻されてくる男たちの人数が、同じ方角へ送られていく人数より多いことにも。戻ってくる男たちが、大通りを行進して出征していったときとは様子が変わり、粗布の幌がついた貨物自動車に乗せられて、苦痛の叫びを上げていることにも。もう急ぐ必要のない男たちは、馬車に積まれ、板切れの箱に納められた姿で戻ってきて、墓に入るためにフィンランドのあちこちへと旅を続けていく。だから、ヘイッキラ家の息子がやってきたとき、彼が口を開く前から、どういう用件なのか誰もがわかっていたのだ。それでもヴィルホは、伝え損ねることがあってはならないとばかり、書類に書かれた内容を読み上げ、みんなに聞かせた。ヴィルホ自身は、レントゲン検査で肺に病巣らしい影が見つかったため、前線へは行っていない。そのことで腰抜け呼ばわりされるのではないかと常にびくびくしているが、そんなことを言う者はひとりもいなかった。病気は病気、何ともしようがない。そのことで誰よりもつらい思いをしているのは、本人なのだから。

　マリアはいまの事態を、みんなが憶測を始める二週間ほど前にはすでに予想していた。八月の下旬に一度お産があって国境付近へ出かけ、そこでありとあらゆることを見聞きしたのだが、それは、ラジオ放送のアナウンサー、クロイツの抑制のきいた声が一切伝えていないことばかりだった。マリア自身、誰にも話しはしなかった。とある軍曹から他言無用とはっきり言い渡されたからだ。彼は、突破口が開かれるのも時間の問題だ、と言った。ドイツの爆撃機シュトゥーカがすでにロシア野郎《リュッシャ》の陣地を空爆で壊滅させているし、白海沿岸地域は一日か二日で制圧してしまうだろうから、兵士たちはこれからちょっと休息を取るくらいだという。しかし、建物の庭先に折り重なった生者たちと死者たちの姿を一瞥すれば、実際どういう状況なのか、マリアは自分なりの判断を下することができた。マリアは軍曹の目をまっすぐに見つめようとしたが、彼が自分の口から出ることを本気で信じているのか、確かなところはわからずじまいだった。

最終的な移動先は、ヴァーサ州のペラセイナヨキである。

三人はそれぞれ、頭の中にフィンランドの地図を描き出した。ペラセイナヨキ？　七百キロはないとしても、少なくともここから六百キロは離れた場所、という意味ではないか。マリアは両目をつぶった。長旅になるだろうと覚悟はしていたが、ここまで途方もない距離は、彼女でさえ予想していなかったのだ。前回はオウライネンまで行っただけだったが、それでも真冬の厳寒期の移動は、ほとんど無謀に近かった。氷点下の冷え込みにさらされて雌牛の乳房が凍りつき、子どもたちは馬車の上で風邪をひいてしまい、多くの老人が天寿を全うできずに命を落とした。それがいま、目の前にあるのは、あのときの倍の距離だという。

速やかに避難の準備を開始すべし。
避難計画は直ちに実行に移されるものとする。

その知らせは稲妻のように女たちを打った。
「ばかなことを！」ラハヤが叫んだ。
ヴィルホは読み上げる公務を中断した。

「こういう指示なんでね」彼は、どことなくさっきまでと違う、彼自身の声で言った。その声は先ほどより心許なげに響いた。「犠牲者を出さないためには、直ちに出発するしかないんだよ」

「そこまで行く乗り物は？　みんなを乗せる自動車が集めてあるとか？」

その答えは誰もが知っていたし、ヴィルホもあえて口にはしなかった。馬も三週間前に前線へ連れていかれてしまい、水曜日には民間防衛隊の隊長が来て、マリアの自転車のことを訊かれた。幸い、そのときはアンナが自転車に乗ってホロムイイチゴを摘みに出かけていて、没収は免れた。二回目に隊長がやってきたとき、マリアは取得してある許可証を見せてやった。助産師には自転車を所有する権利があることを証明する許可証だ。

「自転車を持っていくのはかまわないよ、次に誰かが赤ん坊を取り上げてくれと呼びにきたとき、あんたがちゃんと馬車の手綱を握るっていうんならね」


各自が、氏名、生年月日、職業、居住する県及び村の名、並びに最近親者の名と住所を明記した板紙の札を、衣服のポケットに入れて携帯すること。

中断のあと、ヴィルホは通達を最後まで読み上げ通し、それから書類にマリアの署名を取った。去り際にヴィルホは振り返り、兵士のように片手を帽子の前へ掲げようとしかけたが、気が変わったらしく、そのまま次の家へと向かっていった。ヴィルホが家の庭先にいるあいだ、女たちはまず耳を傾け、うなずき、やがて抗議の声を上げ、しまいには身の内に怒りをため込んだが、彼が行ってしまうと、激情は女たちの体から水のように流れ去っていった。三人とも、自分は無力だ、と感じていた。なすべきことがあまりに巨大で、過酷で、手のつけようもない。ラハヤは外階段に座り込み、その足元でアンナがうなだれている。マリアはふたりの様子を見ていたが、やはり庭のベンチに腰を下ろした。足が痛む。三人は同じことを考えていた。どうやって切り抜けられるというのだろう。家財道具は家一軒分、なのに使える乗り物はない。大人はふたりだが、子どもは三人、そのうちヨハンネスはやっと四歳だし、加えて家畜小屋には乳牛と豚とニワトリがいる。

十歳未満の子どもについては、身元に関する情報を、布切れに明記してシャツの胸に縫いつけるか、首から提げる名札に記載すること。

家の中でガラスの割れる音が窓越しに外まで聞こえてきて、三人をぎょっとさせた。アンナが様子を見ようと走っていく。ヘレナが、昨日と同じように方向感覚を失って、ランプを倒してしまったのかもしれない。ヘレナは、それまでラハヤとオンニの部屋で寝起きしていたのが、ヨハンネスと同じ部屋に移されて以来、どの部屋がどこにあるのかわからなくなってしまった、と言っている。オンニは、目の見えない娘の居場所をむやみに変えるべきではない、と言って止めようとしたのだが、ラハヤは譲らなかった。目が見えようと見えまいと、ヘレナの年齢になっていつまでも両親と同じ部屋を使うのはおかしい、と主張して。

ガシャンと響いた音が、ラハヤとアンナの行動力に火をつけた。ラハヤは家畜小屋へ行くと、荷造りの算段を始めた。アンナは家に駆け込んではまた走り出てきて、妹と弟のために身元を書いた布切れを用意しようか、それとも名札にするか、クリスマス用に育ててきた子豚くらいは連れていけるのか、と尋ねている。母と娘は助言や指示を大声で言い合っていた。マリアには、ふたりがどんどん過熱していくように思えた。

「手押し車にふたつきの衣装箱をくくりつけられれば」ラハヤが家畜小屋の簡易台所からどなり、それから、家畜小屋のネズミ対策に飼っている赤茶色の毛並みの猫を外へ追い出した。「それに入るかもしれないけれど」

「何か、地面に埋めていける？　持っていかなくても、あとでまた掘り出せるように」

ラハヤの言葉を追うようにアンナが尋ねる。

「リュッシャの領土まで取りに行こうっていうの？　おまえの皿はもうテーブルに用意しなくてよくなるわけね」

アンナはしくしく泣き出した。精一杯、手伝いをしようとして、大切だと思えることを素直に口にしただけなのに。母親のきつい物言いは理不尽だとアンナは思った。ラハヤのほうは娘に泣かれていらついていた。

「泣きわめくのはやめてちょうだい。子どもをあやす以外にも、いまはやることが山ほどあるんだから」ラハヤは急ぎ足で中へ入っていった。

アンナは泣き声を呑み込み、作業を続けようとした。下唇をわなわなと震わせ、目の端から涙をぬぐう。何かほかのことを考えようとする。

「アルバムは持っていってもいいでしょう、おばあちゃん」ベンチに腰掛けているマリアに尋ねてきた。「重たいけど、あたしが自分で持つから」

マリアは答えず、階段の脇に座っている家畜小屋の猫を見やった。女たちが時間と格闘している様子を、猫はのんびりと眺めている。

「ミール。ミール、ミール、ミール」

マリアが呼ぶと、猫は少し考えてから、途中まで歩み寄ってきて、そこでまた座り込んだ。尻尾を足に巻きつけ、顔を秋の太陽に向けて、目をつぶっている。アンナが家の中へ走り込んでいく。

ラハヤが旅行鞄をふたつ、窓から庭に向かって放り投げた。鞄は芝生の上を幾度か転がり、ベンチの脚に音を立ててぶつかった。ほどなく、シーツや枕カバーが窓から外へ飛んできた。

「お母さん、羽毛入りの上掛けと枕は持っていきましょうか？　また寒い冬になったときのために」

ラハヤがマリアに向かって窓越しに尋ねてくる。

アンナは、ビロードの表紙の重たいアルバムを何冊も抱えて出てきて、旅行鞄のひとつを取ると、その中にアルバムを積み重ね始めた。外に出てきたラハヤがアルバムに目を留めた。ラハヤはアルバムをひったくり、シラカバの根元めがけて放物線を描くように放り投げた。

「こんなもの、ヴァーサまで持っていったりするもんですか」

アンナはまた泣き出した。

「おばあちゃんは持っていくって言ったのに」金切り声でわめいている。

家の中から泣き声が聞こえる。昼寝をしていたヨハンネスが、女たちの大声のせいで目を覚ましてしまったのだろう。ヨハンネスの様子を見にいく余裕は誰にもなかった。

マリアは庭で繰り広げられている光景を眺めながら、自分は部外者だと感じていた。ラハヤは気が強く、写真撮影の仕事の最中に停電しようものなら、怒りにまかせて発電所へ電話をかけ、技師たちをどなりつけるほどだったが、いまのような状況は彼女の手には負えない。何もかも手放さねばならない事態。何もないところから新たに人生を立て直すにはどうすればよいか、思案せねばならない事態。マリアは考え込んだ。もしもこの家に男がいたら、オンニとは違って前線へは行かず、ここに残っている男がいたとしたら、出発はもっと楽だったのだろうか。舅か、父親か、あるいは伴侶がいて、こちらの求めに応じて強い存在でいてもらい、自分はときどき少し弱いところも進んで見せてかまわないとしたら。精一杯の努力さえすれば、あとは誰かが責任を引き取ってくれる、重荷を背負ってくれる、そう信じていればいいとしたら。猫がけだるげに芝生を横切ってきて、マリアの足元で止まった。抱き上げて、耳の後ろを掻いてやる。それとも、男がいたところで、話を面倒にする人間がひとり増えるだけだろうか。あれこれ尋ね、いちいち疑問を投げかけ、助産師の鞄は置いていってかまわないが、鋸と金槌は荷物に入れるべきだ、と言い張る人間が。無駄なものと必要なものを選り分けることにかけて、女より優れている者はいないのだ。

アンナは大事なアルバムを取り戻そうと、木の根元に駆け寄っていた。再び旅行鞄に詰め込もうとしている。写真が何枚か、はがれ落ちてしまっていた。

「おまえに何を持たせるか、決めるのはこのあたしよ」

ラハヤがどなった。手を上げんばかりの勢いだ。ポーチで物音がした。ヘレナがそこにいて、弟が目を覚ました、と告げている。歩くときヘレナは、右手をまっすぐに伸ばし、ひじを曲げた左手は体をかばうために横に突き出した姿勢で、壁伝いに進んでいく。外階段は、横を向いて体の右側から下りる。手すりをしっかり握り、足で次の一段を探りながら。

マリアは腕の中の猫をもう一度なでてやってから、その首筋をつかんで立ち上がった。猫のミールは地面に降りようともがいているが、マリアは手を離さない。猫の後足を握り、家へ歩み寄ると、猫をポーチの壁に力いっぱい叩きつけた。窓ガラスが震え、猫は鳴き声を発する暇さえなかった。マリアが手を離すと、猫の体はぐにゃりと地面に落ちた。すばやく叩きつけたから、一瞬でことされたはずだ。庭中が完全に言葉を失っていた。誰も、何も言わない、ヘレナでさえも。みんなが静まり返っているので、何かあったと察しているのだろう。好奇心旺盛なハエが一匹、見開かれたままの猫の目に興味を示して飛んできた。

「荷造り開始だよ」

そう言うと、マリアは家の中へ入っていった。

夕方の六時になるころには、すべての準備が整っていた。これまでの人生が丸ごと、分類と値踏みの対象になった。多くの品々が、積み上げられた山から山へと移されてはまた戻され、ものの価値は値段とそれにまつわる思い出だけでなく、重さによっても判断された。持っていくことになった荷物の中には、あまり重要でなさそうなものもいろいろ含まれていたが、選んだ本人が自分で持つならいいだろう。子どもたちは首から名札をぶら下げ、蛇腹式カメラとネガに使うガラス板は羽毛入りの枕で挟み、銀の盆と麦の穂の飾りがついたスプーンは、織物でくるんでから、薄い木片で編んだ洗濯かごの中に隠した。持っていけずに残していくものが多すぎる。ラハヤは腹立たしげに、カメラの三脚も置いていくと決めた。

「よりによって、やっとお母さんに借りを返したいまになって、こんなことになるなんてね」

家畜のうち、豚、羊、その他小型のものは所有者の責任で殺処分し、肉は当局が受け付けるので民間防衛隊に持ち込むこと。避難させる牛には木製の名札をつけ、告知済みの集積所まで連れてくること。

かわいがっていた豚を殺処分するのと引き替えに、アンナは写真を何枚か選んで持っていくことを許された。母親の気が変わり、やはり置いていけと言われた場合に備えて、アンナは写真をポケットのほころびから上着の裏地の隙間に滑り込ませた。とうとう、すっかり準備ができた。ラハヤはヨハンネスの手を引いて、一足先に役場の建物へ向かっている。ヘレナを連れたアンナがあとを追った。

四人が遠ざかっていくのを窓から眺めながら、マリアは無意識のうちに、シュロの鉢植えに水が足りているか確かめていた。夏のあいだ、シュロは大きく枝葉を広げ、水をやればやっただけ、一滴残らず貪欲に飲み干したものだった。土はまた乾いていた。表通りにはもう、出発のため連れだって役場へ向かう人々の姿がある。大きな荷物は誰も持っておらず、ただ手押し車や乳母車に積み込めたものだけを運んでいる。中には、カレリア地峡では家具も持っていくことが許されたらしい、と話している人たちもいる。すると誰かが、このあたりにはまだ鉄道が来ていないじゃないか、と言った。ドイツの連中も、そういうものは熱を入れて作らなかったからな。だいたい、ほかの誰かが揺り椅子を持っていけたとして、それが何だというのか。その誰かにも、その人なりにあきらめなければならなかったものはあり、それが簡単だったわけではないのだから。

マリアは、持っていく価値のあるものがどこかに残っていないかもう一度確かめようと、薄暗い部屋の数々を見て回った。目にする品のひとつひとつが、それにまつわる光景や記憶を心に呼び覚ます。少女時代の家から持ってきた壁掛けが部屋にある、あのころのマリアはいまとまったく違い、もっと御しやすい人間だった。広間のテーブルには、行商のロシア人から買ったかぎ針編みのテーブル掛け、ロシアとの国境はその年に封鎖された。薬剤師から贈られた、貝殻の飾りがついた小箱。取り上げ女たちがくれた鉢植えの苗、ツリフネソウやギンバイカは、もうだいぶ伸びている。そして、部屋そのもの。思い出は、それぞれの部屋のためにあつらえた壁紙や家具に宿っていた。最初にそろえたごくささやかな調度品、より上等なものを手に入れたときほかの部屋へ移されて、最後には屋根裏へ運ばれた品々。ここに残していくものたち。それからあの仕切り壁、あれは、ラハヤが写真の作業に使う小部屋を作るために、広間を仕切ろうとして設置したのだ。飾りのついたオーブンの焚き口、ヘレナが一度、触ってやけどしてしまった。もっと前には、ヘレナの母親も同じ経験をしたことがあった、ずっと昔、まだいまよりもつつましい暮らしをしていたころに。そして、この家そのもの、もう四十年近くものあいだ、マリアが自分の力で生き抜いてきた証し。村の人たちは、マリアが増築を重ねるたびに、今度こそ気の済むまで家を大きくしただろうと思い、新たな増築が始まってまた驚くのだった。部屋をこちらに、ポーチをあちらに、作らせてきた。そのたびに、助産師は破産だ、と誰もが確信した。しまいには増築も一段落したが、家にどれほどの金額をかけたのか、マリアはけっして、誰にも話さなかった。

住民は、当局の与える指示と命令に、粛々と、正確に従うこと。

ここにある何もかもは、これからどうなってしまうのだろう？　今回は帰ってこられるのだろうか？　マリアはタイルストーブのすべすべした表面に手を滑らせ、安楽椅子の背もたれから、そこに掛けっぱなしになっていた予備のショールをさっと取った。飾りテーブルの上からアルバムが消えている。どうりで、アンナの荷物はずいぶん重たそうだった。マリアは後ろ髪を引かれながらポーチへ向かった。ポーチも立派なものになった、小さな枠にはめ込んだ色ガラスや窓がまちのおかげで、たしかに少しばかり仰々しく、派手な感じはするにしても。しかし、マリア自身がこれを望み、手に入れたのだ。

マリアは玄関の扉を押し開けたものの、そのままにしているうちに扉は自然にまた閉じた。万一、帰ってこられなかった場合に備えて、墓地へ行って別れを告げてくる時間はあるだろうか。マリアは広間へとって返し、たんすの脇から水でいっぱいのじょうろを取り上げると、シュロにもう一度水をやった。それからポーチへ戻り、出かける前に外灯のスイッチを切って、外へ出た。扉を押して閉め、鍵を鍵穴に差して回す。鍵を引き抜き、しばらく手のひらに載せたままで、どうしようかと考えた。そして、鍵を鍵穴に戻した。

夕闇が迫ってきた。役場へ向かう道々、マリアは後ろを振り返らなかった。そんなことをして、何の役に立つだろう。

一九五三年　馬車の道　*Kärrytie*

自転車のハンドルは昔のものと違って、幅が少し広い。マリアはサドルにまたがり、右足をペダルに掛ける。この姿勢は腰にくる。昔の自転車の寸法を、サドルからペダルやハンドルへの距離を、体が覚えているのだ。これはかつてと同じ自転車ではなく、彼女もまた、かつてと同じ女性ではなくなっている。

ヨハンネスがマリアの部屋へ走ってきた。もうそんな年齢ではないのに、おびえた顔をして。

「また、けんかしてるよ」

「ここまで聞こえたよ」

「どうしてあそこまでいがみ合うんだろう」

「人間、たまには風通しをよくしてやる必要があるものさ」

マリアは自分の言葉を信じていなかった。これはただの言い合いではない。いまとなってはもう、ただ相手を傷つけ、苦しめることだけが目的なのだ。言葉によって、けっしてふさがらない深い傷を相手に負わせることだけが。夫婦はここしばらく口をきかず、閉じられたドアの下から滑り込ませるメモですべての用件を伝え合っていた。いまや沈黙は終わりを告げた。こうなると、あらゆることがどなり合いの火種になり、その場に誰がいようと嵐は鎮まらなくなる。

「そこの引き出しからトランプを出して、こっちへおいで。ふたりでやろう」

ヨハンネスはトランプを取ると、マリアのベッドの脇にテーブルを持ってきた。マリアは身を起こし、枕にもたれて楽な姿勢を取った。トランプの山に手を伸ばし、クラブの7を探し出す。それをテーブルに置き、残りのカードを切って三つの山に分けた。そのうちひとつをヨハンネスのほうへ押しやり、もうひとつは自分のほうへ引き寄せて、残った山は伏せたままテーブルの上に置いておく。ヨハンネスは自分用に椅子を持ってくると、マリアと向かい合って腰を下ろした。上の階の台所から激しい足音が響いてくる。

「〝担保〟は、あり、なし、どっちでやる?」

「なしでやろう」

「おばあちゃんが先攻だよ」

マリアはクラブの7の隣にダイヤの7を置いた。

「ダイヤのきらめき、心のときめき」

ヨハンネスは自分の手札を繰ってハートの7を見つけ出し、7の並びに置いた。マリアはクラブの7の上側にクラブの6を並べて置く。「黒のクローバーの三つ葉の出番」

ヨハンネスの顔に笑みが浮かんだ。ハートの列に6を並べる。

「逆さのハートにとげ刺せば、黒いスペードのできあがり!」

マリアは笑い声を上げた。

「あたしのせりふをそっくり奪うつもりかい? もうこれからは、だんまりでいるしかないのかね」

「こんなに何度もやらなかったとしても、覚えちゃうよ！」

「どっちの番？」

「おばあちゃんだよ」

マリアは手札に適当なカードがなく、伏せてある山から一枚取った。ヨハンネスはハートの7の下にハートの8を置いた。

「寒さに凍えて死ぬ人も」ヨハンネスが口を開くと、マリアもすぐに声を合わせた。「胸のハートは熱かった」

階段からどなり声が聞こえ、台所のドアの開く音がした。

「あなたは病気よ、わかってるの！」

激しい足音が駆け下りてきて、ラハヤの声が階段の壁に反響している。

「病院に閉じ込めておくべきなんだわ。オウルあたりのね」

ヨハンネスが消え入りそうに小さくなった。耳にくっつくほど肩をすぼめて、テーブルを見つめている。足音が階段の途中で止まった。ラハヤが階段の上から言葉を続けた。

「あなたみたいな人間に用のある人なんて、いるのかしら」

台所のドアが荒々しく閉められる。階段からは長いこと何の物音も聞こえない。やがて足音がまた階段を下り始めた。その足音はもう、先ほどのように激しくはなく、歩いている速度か、それよりもっと遅かったかもしれない。ポーチのドアが開かれ、閉じられた。

「父さんがどこへ行ったのか、見てきなさい」

ヨハンネスは、明確な指示をもらい、なすべきことに気持ちを集中させればよくなって、ほっとしたようだ。手にしていたトランプを置いて、玄関へ出ていく。さっきまでの雰囲気は消えていた。マリアは窓から様子をうかがおうとしたが、誰の姿も見えない。ポーチが家畜小屋への視界をさえぎってしまっている。

上の階で再びドアが開けられ、足音が階段を下りてきた。マリアの部屋のドアがノックされる。ラハヤがドアを開けた。

「ヨハンネスはここへ来ましたか？」

「どうしてそんなことを？」

「あの子、何かというと姿をくらますようになってしまって」

マリアは、機嫌のよさそうな顔の下に苛立ちを隠している娘を見やった。

「あんなにひどくどなりつける必要があったのかい？」

ラハヤの口元がぎゅっと引き締まった。

「お母さんには関係ないでしょう」

「あたしたちみんな、同じひとつの家で暮らしているんじゃないか」

ラハヤは答えなかった。窓から外を見ていたが、やがて窓枠の下のへりについたほこりを指でぬぐい取った。

「この部屋、汚くなってきたわ。家政婦を雇ったらいいのに。あたしはこっちの掃除をする暇なんかないんですから」

「あたしはこのままで十分だよ」

「あの子はどこへ逃げたんです？」

「ひとりぼっちになったとしても、おまえには当然の酬いだろうよ」

こちらへ向き直ったラハヤの顔は、もう笑みを浮かべてはいなかった。

「何が言いたいんですか？　お母さんだって、ずっとひとりだったじゃありませんか」

「あたしは自分で望んだんだよ。だけど、おまえは違う」

「あたしが何を望んでいるかなんて、お母さんはいつからそんなことに興味を持ち始めたんですか？」

ドアが慌ただしくノックされた。ヨハンネスが部屋に入ってくる。息を切らしているようだ。ためらいがちな目をまずは母親に、それから祖母に向けたが、やがて意を決したらしく口を開いた。

「隣で聞いてきたんだけど、父さんは隣のうちの電話でタクシーを呼んで、それから道端に出て車を待ってるって」

マリアはテーブルについた手を支えにして立ち上がった。体を揺すりながら隣の部屋へ行き、窓から表通りを見やる。ヨハンネスもついてきた。そしてマリアにそっとささやいた。

「父さんは銃を持ってたっていうんだ」

「銃だって？　うちには銃なんかないよ」

「少なくとも前にはあったよ」ヨハンネスが言い募る。

ラハヤが部屋のドア口まで来ていた。ドアの枠にもたれ、訳知り顔で腕を組む。

「屋根裏のおがくずの中に隠してあった何丁かのことを言ってるんだったら、とっくの昔になくなってるわよ。第一、そんなこと、子どもには関係ありません」

「それのことじゃない、もっと小さいやつだよ」

タクシーが表通りを走ってくるのが窓から見えた。車は家の角のところで停まった。ラハヤも外を見ているふたりに加わる。そのとき、家と家畜小屋のあいだのあたりから、背を半ば丸めたオンニが現れた。上着の中に差し入れた左手に何か持っているが、それが何なのか、家の中から見分けるのは難しい。マリアはドアに歩み寄った。

「誰かに電話しなくては」

「誰にも電話なんかしません」

「あたしが慣れているのは人の命を救うことなんだよ、殺すことじゃない」

「あの人が誰か殺したりするもんですか。何を持っているのかだって、わからないんだし。酒瓶かもしれない。浴びるほど飲んで、したたかに酔っ払うつもりかもしれない、男はみんなそうよ」

ヨハンネスが不安げにふたりを見ている。その声は再びおびえた色合いを帯びていた。

「父さん、どこへ行くつもりだろう?」

ラハヤは軽蔑したように息子を見た。

「どこへですって? 別荘を建てている場所に決まってるでしょう。いつもあそこに行くんだから。あそこで寝泊まりしないだけ、まだましよ」

「おまえは無慈悲な人間になってしまったね」マリアが言った。「誰から教わったんだろう」

「誰でしょうね」

ラハヤは窓辺から動かない。

「あたしはお母さんに似てなくて、悪かったですね」

「似てなくていい。同じ間違いをしないでおくれ」

「あたしの人生に何が欠けているのか、お母さんにはわかってるでしょう」

「だとしても、欠けているのはそのひとつだけだろう。何もかもが欠けているわけじゃない。まるっきりひとりぼっちというわけじゃない」

ラハヤはドアに向かってくると、マリアの脇を通り過ぎて、上の階へと去っていった。足音が階段にこつこつと鋭く響いている。踊り場で、足音は止まった。

「聞いた話じゃ、レヘトヴァーラ家のアクは、アメリカでバスのオーナーになってもう三台も持ってるらしいわ。子どもがふたりいて、奥さんはドイツ人で。フィンランドのことはずっと忘れてないそうですよ」

マリアは黙りこくっている。それに気づいて、ラハヤは両手を膝に当て、下の階に向かって身をかがめてきた。

「戦争前は、あたしがお母さんの家に住んでたけど、いまはお母さんがあたしの家に住んでるのよ、それを忘れないでくださいな」

「いい加減におし。いつまで古い傷をなめ続けるつもりかね」

ラハヤは身を起こすと、階段を上ってドアを開けたが、閉める前に下へ向かってどなった。

「たしかに、運転手よりはあの女々しい大工のほうがましかもね」

上の階のドアが閉まり、階段は静かになった。マリアはドアの側面に寄りかかって、まず玄関を、それから居間を見やった。目を閉じるとまたしても、かつての家が火の海と化して燃えている光景がありありと浮かんだ。炎が窓を突き破り、火の巻き起こす風でカーテンがはためき、梁の材木が落ちては、残してきたすべてを押し潰していく。その様子を見たわけではない、見た者など誰もいないが、想像の光景はマリアの心に、ますます頻繁によみがえるようになっている。口に出さずにいるぶん、その思いは彼女の中で生き続けていた。

「父さんがさっきの車に乗っていったよ」

窓辺にいるヨハンネスがマリアの物思いをさえぎった。

マリアは中へ戻った。いまだ彼女の手にある、ふたつの部屋へ。ヨハンネスは窓がまちに両手をついて身を乗り出していた。その手はゼラニウムと冬咲きベゴニアの鉢のあいだに置かれている。こちらを振り向こうとはしない。

「ヘレナがまだうちにいてくれたらな。アンナでも」

マリアはヨハンネスに近づき、その肩に手を置いた。

「心配いらないよ。父さんは何もしやしない」

ヨハンネスはマリアのほうへ振り返った。目には涙があふれそうだが、泣き出しはしなかった。男は泣くものじゃありません、いつもラハヤからそう言われている。小さくたって泣かないし、大きくなったらなおさらだと。いまもヨハンネスは涙を呑み込み、十四歳らしくふるまおうと必死になっている。かわいそうな子だとマリアは思った。末っ子として生まれた彼は、だんだん人が減っていく家に最後まで残ることとなり、しかもその時期は、ラハヤとオンニのいさかいの回数が増え、激しさが増していく時期に重なってしまった。オンニは、以前は息子と一緒にさまざまなものを作っていたのだが、本人が生気を失っていくにつれて、息子との関係も希薄になっていった。もっとも、ヨハンネスが成長すれば、いずれにしてもつながりは薄くなったのかもしれないが。一方、ラハヤは昔から、子どもたちと仲がいいとは言い難かった。子どもたちに囲まれているのが彼女には気詰まりなのだ。誰でもできるはずの分野に、彼女は向いていない。赤ん坊と上手に遊んでやれない人も、少し大きい子が相手なら話題を見つけられるとか、若者の疑問になら的確な答えを示してやれるとか、そういうことはよくある。しかしラハヤは、子どもたちのうちひとりでも、かわいがっているとは思えなかった。かわいがりたいと望んでいるように見えない、あるいはそんなことができるように見えないのだ。

ヨハンネスがドアへ歩み寄っていく。

「ぼく、父さんがどこへ行ったのか見てくる」

「よしなさい」

「何も起きっこないって言ったのは、おばあちゃんじゃないか」

「じゃあこうしよう、おまえがあたしに手を貸してくれたら、あたしはおまえを助けてあげる。いいかい？」

ヨハンネスはうなずいた。

「お母さんの自転車を、そこの庭先まで持ってきておくれ。お母さんには言うんじゃないよ」

「おばあちゃん、どうするつもり？」

「早く行きなさい。上着をこっちによこしてくれるかい」

ヨハンネスは出ていき、マリアは上着を着込んだ。袖の中からスカーフを取り出し、頭を覆う。しばらく座り込んだまま、力をかき集める。そして、両手を組み合わせ、両ひじを膝に押しつけてから、体を引きずり上げるようにして立ち上がった。

ペダルを一回踏むごとに、スピードが増していく。そのひと足ずつが、足を上げ下げする動作のひとつひとつが、体をずたずたに引きちぎる。マリアの体は、停まってくれ、休ませてくれと叫んでいるが、マリアはその声に耳を貸さずに進み続ける。フェルト生地を通して、足の裏の腫れ物にペダルが当たる。痛みに涙がにじんだが、マリアはスピードを落とさず、前に踏み込んでは後ろに蹴る動きを自分の足に続けさせた。一度動きを止めたものを再び動かすことはどうやってもできない、それを彼女は知っている。一度終わりを迎えたものに、息を吹き返させる手段はないのだ。人の命をこの世につなぎ止めるために、いまひとたび、彼女は進んでいくのだった。

一九五五年　骨休めの小道　*Römppäkuja*

マリアはガウン一枚の姿で、いくつかのクッションに体を支えられながらベッドの端に座っていた。左手でベッドのヘッドボードに寄りかかり、家政婦がちょうどコンロの火床に追加の薪をくべているのを見やる。燃えているトウヒ材の薪から、小さな燃えがらがコンロの外まで飛び散った。燃えがらはコンロの前の金属板を飛び越え、リノリウムの床まで届いた。

「焦げついて穴が開いてはいけないよ。リトヴァはすぐに炭を掃き出しておくように」

家政婦はかごから薪を二本取ると、そのうち一本で、すでに黒ずんでいる燃えがらを金属板まで押しやってから、二本の薪でつまみ上げ、火床へ戻した。それから二本の薪をかごに戻したが、目はマリアの様子を探っている。

「助産師さんはもうお済みですか？」

「済んだら、教えるよ。もう一度、追加の薪を取ってきておくれ」

家政婦の娘はパンケーキ用のフライパンをコンロの隅に載せると、薄い木片で編んだかごを取って出ていった。じんわりと焼けていく豚肉の匂いがオーブンから漂ってくる。マリアはほっと力を抜いた。陶器製のおまるに向かって、尿の雨がほとばしり始めた。

コンロの中で薪がはぜ、すでにかなり暖かくなっている部屋に熱気を放射している。オンニがマリアのベッドをコンロのそばに移してくれたのだった。ここにいれば、関節痛も少しはやわらぐ気がする。病は気づかぬうちに体をむしばんでいた。足の裏、指の付け根の部分が痛かったのに、気にも留めず、強制避難で歩いたせいで足が疲れているだけだと思っていたのだ。毎晩たらいに湯を張って足を温めれば、痛みはいっときにせよ消えてなくなった。痛みが常に、手にも感じられるようになったのは、半地下壕で暮らしていたころのことで、マリアは何かがおかしいと思い始めた。あちこちの関節の上に小さな腫れ物ができ、手の指をうまく曲げられない朝が続いた。次に膝、やがて足首にも同じことが起きた。それでもしばらくは、杖を二本使えば身動きすることができて、新しい家が完成したときは一階の部屋がマリアの居場所になった。一階で写真館を開くつもりだったラハヤは不満を漏らしたが、結局折れたのは、オンニが話をしてくれたおかげか、あるいは、家を建てるためにマリアが貯金をすべて出したことが理由だったのかもしれない。ほかのことに使えるほどの金銭的余裕はあまりなく、食料と、家政婦に払うわずかばかりの給金で精一杯だった。医者はオウルの地域病院へ行くよう勧めてくれたが、そんなゆとりはない。それにマリア自身、もう移動に耐えられないだろう。戦争中に爆破されてしまったいくつもの橋のあとに、新しい橋が架けられてはいても。

ほとばしる雨の勢いが弱まってくる。腰の左右が痛んだ。体を起こすときは、リトヴァに手伝ってもらわなければならなかった。マリアの腕にはもう、腫れ上がった自分の体を支え、起こす力が残っていないのだ。マリアはリトヴァに、どうやって起き上がらせればいいか教えようとしてきた——まず片足をベッドの端から床の上へ下ろし、次にもう一方の足も同じようにして、それから脇の下に手を差し込んで引っ張りながら上半身を起こすのだ。マリアはそれを、リトヴァにも、これまでに雇った数えきれないほど大勢の家政婦たちにも、毎日毎日、幾度となく繰り返したものだった。最初は優しく、最後には厳しい態度で。家政婦たちのひとりひとりに語って聞かせたかった。夜ごと、足が切り刻まれるような痛みのせいで眠れずにいることも、ひとりでいるときは泣き叫んでしまうほど指の関節が痛むことも。しかし、新しい建物がどんどん建つにつれ、家政婦の娘たちの顔ぶれも入れ替わっていった。売り子や子守や家政婦の働き口がすぐに見つかるので、いつまでもここにいて、腫れてねじれた体の老女をベッドから起き上がらせてくれる娘など、ひとりもいなかった。リトヴァも中等学校に願書を出すと決めているという。本人は口に出す勇気がないようだが、マリアはそれを人づてに聞いて知っていた。

ドアが開く音がして、木のかごを持ったリトヴァが中に入ってきた。マリアのほうをちらりと見ると、手にしていたものを床に下ろし、大股でベッドの脇に歩み寄ってくる。マリアの手を取っていったん立たせ、ベッドに置かれたおまるの脇に腰を下ろさせた。マリアの足は震えている。リトヴァはベッドから、おまると、その下に汚れ止めのために敷いてあった、ゴブラン織りの布の切れ端を取った。布地の中では鹿たちが泉の水を飲んでいる。一頭だけ、仲間とは別の方向へ頭を向けている鹿がいて、その耳は何かを聞き取ろうとしてぴんとそばだてられている。

「助産師さんは少しお休みになったら」リトヴァはそう言って、おまるを持ち上げた。「そのあいだに、これを片づけてきますから」

「ここに置いておく必要はないからね」

おまるには、あっという間にハエがたかってしまうことを、マリアは知っていた。ハエは糖分のあるものを好むから。

「リトヴァ、そろそろ焼いてくれるのかい」
「コンロがまだ熱くなっていないんです。先に食事を済ませたらどうでしょう、あとで焼きますから」

マリアは返事をしなかった。リトヴァはコンロにかけてある大鍋から湯を汲んでたらいに空け、手洗い用にそれをベッドの上へ置いた。それから、ドアのところでしばらく耳を澄ましていたが、やがてドアを開けると、玄関へと滑り出ていった。ヨハンネスが階段を上り下りしていないかと聞き耳を立てているのだ、マリアはそれを知っていた。マリアもリトヴァも、上の階の住人たちの足音を聞き分けることができる。ラハヤは小刻みな足取りですばやく階段を通る。オンニは、もっとゆったりした、疲れたような歩きかただ。ヨハンネスは、いつも何段か飛ばしながら、若いトナカイのように駆けていく。ヨハンネスの足音が聞こえると、リトヴァは仕事の手を止めて階段へ飛んでいくのが常で、玄関先に顔を出す口実をこしらえては、ヨハンネスの気を引こうと熱心にあれこれしゃべりかけている。声を立てて笑ってみせたり、日に何度も元気かと尋ねてみたり。しかし、おまるの中身を捨てにいこうとするリトヴァは、そんな仕事をしている自分の姿を誰にも見られてはいけないとばかり、真剣に聞き耳を立てていた。マリアはおかしくなった。もっとしょっちゅう、用を足してやらなくては。

リトヴァならヨハンネスにふさわしいのではないかと、ラハヤは考えている。従順で、働き者だし、この家のこともよくわかっているだろうから。リトヴァが中等学校を目指すと聞いたとき、ラハヤは大いに乗り気になった。ヨハンネスは進学できなかったのだ。誰も彼もが進学できるわけではないし、とりわけ、ロユトヴァーラ家のオンニの息子は難しい、かつて教師にそう言われた。ラハヤが話を聞こうと乗り込んでいくと、その教師の言うには、ヨハンネスが上の学校へ行けない厳密な理由はまだないが、必要とあらばそんなものはもちろん作り出せる、ということだった。ラハヤは、それにヨハンネスも、それで納得するしかなかった。ラハヤは息子を写真館で働かせるようになり、ヨハンネスは十五歳のときに、初仕事として教会の堅信礼で自ら撮影した集合写真を販売したのだった。

マリアはベッドの端に腰掛けたまま、今日は何をしようかと考えていた。外から話し声が聞こえてきて、ゆっくりとそちらに目を向ける。リトヴァが、階段でヨハンネスをつかまえたのだろう、彼に話しかけている。マリアは視線を戻すと、クッションの下に手を入れて、〝ハンナおばさんのお菓子〟という名のクッキーが包んであるハンカチを探り当てた。引き寄せた包みを開き、クッキーをひとつ取って口に入れる。外で何を話しているのか、ガラス越しなので内容までは聞き取れず、ただ快活な話し声が聞こえるだけだ。ふたりの雄弁な身ぶりをマリアは眺めた。リトヴァはことさら楽しそうにぺちゃくちゃしゃべり、両手を腰に当てて、フィンランド・スピッツみたいな笑顔を見せている。おまるはルバーブの葉陰に隠すのが間に合ったようだ。ヨハンネスは足を開いて立ち、爪先からかかとへ重心を移して体を揺らしている。目の上に片手を掲げて陰を作り、リトヴァの話に声を上げて笑っている。

マリアはたらいで手を洗い、コンロのぐるりに巡らせた鉄の棒に掛けてあるタオルで手をふいた。コンロの熱がベッドの頭のほうまで届いているのがはっきりと感じられ、オーブンから漂ってくる肉の匂いが食欲をそそる。春にはまだ、マリアは口に入るものをすべて自分で料理することもできていたのだ。家政婦の手でまずはテーブルの前、それからコンロの前で長椅子にしっかり座らせてもらえればそれができたのだが、いまではタマネギの皮をむくことも、肉を細かく切ることもできない。それでもマリアは、リトヴァが料理する様子をきっちり見張り、ニンジンはもっと小さく切るようにとか、煮込みの鍋にバターを足して、肉が色づくときに風味を目いっぱい吸収するようにしなさいとか、折に触れて指示を与えている。

マリアは上半身を前に倒し、身を乗り出して、パンケーキ用のフライパンをコンロの熱い円板の真ん中に押して寄せた。手を伸ばして、コンロの端の、あまり熱が届かない場所に置いてあったピッチャーをつかむ。それを持ち上げて引き寄せ、パンケーキ生地のゆるさが十分かどうか確かめた。それから、両足を床にしっかり踏ん張り、両手を膝のあいだで組み合わせた。前かがみになりながら手を膝に押しつけ、体の重心をずらそうとする。重たい体がのろのろとベッドの端から立ち上がっていくあいだ、マリアはクッキーを噛んでいた。動作はのろく、途切れがちだ。腰と膝が痛みで裂けんばかりになる。右手でコンロの周りの鉄の棒にすがりつき、体をそちらへ寄せていくと、やがて体重が左右の足に均等にかかった。もう一方の手はタオルに当たり、タオルの位置がずれたが、やがてそちらの手も鉄の棒をつかんだ。歯は噛むことをやめていた。その代わりに、ぎりぎりと食いしばられている。マリアはそろそろと上半身を起こした。その動作にはさほど痛みを感じないが、体重を乗せられた足首の関節がずきずきとうずき出す。ガウンのひもの結び目がほどけた。

パンケーキ用のフライパンから小さな煙の渦が立ちのぼり始めた。マリアは両手で鉄の棒にすがったまま、コンロに向かって何歩か進んだ。片手でバターナイフを取り、フライパンにバターの大きな塊を落とす。バターがみるみる茶色に色づく。マリアはコンロのフードの鎖に届くまで手を伸ばし、鎖を引いて換気口を閉じた。この香りを、取っておきたい。重心を崩さないことだけを考えながら、もう一方の手も鉄の棒から放した。右足の甲に刺すような痛みが走る。ピッチャーを取り上げ、パンケーキ用フライパンの七つのくぼみに生地を流し込んでいく。生地のふちにきれいなレース模様ができあがり、油のうっとりするような匂いが住まいを満たす。マリアは笑い出した。ナイフの先で器用に薄いパンケーキをひっくり返し、裏側も焼いて、コンロの隅に置かれているひび割れた皿に載せていく。パンケーキを重ねるたびに砂糖をまぶす。しばらくしてから、ナイフでパンケーキを一枚取って、口に入れた。生地と色づいた油の濃厚な味を舌の付け根に感じる。マリアは目を閉じて、その味に神経を集中させた。薄焼きパンケーキのレース編みのようなふちはかりかりしていて、真ん中は甘く、しっかり火が通っている。砂糖が歯に当たってしゃりしゃりと音を立てる。舌の先が、固まったままの砂糖の塊を探り当て、それを口の中に塗り広げた。

マリアは生地をさらにフライパンに流し込み、パンケーキをふちからはがし、皿に載せては、機械的に口へ運び続けた。食べることに、完全に没頭していた。舌が食べ物を歯のほうへ運んでいって嚙み砕かせる動きを、咀嚼されたものが食道の入口に向かって移動していくさまを、食べ物が食道の中へ滑り落ちていく瞬間を、彼女は喉をそらして感じ取っていた。ガウンが肩から滑り落ち、ひじに引っかかって止まっている。喉が優しく波打って、食べ物をゆっくりと胃へ送り込んでいく。油分を含んだ塊が食道をゆったりと下りていく、その動きを感じたくて、マリアが飲み込むひと口はどんどん大きくなっていった。幸福感が口と唾液腺からあふれ、食道の入口を通り、喜びに満ちた柔らかい玉となって腹の底に沈み込む。足の痛みは気にならず、腰が痛いのも感じなくなっていた。マリアは片手を顔に当てた。指先で、頰の内側にある食べ物をまさぐり、喉の中を通っていくどろどろの塊を愛撫する。食べ物が胸骨と乳房を通り過ぎ、胃に落ちるまで、指先はその動きを追い続けた。

視線を落としたマリアは、リトヴァが戻ってきていたことに気づいた。リトヴァはドア口に立っていて、洗ったおまるを贈り物のように捧げ持っている。自分が完全に立ち上がっているところも、完全に裸でいるところも、リトヴァは一度も見たことがなかったのだと、マリアは思い当たった。マリアの目にはリトヴァの目に映っている自分の姿が見えた。巨大な乳房と、横に広がって震えている腹がせり出して、恥丘を覆い隠しているのが見えた。ずんぐりした太腿と、太い脛が見えた。おのれの前腕に垂れ下がる肉を、マリアは見ていた。

「焼いておくれ」マリアは静かな、くぐもった声で頼んだ。

リトヴァは身じろぎもしない。ドアに貼りついたまま、ほとんどおびえたようにマリアを凝視している。マリアは重心を崩してふらついた。片手でコンロの手すりにしがみつく。

「焼いておくれ!」今度の声は命令調で、襲いかかるべく待ち伏せしているかのようでさえある。

「焼くんだよ!」

リトヴァはマリアから視線を外せずにいる。おまるを慎重に床に置き、マリアの脇を回ってコンロの前に立つ。マリアは一歩脇にどいたが、鉄の棒はしっかり握ったままでいた。リトヴァがフライパンのくぼみに生地をまた流し込み始めた。しみ出してくる熱いバターの香りが、コンロのフードを素通りして部屋の中へと逃げていく。リトヴァはマリアの手からナイフを取ると、パンケーキをひっくり返した。マリアは無言でパンケーキを見つめている。リトヴァは焼けた分を皿に盛り、自分の右側、マリアのそばに置いてから、さらに生地をフライパンに流し込んだ。マリアは火のように熱いパンケーキを口に運び、咀嚼した。自分自身が解き放たれていくままにする。体の下で両足が溶けていき、巨体がゆっくりと床に向かって沈み始めた。片手で鉄の棒をしっかり握り、体の動きを加減しながら、もう一方の手はやけどしそうに熱いパンケーキを皿から口に運び続ける。リトヴァはひもを引いて換気口を開けたが、部屋にはすでに、青みがかった灰色の煙が充満していた。

薄いよだれの小川がマリアのあごを流れ落ちていく。彼女の心の中でさまざまな映像が光を放っている。過ぎ去ったはるかな時代の聖母像、助産師学校の教材の壁掛け画に描かれていた、原始人が岩に刻んだという豊満な産婦、百の乳房を持つ古代ギリシアの多産と豊穣の女神。この世界に新たな命をもたらす女たちの姿。新たな実りを与え、乞われれば加護を授ける。その乳房は巨大な波のようにたっぷりとして、腰は丘陵のように広い。はるかな国々から巡礼が訪れて、子宝を授け給え、苦痛を取り除き給えと女たちに祈った。女たちの前には尊い生贄が捧げられた。女たちを照らすために火が燃やされ、ろうそくがともされ、女たちの体は強い芳香を放つ油を塗られてなでさすられた。むせ返るような香が、女たちの前に焚かれた。

「焼いておくれ」彼女は泣いていた。かつての家の調度品が生贄のかがり火となって燃え上がり、哀願するその声は、いにしえの神殿を覆う弓なりの天井にこだました。「焼いて」

ラハヤの章

神への畏れが、わたしの人生において最大の力であらんことを。
わたしは常に、最善を尽くすことをおのれに命じます。
逆境にあっては、われわれの目標の偉大さを思い起こします。
自分を捨て、自らを律します。

女子補助部隊の規律　1936年

一九一一年　真珠採りの道　*Helmenpyytäjäntie*

熱にやられた茶色のガラス瓶がいくつかと、長い鉄釘が五本、金属板が半分、それがラハヤの見つけたものだった。金属板には大文字の活字体でＡＰＴＥと書いてある。どれもラハヤがもう知っている文字ばかりだ。

建物の中で、周りにあったものが無に帰したあとも倒れずに残った煙突が、空に向かって手探りするように突っ立っている。二階には、何もなくなったところにしがみついているストーブがふたつ、一階に残っているのはかまどと、タイルストーブが三つ。そのうちひとつは立派なものだ、あれは薬局《アプテーッキ》の店の中にあったストーブだ。曲がった火掻き棒で、ストーブの耐火壁の脇の灰をほじくり返してみる。母さんからは、焼け跡に行ってはいけない、と言われているが、ラハヤは隙を見てもう三回もここへ来ていた。来るたびに焼けた材木の山からいろいろな宝物を掘り出して、中でも特にきれいなものは、前掛けのポケットに隠してこっそり家に持ち帰った。宝物は、広間の隅に柱みたいにそびえ立っているシュロの木の陰に隠してあって、母さんがお産に呼ばれて出かけたときだけ、取り出して眺めている。母さんがお産に呼ばれたら、ぐずぐずしないで隣のおばさんのところへ飛んでいき、母さんが迎えに来るまではそこで食事をしたり眠ったりしなければならない。それはラハヤもわかっていた。けれど、隣へ行く前に、やりかけの遊びを最後までやってしまいたいこともあるし、部屋から広間を通って台所まで床に足をつけずに行けるか試したいこともある。ときには、隣の家になど行かず、内緒で家にひとり残っていることもあった。遊ぶときはひとりがいちばん楽しいと思う。

焼けてしまったこの建物の以前の姿、つまり、新しく来た女中がマッチを擦ってエチルアルコールの樽を覗き込み、お医者の注文どおりに売るほど量があるか確かめようとしたという、それより前の姿を、ラハヤは覚えている。爆発が起きたところは、ラハヤは見ていないし、建物がうなるような音とともに燃え上がり、道に面した窓という窓のガラスが一斉に砕け散ったところも、髪に火のついた女中がなんとか道まで走り出てきて門に倒れかかり、身をよじった様子も、見てはいない。何もかも、ラハヤは自分の目で見たわけではないが、もちろん話は聞いていた。誰もが聞いていた。その週は誰もが同じ話題でもちきりだったのだ。現場にやってきた薬剤師のランベリが——それにしてもあの男は急に元気がなくなってしまっていたが——燃えている自分の薬局を眺めていた様子。やがて彼は金切り声を上げる妹たちの脇を通り過ぎ、穏やかな足取りで火に包まれたドアから中へ入っていって、そのまま戻ってこなかったこと。事情通の人々は、あの男は頭に腫瘍ができていたのだ、と言った。クリスマスのころから痩せ始め、顔色も悪くなっていたのはそのせいだ。医者のカールレラ先生から、できることは何もないと言われ、それでランベリのやつは死へと足を踏み出したのだろう。

一方で、薬剤師は単にレジスターを持ち出そうとしただけだと言う者もあった、それは村で最初のレジスターだったのだ。ハンドルを回して使う機械で、それを見ようという人が、ひとり、またひとりと薬局に立ち寄っては、〝教会ドロップ〟と呼ばれる喉飴やら、〝穴釣り師の咳止め〟の名で知られる咳止め薬やらを、用もないのに買っていた。うわさによると、周りの郡からも腰痛用の塗り薬を買いにはるばる客が来ていたのではないかという。薬剤師がレジスターに並ぶボタンを押すと表示板が現れて、まずは黒い数字で1、それから赤い数字で20と5、というふうに示されるのを見物したい一心で。薬剤師がさらにハンドルを回すと、真鍮の柔らかな音が機械の奥からチンと響き、引き出しがひとりでに開くのだった。

　去年の秋、ラハヤは薬剤師のところへ行ったのだが、そのときはかまどのそばで背もたれのない椅子に座らせてもらって、この火掻き棒はちょうどその場所にあったのだった。薬剤師は、薬局の客を女中にまかせて、ラハヤと母さんをすぐに店から住まいのほうへ招き入れてくれた。ラハヤのために、紙をくるくる丸めてラッパの形を作り、背の高いガラス瓶から取った縞模様のキャンディを山盛りに詰めてくれてから、暖かいかまどのそばの椅子に座らせた。それから薬剤師は母さんとふたりで食堂へ入っていき、ドアを念入りにしっかり閉めた。ラハヤはキャンディをなめながら足をぶらぶらさせていた。足はもう、ほとんど床に届いている。母さんが薬剤師に向かって穏やかな声で、男らしくとかあきらめたとか言っていて、薬剤師のほうは、新たな可能性とか、もう一度、とか早口にささやいているのを、ラハヤは聞いていた。かまどの脇では、皮をむいたジャガイモが冷たい水につけられて出番を待っていた。そういえば母さんがラハヤに、キーッセリ（果汁に片栗粉などでとろみをつけた甘い食べ物）を作ってあげると約束してくれた。

　母さんと薬剤師が食堂に消えてからいくらもたたないうちに、黒い髪をした薬剤師の妹が台所のドアから入ってきた。洗濯かごを補助テーブルに置いたとき、妹はラハヤに気づいた。妹はその場に凍りつき、その口はおかしなふうに開いて、閉じて、また開いたが、言葉はひとつも出てこない。

それから彼女はラハヤの脇を走り抜けて、食堂のドアを大きく開いた。薬剤師が手に顔を埋めて食卓の前に座っていて、母さんは窓辺に立って道のほうを見ている。薬剤師の妹はドア口で立ち止まった。

「助産師に言ったはずでしょう、二度とこの家に私生児を連れてくるなって！」

その言葉を、ラハヤは以前にも隣の女の子の口から聞いたことがあった。その子とふたりで、どういう意味なのか考えてみた。ほかとは違って特別という意味ではないかと、ラハヤは思った。

今日の母さんは、薬剤師の妹にどなり返しはしなかった。とても落ち着いている。

「だったら、お兄さんに言っておいてくださいな。二度と押しかけてこないでほしいって」

薬剤師の妹がどうしてあんなに怒っているのか、ラハヤにはよくわからなかった。たしかに普段から怒りっぽい人だったし、四つ辻やカウコニエミの市で行き会っても、母さんと口をきいたためしがない。しかし、いまの彼女は容赦なくどなり声を上げていて、ラハヤのほうは、誰が誰にふさわしくないというのか、意味がわからずにいた。ほどなく、店に続くドアが開き、薬剤師のもうひとりの妹、背の低いほうも走ってきて、村の半分が壁の向こうで聞き耳を立てているし、もう半分は窓越しに路上で聞いている、とわめき出した。すると母さんは、真実を耳にせずに終わる人がひとりも出ないように、いっそ窓を開けたらいい、と言った。母さんには隠すべきことなど何もないのだそうだ。

ラハヤは、キャンディの縞模様のうち白い縞だけ先になめて、あとから赤い縞をなめられるか、試していた。開け放しのドアのところに、こちらに背を向けて立っている薬剤師の妹たちの姿が見える。後ろから見ると、ふたりのうち片方はお尻の幅が狭く、ドレスが凹凸のない袋みたいに、脇の下から裾へ向かってまっすぐな線を描いていた。もうひとりのお尻はもっと大きく、丸く膨らんだ肉がスカートの腰回りの左右に突き出している。ふたりのうちどちらでも、赤ん坊のへその緒をプーッコで切る勇気があるだろうかと、ラハヤは考えた。母さんはなんてえらいんだろう。母さんは自転車にも乗れて、大きな道が始まるところから先へ出かけていったこともあるし、そうしたら畑に出ている男の人たちが、黒くて長い上着を着た母さんの姿にびっくりして、悪魔が来ると思ったのだ。

母さんが落ち着いた足取りで食堂から出てきた。頬に点々と白いしみが浮いている。母さんはラハヤの手をぎゅっとつかむと、台所のドアを通って庭へ連れ出した。帰り際、母さんは、薬剤師の妹のうち年かさのほうから手渡されたお札を、台所の補助テーブルに置いた。ラハヤは縞模様のキャンディを椅子の上に置いてきてしまってがっかりしていたが、泣いても母さんは取り合ってくれなかった。切妻窓から薬剤師がうなだれたまま手を振ろうとしている。だいぶ歩いてから振り返ると、薬剤師はまだ窓辺にいた。ラハヤは手を振り返そうとしたが、母さんに引っ張られ、凍てつく空に手袋の片方が線を一本描いたところで終わってしまった。

その後、どんなに頼んでもラハヤが薬局へ行かせてもらえることはなかった。ラハヤは自分の部屋の窓から、毎晩、ひと晩に二度ほども、薬剤師が家畜小屋の陰になった庭先の雪の上に立って、自分たちの家をじっと見つめているのを目にするようになった。クリスマスの少し前に、薬剤師は雪の上に小さな贈り物の包みを置いたが、母さんが窓を開けて、ランベリは酔っ払いすぎだ、うちに帰って妹たちのスカートの陰にもぐり込んでいるがいい、とどなった。ラハヤはその後もずっと見ていたが、薬剤師は動こうとしなかった。朝にはもう、家畜小屋の陰にその姿はなかったが、彼がいたのはちょうど軒から雪が落ちてくる場所だったから、いなくなっていてよかったと思った。さもないと、頭の皮がはがれてしまい、病院に連れていかれて、大きな針と毛糸で皮を頭に縫いつけてもらう羽目になったかもしれない。昼になって、生ごみのバケツを持って外へ出たラハヤは、贈り物の包み紙がごみ溜めに蹴り込んであるのを見たが、包みの中は空っぽだった。

そして、薬剤師は死んでしまったのだった。今朝、ラハヤは母さんと一緒に、薬剤師の墓へ行ってきた。葬儀のあとすぐに埋められたのだが、そのこんもりとした土の上に、冬の空気が乾燥させたヒースの花束を置くようにと、母さんに言われた。きれいな花束だったから、もらって取っておきたいと思ったけれど、母さんの顔を見る限り、そんなことは訊かないほうがよさそうだった。

ラハヤは地面をほじくり、鉄の火掻き棒はいよいよ曲がっていく。あそこにあのタイルストーブがあるということは、プラネンさんのおばさんがいつも腰掛けてふうふう息をついていた椅子は、こっちにあったはずだ。あそこには、台所へ続くドアの焼けた枠がある。ラハヤは振り返り、ドアの枠までの距離を目で測ってみた。どこかこのあたりに、粉薬や、錠剤や、縞模様のキャンディがいっぱい入った背の高いガラス瓶を載せた、棚があったはずだ。どこか、このあたりに。

一九三一年　燃える火の小道　*Palonkuja*

暗闇の中でも、ラハヤは明るいところと同じようにうまく動ける。斜め前、下のほうへ向かって手を伸ばし、そのまま指が暗室のテーブルの表面に触れるまで前進していく。右手でテーブルに置いておいたものを探り、左手はさらに下へ進んで、スツールの座面を探り当てる。ラハヤが腰を下ろすと、両手はまるで自ら動き出したかのように作業を始めるのだった。

生まれた村で、ラハヤはすでに、ひととおりのことを経験し終えていた。銀行の事務室では、南部へ送られていく現金に添えるための印刷済みの伝票に、厚紙の表紙がついた帳面から数字を書き写す仕事をした。

「ラハヤには、この仕事で常勤になってもらってもよさそうだが」しまいに銀行の支配人は言った。「どうせそのうち結婚して辞めてしまうだろう。これ以上、仕事を教えても無駄だろうよ」

教会村の病院では、ラハヤは白衣を着て、肺病の患者たちをベッドから起き上がらせ、器具を消毒し、手術の助手を務めた。

「彼女は手先が器用で、血を見ても怖がらない」医者はそう言ってラハヤをほめた。「しかし、すでに娘がひとりいるし、いずれは夫だって持つかもしれないからな」

ラハヤの目つきに気づいた医者は、つけ加えて言ったのだ。「おまけに、心臓が弱いだろう。病人や不調を訴える人を抱き起こす仕事は、そういつまでも続けられまい」

ラハヤの両手は、テーブルの上にある木製のホルダーを探り当てて、ホルダーのふたを溝に沿って滑らせ、閉じていく。さらにホルダーを裏返し、背面の板を外して、テーブルに置く。

かつてのラハヤの前で、扉は次々に閉ざされていき、あるいはまったく開いてくれなかった。理由としてしばしば引き合いに出されたのは、体が弱いことか、その職業で必要とされる能力が女には備わっていない、ということだった。そんな理由の裏に、言葉にされない別な理由が存在するのを、ラハヤの耳は聞き取った。信心深くないから。子どもがいて、なのにまだ結婚していないから。夫を養っているわけではないから。ラハヤは変わろうとし、ほかの人たちと同じようにふるまおうとして、女子補助部隊の一員になり、教会へ行き、母親から軽蔑の言葉を投げつけられながらも信者の集まりに顔を出したが、それでも働き口の席には、ラハヤ以外の誰か、たいていは信仰の兄弟や姉妹が納まってしまう。つい最近まで働き手など募集していなかった席でさえ、それは同じだった。

テーブルの上に重ねてあるガラス乾板を手探りする。ガラス板は壊れやすく、しかも絶対に裏返してはいけない。部屋を暗くする前に、すべて正しい面を上にしてそろえておいたのだ。ガラス板をホルダーの底、ガラスの上に重ねていく。それが済むと、ラハヤの指は左側に置かれた密閉容器から印画紙を取り出そうとした。すべすべした面はどちらか、指で確かめる。ほかの見習いが束ごとひっくり返したかもしれないからだ。印画紙を一枚、ガラス乾板の上に載せる。それから両手が再び背面の板を探って、それを所定の位置に納め、掛け金を掛けて、印画紙とガラス板にしっかり圧力をかける。処理の終わった木製ホルダーは、サイドテーブルに重ねておく。あと五枚だ。

ドアをノックする音が響く。

「誰かいるのかな、もう入っていいかい？」

「コルカラさん、ちょっと待ってください。すぐ入れるから」

ある朝、ラハヤは助産師の家で、黙ったまま荷造りをし、ベッドで眠っているアンナの頬をなでてから、広間のテーブルに封を閉じてある封筒を置いた。まどろんでいる春の村を横切り、四つ辻で馬車に乗った。お母さんはきっとわかってくれる、ラハヤはそう信じていた。アンナはわかってくれないかもしれない。しかし、どこか働き口さえ見つかれば、その後はしょっちゅう家に帰ってくるつもりだった。いつまでも母親に養ってもらう気は、彼女にはなかった。

最後の木製ホルダーが仕上がった。ラハヤは立ち上がり、テーブルに黒く分厚い布を広げてから、その上に木製ホルダーを積み重ねて、布できっちり包み込む。最後に、印画紙がすべてきちんと容器に入っているか、確認する。それからホルダーの包みを抱え、ドア口までの道を探った。分厚いカーテンを探り当てて、それを開け、取っ手を見つけて、ドアを開ける。なだれ込んでくる光に目がくらみ、ラハヤは目が慣れるまでしばらくのあいだ立ち止まっていた。ドアの脇に、何枚ものガラス板を両手で持ったコルカラが立っている。彼は大げさに呆れた顔をしてみせた。

「ずいぶんかかったね」

「きちんとやれば、時間がかかりますよ。急いでやったら仕上がりはお粗末よ」

ラハヤはホルダーを抱えて修整室を横切っていく。部屋の窓辺には布をかぶせた箱がいくつも置かれている。箱の向こう側には鏡があって太陽の光を集めており、反射したその光が布の中央に設置してあるネガを透過して、写真に撮られた人物に備わっている欠点を、小さなものまで暴き出す。

見習いの仕事は、先の細い筆を使って、人物の目が光を反射してしまっているのや、目の下のたるみや、肌のでこぼこ、あばた、しみ、しわなどを、ひとつひとつネガから消していくことだ。それが済むと、ようやくガラスの板から写真が現像され、注文した人は、条件が違っていればこうだった、という自分の姿が写った写真を持ち帰っていく。

見習いのひとり、口ひげをたくわえた男が、顔を上げる。

「ラハヤさんは休憩かい？」

ラハヤは布で包んだホルダーを高く掲げてみせた。

「これを感光させにいくの」

「まだべた焼きをやっているのか？　ここには引き伸ばし機があるのに」

「使いたくないから」

「教えてあげられるけど」

「そうでしょうね」

一年前、オウルのパッカフオネ通りに立つヘランデル写真館に、ラハヤが交渉の末見習いとして入ってからというもの、こんなふうに教師役をやりたがる輩が引きも切らない。ヘランデル氏は最初、ラハヤの採用に乗り気でなく、ただ事務所の椅子に座ってパイプをふかしながら、ラハヤを頭のてっぺんから爪先まで値踏みするように眺め回した。しかし、あとには引くまいとする意志と、必死でこらえている涙を目の当たりにして、ヘランデル氏の態度は少しずつ軟化し始めた。ラハヤにとっては、もしも断られたら、その朝もう三度目のことになるはずだった。

「それで、お嬢さんは写真撮影について何を知っているんだね？」

「何も。だから、ここにいるんです」

「ここじゃ女はやっていけんよ」

「どうしてですか？　ほかの人がやっていけるなら、あたしだってやれます」

「ほかはみんな男だ」

「でしたら、女性を採用する時期です。自分のことは自分できちんとしますから」

実際ラハヤはきちんとやった。初めのうちは、朝から晩まで修整作業をするテーブルに向かい、写真に写った人々の欠点を筆先で隠し続ける日々だったが、やがて印画紙の感光をするようになり、ついには写真機のカートリッジに未使用のガラス乾板をセットするようになった。それだけでなく、自分自身の面倒もきちんと見た。小娘呼ばわりされても穏やかに聞き流し、暗室の中で体に伸ばされてくる指があれば強くつねってやった。そしてだんだんに、自分は少なくともほかの見習いの青年たちと同じくらい優秀だし、ときには彼らより優れていることを証明していった。失敗するつもりは、ラハヤにはない。ほかの見習いたちと違い、彼女の選択肢は限られている。女性が就ける独立した職業は、多くはないのだ。

ラハヤは誰もいない広々とした撮影スタジオを通り抜けていき、木製の三脚に載せられた写真機の脇を過ぎたが、見習いの中でこの写真機を扱わせてもらえるのは彼女だけだ。それから中庭へ続くドアを開けた。朝のうちは曇り空だったのが、いまは太陽が顔を出している。軒から水滴がぽとぽと落ち、木々の小鳥は夏を呼び寄せようと歌っている。庭の雪はもうほとんどとけており、まだ白いものが見えるのは日陰になった場所だけだ。ラハヤは包みを庭のベンチに置いた。いまなら光は十分だが、風が大きな雲を太陽の前へ押しやろうとしている。シャツの裾から鎖にぶら下げた時計を引っ張り出す。時計は止まっている。竜頭《りゅうず》をいっぱいに巻いたが、針は動かさない。いまは時刻に意味はなく、秒数がわかればいい。

黒い布の端をめくり、中から一枚目のホルダーを取る。それをベンチに置き、時計が示す時刻を確認してから、ホルダーの木製のふたを横にずらす。ふたは溝に沿ってなめらかに滑り、射し込んだ太陽の光が、ガラス乾板を透過して印画紙を照らした。ラハヤは時計で時間を計っている。秒針が十五秒ぶん進んだところでふたを閉じ、さらにホルダーを念のためひっくり返しておく。それを黒い布の中へ戻し、次のホルダーを手に取る。雲が光をさえぎってしまう前に、すべて感光させなくてはならない。雲がかかると適切な露光時間の判断が難しくなり、写真の仕上がりにむらが生じてしまう。

最後のホルダーに、正確な秒数で光を当て終えた。眠りから覚めた小さなクモが一匹、ベンチの表面をせわしげに横切っていく。ラハヤは黒い布をしっかりと包み直した。建物の中へは入らずに、両足のかかとをベンチに載せて、足首にスカートを巻きつける。春の太陽が顔に温かいが、吹く風はまだひんやりしている。

撮影スタジオのドアが開いた。

「お嬢さん、そろそろ用意できましたか?」

ラハヤはそちらに目を向けない。

「また、何を急いでいるの?」

返事が聞こえないので、ラハヤは振り返った。ドアのところに、先週の月曜日に写真を撮った、背が高くて黒髪のよく笑う男性が立っている。肖像写真、焼き増しは三枚。今日の彼は、ぱりっとしたダブルのジャケットを着ている。ラハヤはあわてて立ち上がった。

「すみません、別の人だと思ったものですから」

「写真のことはこちらで訊くようにと言われたんです。もう、できあがるそうですね」

「すぐに参ります」

「あわてなくていいんですよ」

男はドアを閉め、庭へ出てきた。

「ご一緒しましょうか」

ポケットから金属製のたばこ入れを取り出し、一本取ってくわえてから、ラハヤのほうを見て、勧めてくれる。

「お嬢さんは吸われますか？」

「女性のすることじゃありませんので。少なくとも、ここでは」

「そうなんですか？　そんなこと、いつから禁止になったんです？」

ためらってみせたほうがいいだろうか、とラハヤは考えたが、そんな気になれない。相手はたばこ入れをこちらに差し出したままで、そこから一本もらう。男が火を貸してくれる。

「どうです、できあがってくる写真は本人に似ていますか？」

「それはもう、モデルがハンサムですから」

たばこの煙が甘やかに頭へとのぼってくる。

「女の子たちに送るのにぴったりですよ」ラハヤは続けた。

男が笑い声を上げる。

「外国にいる、知り合いの男のところへ送るんです」

「ごめんなさい」

「訊かれるのはかまいませんよ」

男はラハヤを見て、目を細めた。

「お嬢さんは、ご自分の写真館を持つおつもりですか?」

ラハヤはあわてて、煙をさらに吸い込んだ。煙が目の奥で脈打っている。笑っている男の顔をじっと見つめる。こんなことを口に出して尋ねたのは、この男が初めてだ。ラハヤは考え込み、言葉は煙と一緒に逃げていこうとする。口を開いたラハヤは、自分は見習いの中でいちばん優秀だけれど、独立するとは誰も思っていない、と話し出す。みんなからは、ここに残るか、さもなければ誰かほかの人と一緒に裏方へ回り、修整作業用のテーブルにつくことになるだろう、と思われている。しかし自分としては、深い森に覆われたあの土地へ帰り、自分自身とさらには娘をこの手で養っていこうと決めている、そのこともラハヤは話した。たばこの煙が、切れ切れの考えをより合わせて、夢や計画を紡いでくれる。母親がお金を貸してくれ、細長い家の端にある一室か、あるいは広間を自由に使わせてくれたら、どうだろう。もしくは、家の反対側の端に部屋を増築できるかもしれない。ラハヤにはわかっている。新たな風潮は、道をたどっていずれは遠い高原地方へも届き、村人たちは少しずつ、人生の節目の出来事を紙の上につかまえておくことを覚えて、婚礼写真や婚約記念の写真がほしいと自ら願うようになるだろう。ラハヤの中の煙は語り続けた。外国へ移り住んだ知り合いが送ってよこす贅沢な肖像写真を見るにつけ、鬱憤をため込んだ人たちが、こっちからも同じような写真を、あるいはもっと豪勢な写真を送り返したいと望む日が来るだろう。そういう場合に備えて、撮影スタジオには立派な円柱を置き、布に美しい背景画を描かせなくては。ひだを取った重厚な生地など、いいかもしれない。そして、いつか帰る日のために、電気がいらず、太陽光しか必要としないあらゆる技術を、いまは注意深く身につけようとしているのだ。

夢の最後のひとつまでもが煙とともに消えていった。ラハヤはわれに返り、空っぽで丸裸になった自分を感じたが、男はそれまで話をさえぎらず、途中で笑ったりもせず、きちんと耳を傾けてくれていた。彼の顔には見下した表情も驚きの色も見えず、あるのはただ、まぎれもない存在感だけだった。うっかりアンナのことを口にしてしまったときも、軽蔑が浮かんできたりはしなかった。

誰かが窓を叩いた。コルカラがガラス越しに、中へ入るよう手招きしている。ラハヤは火の消えたたばこを地面に投げ捨て、念のために踏みつけてから、ホルダーの束を腕に抱えた。

「呼ばれているから、行かないと」

男はうなずき、やはり立ち上がる。

「明日、あらためて来ましょうか」

「ええ、いらしてください。そのときには、準備ができていますから」

「何が？」

「写真ですよ」

コルカラは窓辺から動かずに、ラハヤが入ってくるのを待っていた。

「男の気を引こうとしているのかな？」

それには答えず、ホルダーを暗室へ運んでいく。これからまだ、暗室で印画紙を取り外し、現像液に浸けて、画像を浮かび上がらせなくてはならない。サウナで洗い桶いっぱいのお湯を浴びたときのようなすがすがしさを、ラハヤは感じている。

一九三八年　足を取られる道　*Jamatie*

ラハヤは熱を出した子どもをベッドに寝かせた。何かでくるんでやらなくてはならない。マリアがショールを手渡し、ラハヤはそれで子どもをくるみ始めた。ベッドの足のほうにアンナが立っていて、妹を見つめている。

「心配いらないよ」そう言って、オンニはドアの枠に寄りかかった。「冷えただけかもしれないし」オンニは落ち着いた態度を見せようとしている。ゆうべ、ラハヤはヘレナのかたわらで夜明かしをし、朝になって目を覚ました夫から眠ったほうがいいと声をかけられるまで、ベッドの脇に座っていた。夫の鷹揚な様子は、上から紙を貼りつけたかのようで、ラハヤには無理をしているように思えた。

「小さな子というのは、いろいろあるものじゃないか？　明日まで様子を見て、それから病院へ連れていったらどうだろう？」

くるんでやっている最中に、ヘレナの背中が弓なりにそり返り、両手両足は体の後ろへぴんと伸ばされた。ひび割れた唇が開いてふたつの大きな曲線を描いたが、声はまったく出てこない。ラハヤは胃が縮こまるのを覚えた。ヘレナを抱き上げ、自分の胸に押しつけて、動きを止めてやろうとする。マリアがベッドの頭のほうへ腰を下ろした。そして、オンニを見た。

「これは、冷えたんじゃない。先生のところへ連れていって、診てもらわなくては」

オンニは肩をすくめ、コートを取りに出ていった。ヘレナの筋肉の痙攣が治まってくると、ラハヤは再びベッドに寝かせてやった。背中に手を回して前掛けの結び目をほどき、きちんと四角くたたんでベッドの上に置く。アンナが膝によじ上ろうとしてくる。ラハヤは娘を膝に乗せ、両腕を回した。お腹がつっかえてしまう。アンナは妹を見ていたが、やがてマリアのほうへ視線を移した。

「おばあちゃん？」

「うん？」

「神さまがヘレナに罰をお与えになっているんじゃないの？」

「どうして神さまがそんなことをなさるの？」

「ヘレナは悪い子だったのかも」

オンニはラハヤのコートを手に持ったまま、ドアのところで立ち止まっている。彼自身は、ボタンが二列に並んだ丈の長い薄茶色のコートを着ていた。コートを差し出しながら、アンナの言葉を聞いている。

「ヘレナがいつ、悪いことをする暇があったというんだ？」オンニが訊いた。その声は挑むような響きを帯びている。

アンナはどう返事すべきか考えざるを得なくなった。

「だって、悪いことをしたら必ず罰が下るんだから」

オンニの顔を、見知らぬ仮面のような奇妙な表情がよぎった。しかし、彼はやがて身をかがめ、アンナの頭をなでてやった。アンナはさらに言い募った。

「毎晩泣いてばかりいるんだもの」

「泣くのは赤ん坊の仕事だ。わざと悪いことをする人なんか、ここにはひとりもいないよ」

オンニがアンナをわが子として受け入れていることに、ラハヤは毎回驚かされてしまう。いまだに、アンナは誰の子だったのかと思い出したように訊く人もいるが、オンニはそんなことに興味を示さなかった。彼がその質問を口にしたことは一度もない。オンニは、初めて会った次の日に求婚してくれたのだった。彼はただ、ひとりの女性を探していたら、ふたりも見つけてしまった、と笑うばかりだった。もうできあがっている家族が手に入った、とも言っていた。ヘレナが生まれたとき、オンニはけっして初めての子ができたと言わず、誰に対しても、自分はすでに三人の美しい乙女に囲まれていて、そのうちいちばん年上のひとりと結婚しているのだ、と話していた。オンニの話には誰もが笑い声を上げ、誰もが彼とおしゃべりをしたがった。意味もなく笑うというそのふるまいに、ラハヤはときに苛立ちを覚えた。

「そろそろ行かない?」

ラハヤは一刻も早く出発したかった。オンニがコートをベッドに置いた。ラハヤはアンナを床に下ろし、コートを着るために立ち上がろうとした。オンニが手を貸す。アンナはもう一度抱っこをせがんだが、聞いてもらえない。マリアが手を差し伸べ、アンナはその膝によじ登った。ラハヤはコートのボタンを留め、赤ん坊を抱き上げようと振り返ったが、そのときにはすでにオンニが娘を腕に抱き取っていた。どうしよう、とラハヤは思った。仕方なくたたんであった前掛けを取り、それをたんすの上に置く。アンナはマリアのお腹にもたれかかり、足をまっすぐ前に突き出している。

「絶対に神さまが、誰かに罰を与えているんだから」アンナは物知り顔で言った。

オンニの動きが一瞬止まった。それから彼はこちらに背を向け、ヘレナを抱いて外へ出ていった。ラハヤは夫について台所のポーチを抜け、庭へ足を踏み出した。冷気が顔をなぶる。朝、庭の奥から戻ってくるときに雪を掻いておいたのに、階段はすっかり雪に埋もれてしまっている。

表通りは幅が狭まっていて、二台の馬そりがすれ違うのも難しいほどだった。道の両側には雪の壁が高くそそり立っている。ラハヤは夫から二歩ほどさがって歩いていた。夫と同格の顔をして、並んで歩こうとしていると、信心深い人たちに言わせないためだ。できれば病院へはひとりで行きたかった。夫が子どもを抱いているなど、すれ違う人が見たらなんと思うだろう。オンニは大股で歩き続け、あとを追うラハヤの足取りは小走りに近くなった。

「ちょっと待って」

オンニが振り返り、足を止めた。ラハヤは下腹部を押さえ、少し荒い息をついた。

「痛むのかい?」

「いいえ。お腹が張っただけ」

オンニが村のほうへ目を転じる。彼のうなじにかかる、念入りにはさみの入った髪を、ラハヤは眺めた。せめてヘレナを抱かせてもらえたらと思ったが、オンニは子どもを放す気などなさそうだ。

「そろそろ行こうか?」

「そうね」

オンニは急ぎ足で国民教育学校の交差点を過ぎ、国境警備隊の建物も過ぎて、病院へ向かっていく。誰かと行き会っても会釈するだけだ、ヘレナをラハヤに預けて帽子を取ることもできるのに。

オンニが履いている、爪先のそり返ったブーツの下で粉雪が鳴る音を、ラハヤは聞いていた。自分は必要とされていない、という感覚が、奇妙な形で彼女をとらえた。

「ヘレナの様子はどう？」

「どうって、ただどこかを見ているよ」

アンナも小さいころは熱を出したし、高熱が出たこともあったが、いまのヘレナは何かが違う気がする。最初は風邪をひいたように見えたのだが、熱は続かなかった。夜中になるとひじから手首にかけて赤い発疹が現れたが、それでも朝のうちはまだ、回復しそうな様子だったのだ。しかし昼になるとまた熱が上がり、ヘレナはむずかるようになった。音と光が痛みをもたらすようだ。

「待ってよ」

オンニは振り向き、ラハヤは足早に何歩か進んで彼の横に並んだ。ヘレナは目を覚ましていて、まっすぐ前を見つめている。先ほどより元気になったように、ラハヤの目には映った。微笑みさえ浮かべたのでは？　お腹の底に安堵が広がる。

「やっぱり、よくなってきたのかしら？」

「とりあえず病院には行こう、そうしたら安心できるだろう」

「高くついてしまったら？」

「金がかかるときはかかるものだよ。金の問題だというんなら、これからはジャガイモだけ食べることにすればいい」

オンニは四つ辻まで歩を進めた。生協の店の窓を覆う縞模様の日よけは、冬のあいだは跳ね上げられている。四つ辻ではまっすぐに進み、ライスタッカ家の屋敷のところで左に曲がって、病院の平屋の建物を目指した。煙突から垂直に立ちのぼる幾筋もの煙は、やがて風とともに湖のほうへ消えていく。

待合室に入っても、オンニはラハヤに子どもを渡そうとしなかった。頑固にヘレナを抱き続けたまま、どこへ座ろうかと目で探している。入口のそばの、ぴかぴかに磨かれた痰壺の脇に、毛皮の帽子をかぶった年配の男がいて、ラハヤたちに向かって目礼してきた。その男が、昨年の夏にお産のためマリアを呼びに来たことを、ラハヤは覚えていた。そのときマリアはまだ前のお産から戻っておらず、男は夕方になるまで台所で辛抱強く待ち続けていた。オンニが男の隣に座ろうとして行きかける。

「そっちへ行っちゃだめ」

「どうして?」

「お母さんが言ってたのよ、あの人の住んでいるあたりじゃ結核がはやってるって」

痰壺の中に詰められた針葉樹の枝に向かって、男が長く尾を引くつばを吐くのが目に入り、オンニは部屋の反対側の長椅子に腰を下ろした。その場所から愛想よくうなずいてみせる。

カールレラ先生の部屋のタイルストーブは、暖かすぎるほどに熱を発散していた。ラハヤは子どもとふたりだけで大丈夫と言ったのだが、オンニは診察室の中までついてきた。そして医師と握手を交わし、ドアのそばの椅子に腰かけた。ラハヤは子どもの服を脱がせ、診察台に寝かせた。医師は聴診器を耳に当て、長い時間をかけてヘレナの肺の音を聞いている。首を押さえて脈を測る。ヘレナの腰を診察台に押し当て、足をつかんで、膝を曲げたり伸ばしたりする。ヘレナが妙におとなしいと、ラハヤは思った。カールレラ先生は指をヘレナの胸に当て、手の甲をもう一方の手で軽く叩いて、ヘレナの表情を観察している。やがて医師はラハヤのほうへ向き直った。

「明らかに炎症を起こしていましたが、すでに峠は越えています」

安堵がラハヤの全身を貫いた。オンニが、言ったとおりだろう、というように微笑みかけてくる。

「よくなりますか？」

「安静にしていれば症状は必ず治まりますよ。ただ、お子さんの体力が回復するには、まだしばらくかかるでしょうがね」

ラハヤは涙があふれ出さないように目を閉じた。ほっとしたせいで唇がうずいている。オンニがそれに目を留め、気づいているよと知らせるように、両目を閉じて、また開いた。

「何か、してやれることはあるでしょうか？」

「隙間風の入らない場所に寝かせて、暖かくしておやりなさい。夜中はどんな様子ですか？」

「はい、ほとんどひと晩中、眠っています」

「でしたら、心配いりません。奥さんご自身の具合はいかがです？」

「特別なことは何も。元気にしています」

ラハヤはお腹をかすかに蹴られたのを感じた。その場所に手を当てる。オンニのために息子を産んであげられたら、どんなにすばらしいだろう。

ラハヤがヘレナの手を毛糸の上着の袖に通そうとするのを、カールレラ先生が眺めている。ヘレナはずいぶんおとなしい。まるで、あらゆることに興味がないかのようだ。先生は着替えの様子を見守り続けている。その目つきが鋭くなった。

「お待ちなさい」

「何ですか？」

オンニが椅子の上で居ずまいを正した。

「もう一度、お子さんをこっちへ連れてきなさい」

「上着を脱がせましょうか？」

「着せたままでかまいません」

カールレラ先生はヘレナを診察台の上に仰向けに寝かせた。ヘレナはすぐに膝を曲げて両脚を上げ、足の指を丸めた。先生はヘレナの顔の上に手を掲げ、まずは右へ、それから左へと動かしている。

「おかしいな」

オンニが椅子の上から身を乗り出した。表情が深刻になっている。

「どうしたんです？」

「お父さん、そこからお子さんを呼んでみていただけますか」

「いったいどうしたんですか？」

「お子さんの名前を呼んでください」

ラハヤは理由がわからないまま、お腹の底がぎゅっと縮こまるのを感じた。

「ヘレナ」オンニはそっと声をかけた。

「お子さんがそちらを向くようにしてみてください」

「ヘレナ、父さんはこっちだ。こっちだよ」

ヘレナは声のするほうへ顔を向けた。しかし、カールレラ先生が反対側で指を鳴らすと、ヘレナはさっとそちらを向いてしまった。先生はヘレナの顔の上に手を掲げて、右から左へゆっくりと動かし、同じくらいゆっくりと右へ戻した。先生の額に幾筋かのしわが寄る。ラハヤは先生の手の動きを見ていた。二、三歩近づいて、わが子の顔を見やる。ヘレナの視線は、指を鳴らす音が聞こえたほうに向けられたままだった。

「ああ、神さま」

ヘレナの目がラハヤの声のしたほうへ向けられた。カールレラ先生の手は、ヘレナの目の前で、右から左、上から下へと再び大きく動いたが、ヘレナはそれを見ていない。そのまなざしは、ラハヤがいた方向に据えられたまま動かずにいる。ラハヤはもう娘のかたわらに来ているというのに。ラハヤのスカートが診察台の角に触れる音がして、ヘレナの目はようやく、どこから音がしたのかと探し始めたのだった。

家へ帰る道すがら、ラハヤはわが子を自分だけのものにしてしまいたいと思ったが、ヘレナを運んだのはやはりオンニだった。子どもの体を両手で胸に押しつけている。再び吹雪になっていた。

「薬局で膏薬をもらわないと」

夫は立ち止まったが、こちらを振り返りはしない。ひとことも発しない。

「オンニ?」

依然として彼は振り向かない。片方の手をひらひらと振って、ハエを追い払うように問いかけの言葉を追いやっている。

「オンニ!」

彼は肩をすくめ、また歩き出した。ラハヤは遠ざかっていくオンニの背中を見つめていた。夫の後ろ姿に向かって大声で呼びかけたかった。彼を慰め、何もかもまたうまくいくようになると言ってあげたかった。眼病用の膏薬も無駄な買い物ではないはずだと言いたかった。医者が間違えただけで、うちの子はきっと治ると。この世ではありとあらゆることが起きるけれど、一緒にいれば、すべてうまく運ぶはずだと。今回のことだって、きっと対応できるようになるだろうし、もうすぐこの世に新たな命も生まれてくると。しかし彼女は声を上げず、オンニはヘレナを連れてどんどん遠くへ行ってしまう。彼は、娘の顔を吹雪から守ろうと、ショールの端を持ち上げた。

家の階段で、ラハヤは靴の雪を、ドアの脇に置いてある木の枝のほうきで落とした。台所にマリアが座っていた。しかし何も言わない。

「ふたりはどこです？」ラハヤは尋ねた。

マリアは頭の動きで寝室のほうを示した。

「ふたりともそこに？」

「そうだよ」

「何をしてるんです？」

「泣いているよ」

「男は泣きません」

「男だって泣くさ」

いまは自分が抱き締めてもらい、慰めてもらう番なのにと、ラハヤは思った。すでに、ひとりで子どもをこの世に産み落とし、ひとりで育て、つらい日々の中、ひとりであやして静かにさせる経験をしている。子どもが少し大きくなって、何でもわがままを押し通そうとするようになっても、根負けしなかった。どうしてうちにだけ父さんがいないのか、子どもに話して聞かせてやった。今度はほかの誰かの番だ。ほかの誰かが、問題や困難の多い日々を越えて、彼女と子どもたちを運んでいってほしかった。母親とは違う人生を歩みたい、彼女はそう心に決めていた。誰かに面倒を見てもらえる、それが彼女の望みだった。

マリアはまだラハヤを見ている。

「いつまでそこに突っ立っているのかい？」

「あの人に何を言えば？」

「黙っていたっていいじゃないか」

ラハヤはコートを脱ぐと寝室のドアへ向かった。オンニは靴を履いたまま、脇腹を下にしてベッドに横たわり、両手で子どもをしっかりと抱き締めていた。ヘレナは自分の足の指を握っていて、その目は天井に向けられている。ラハヤはベッドの端に腰を下ろし、夫のこめかみをなでた。夫の頭を膝に載せたい、眉のあたりにくちづけをして、気持ちの落ち着く言葉をかけてあげたいと思ったのに、彼の顔はラハヤの手の下から逃げていった。

「父祖の所業の報いが子どもに降りかかるんだ」

オンニの声に嗚咽がまじり始めているのを、ラハヤは聞き取った。

「三代先、四代先までも」

「何を言うの？」

ラハヤはベッドに身を横たえ、夫の体に腕を回した。オンニは振りほどこうとしたが、しまいにはされるままになった。彼の嗚咽がひくひくとラハヤの腹部に伝わってくる。

「許してくれ、ヘレナ。父さんを許してくれ。許してくれ」

部屋のドアのところからアンナが中を覗いていたが、何も言わなかった。

一九四六年　地下壕の小道　*Korsukuja*

「何をしてる？」

オンニが目を開けてこちらを見つめていた。ラハヤは壁際でゆっくり身を起こし、ベッドに膝とひじをついてオンニの体をそろそろと乗り越えようとしていたのだが、夫は目を覚ましてしまった。ラハヤは自分が、両手と両膝をついた姿勢でオンニに覆いかぶさっていることに気づいた。夜の匂いがする夫の吐息を唇に感じる。最後に夫とこんなに接近したのがいつだったか、思い出せなかった。肉体のぬくもりが、上掛けを通して彼女の体に届いてくる。夫は彼女の顔を見ていたが、突然、ほとんどおびえているような表情を浮かべた。ラハヤはすばやく体を回転させて床に降り、ずり落ちていく毛糸の靴下を引っ張り上げた。

「火をおこすから。まだ寝てて」

ラハヤは闇の中で手探りし、テーブルの上のマッチ箱を見つけ出した。ろうそくに火をともす。オンニがさっと壁のほうを向き、上掛けを肩まで引き上げた。ラハヤは満足だった。いまは彼女だけのひとときだ。

砂地の土手を掘って作られた半地下壕は凍える寒さだった。夕方のうちは、ストーブの薪が燃えていて、暗闇に煙突が赤黒くほてり、部屋の中は熱気で息苦しくなるほどだった。寝床に入る前に、誰もが外へ出て息をついてから、熱い空気の臭いと泥炭を含んだ森の下生え（建材の隙間をふさぐ目的で用いられた）の臭いとが立ち込める中へ戻ってきた。しかし、温かさは夜中のうちに、霜が降りている板張りの壁の向こうへ逃げていってしまった。朝にはいつも、息が凍って上掛けに氷の粒がついている。マットレスはどれも、下に何週間分もの新聞紙を敷いてあるというのに、厳冬期が近づくにつれ、寒さはベッドの下からも押し寄せてくるようになった。ワンピースの寝間着では寒くていられず、ラハヤはオンニの古いパジャマを着ることにした。オンニは毛糸の靴下の中に、足を包む保護布を重ねて、ている。

ドイツ軍は、北極海沿岸へ退却していく道すがら、村の建物に次々と火を放ち、仮にそのとき焼け残った建物があっても、パレード用の道路を確保しようとするソ連軍に破壊されてしまった。そういうわけで、避難先から戻ってきた村人たちを出迎えたのは、倒れずに残った煙突が形づくる、まばらな、しかしずっしりとした森だけだった。だが、それも火にやられてもろくなっていて、嵐や吹雪が来ると倒れていく。人々は黙々と、自分の家の敷地がどこなのか見つけ出そうとしていた。母屋の位置は雪の下から突き出した煙突が明かしてくれるが、敷地内に立っていたのに消えてしまったほかの建物は、どこにあったか容易にはわからない。まるで、縮尺がゆがんでしまい、なじみの敷地がよその土地に変わってしまったかのようだ。うちの納屋があった場所はあそこだろうか？　おばあちゃんが植えたスグリの場所は？　あの黒焦げの木の幹が、隣の庭に生えていたシラカバの大きいほうだとしたら、うちのサウナ小屋はあの左にあったはずだけれど。

男たちは前線からひっそりと帰還してきた。焼かれた村を、彼らは無表情に見つめていた。あたかもこの破壊が、彼らの戦った戦争とは切り離されていて関係のない、独立した出来事であるかのように。敗戦の意味は広い範囲に及んでいて、理解しきれない。もとの家の全体像を思い浮かべて懐かしむ余裕のある者は、ほとんどいなかった。いまはもう灰になった細部を思い出すと、そこで心が立ち止まってしまう。ここに、あのきれいなスミレ色の壁紙があったの、覚えている？　あそこにあった窓には、カラマツの葉を透かして日の光が降り注いでいた。ここの床板はそり返っていて、いつもきしんで音を立てた。古いラジオは、ほかのすべてと一緒に燃えてしまったのか、それとも通りがかりの兵士が持っていったのだろうか。灰になってこの足の下に横たわっているのか、それともいまごろはベルリンで『エーリカ』の曲を響かせているのか。いや、モスクワにあるのだろうか？　どこか、トウヒの木の下で、弾に撃ち抜かれた兵士のかたわらにあって朽ちていこうとしているのか。

それにしても、占領軍の兵士たちはいったいどこの暖かい国から来ていたのだろう。テントの野営では寒さに耐えられず、川が曲線を描く場所に半地下の壕を作ったほどで、その半地下壕に、いまはこの土地に戻ってきた人々が住んでいるのだった。広さにして数平米しかない穴蔵じみた場所に、ひとつの家族がそっくり詰め込まれるのは苦しかったが、住み始めたばかりの彼らにはたいして持ち物もない。雨が筋をつけたベニヤ製の旅行鞄の中に衣類が何組か、敷物が二、三枚、皿が数枚。荷造りしたときは、結婚祝いに贈られた何本かの銀のスプーンも一緒に入れたし、額縁入りの写真も壁から外して持っていったのだ。写真の中から、もうこの世にいない親類が動かぬ目で避難民たちを見つめていた。しかし、そういう品物は、長い道のりを歩く中で泣く泣く雪の上に置いてきたのでなければ、枡にひとすくいのジャガイモや、痛む足に塗るための膏薬と交換してしまった。レースのカーテンや燭台といった、過ぎ去った平和な日々を思い出させるものが、運命の気まぐれで帰還の日まで手元に残っていれば、人々はまずそれを使って家庭的な温かみをかもし出そうとしてみたが、結局その品は早々に段ボール箱へ戻されるか、ベッドの下の袋にしまい込まれることとなった。最高級の銀の果物皿でさえ、泥炭の臭いに満ちた半地下壕のテーブルに置かれ、天井から降ってくる砂をため込んだ姿では、そこの住人の手に何が残っているかを語ってはくれず、代わりに、何を失ったかを思い出させてしまう。女子補助部隊の制服は子どもたちのシャツに仕立て直された。

ラハヤは薪ストーブの焚き口を開けると、ふたつに折ったアカマツの枝を中に落とし込んだ。先週伐採したばかりの木で、乾燥させるため伐採後はすぐ屋内に積み上げてあり、そのため最初のうちは衣類までもがすべて樹脂と湿り気の臭いを発散するほどだったのだが、それでもまだ湿っている。ラハヤはプーッコを使って、表面に薄い切り込みをたくさん入れた焚きつけを一本の枝からいくつか削り出し、それぞれにろうそくの炎で火をつけた。ストーブの外で十分に燃え上がらせておいてから、中に入れて底面に置き、その上に細い枝をまとめて載せる。シャツの袖口が煤で汚れた。

ドアのある壁面に作られた小さな窓のカーテンを開け、外に目をやる。錦織りのカーテンは、桟でふたつに区切られただけの窓ガラスを覆うにはいかにも上等で大げさな感じだったが、隙間風を少しは締め出してくれる。同じ理由で、ドアの前にもゴブラン織りの布が垂らされていた。布の中には鹿たちがいて、ドアの側柱と平行に立ち、頭をドアの上の横木に向けて、泉の水を飲んでいる。その水は重力に逆らって、半地下壕の砂地の床へ流れ落ちようとはしないのだった。窓ガラスが、もう部屋の中に白っぽく浮き上がって見えるから、ほどなく夜が明けるだろう。川はほぼ凍りついているが、流れの中ほどにはまだ氷に覆われていない場所があり、氷点下に冷え込んだ朝はそこから蒸気が立ちのぼった。隣の壕の窓から青ざめた光が漏れている。母親は、足のせいでまた眠れなかったようだ。幸い、隣にはアンナが同居し、手伝いをしてくれている。祖母と一緒になって、あれもこれも火の中で失われてしまった、と繰り言を並べているが。隣にはあとで湿布用にお湯を持っていってやろう。

薪ストーブに火が入り、炎が煙突の中でうなり声を上げた。ラハヤは棚から鍋を取ると、ドアの脇のバケツにかぶせてあった皿を外した。秋の初めのころは、水に溺れたネズミを、毎朝バケツから引き上げていた。ネズミの顔には驚いた表情が浮かび、足はてんでばらばらな方向へぴんと伸びて固まっていた。いまはもう、ネズミの数はさほど多くない。ラハヤはひしゃくで薄氷を叩いて割り、鍋を水で満たすと、ストーブの天板に載せて温め始めた。オンニは、家の焼け跡で薪をくべて使うコンロを見つけ、壕に運んできてくれたのだが、それをストーブの配管と接続させることができずにいる。鉄の配管、煉瓦、モルタル、あらゆるものが不足していた。

窓際のベッドではヨハンネスが眠っていて、その同じベッドで、頭の方向をヨハンネスと逆にしたヘレナが、映像のない夢を見ている。ラハヤは、夜中のうちに上掛けに散らばったネズミの糞を床へ払い落とすと、ベッドの壁際に丸まっていた裂き織りの敷物を、子どもたちの上掛けの上に広げてやった。幸いなことに、ヨハンネスはもう、オンニが前線から帰ってきたときのように父の前でもじもじしてはいない。板を運んだり、斧を手渡したり、できる範囲で家を建てる手伝いをしている。加えて、ヨハンネスは釘をまっすぐに伸ばすのが目をみはるほどうまかった。秋のあいだずっと、彼は焼け跡の灰を掻いては、熱で曲がって輪のようになった鉄の釘を集めてきた。それを庭の石に載せ、自分の金槌で慎重に叩いて、伸ばしていくのだ。ぐにゃりと曲がった六インチ釘が、金槌のひと打ちごとにみるみるまっすぐに伸びていくさまを、ラハヤはたびたび立ち止まっては、驚きの目で見守らずにいられなかった。火の中で焼かれた釘はもろいが、しかし釘を打つ人間たちのほうも、戦争をくぐり抜けたことで同じようにもろくなっている。

再び眠りに落ちていたオンニが、寝返りを打って仰向けになった。彼はいまでもハンサムだった。脚が長く、面立ちはほっそりして、ほかの多くの男たちとは違い戦争に押し潰されてはいなかったが、その口元には眠っているときも消えない厳しさが生まれている。ラハヤは彼の頬をなでたくなるが、実際にはそうしない。いやがりそうだから。どうぞ、心穏やかに眠っていて。

テーブルの前に立ったラハヤは、エナメルの洗い桶から食器をそっと取り出してテーブルの上に置いた。鍋に沸かした湯の加減を見てから、ひしゃくで湯を二、三杯すくって洗い桶に注ぎ、それを長椅子の上に置く。湯はまだ熱く、ラハヤはひしゃくで冷たい水をすくうと、桶に少し足して、手でかきまぜた。少しずつ水を足していき、やがてちょうどよい湯加減になった。

ズボンのボタンを外す。今日は何曜日だろう？　そもそも、いまは何月だろう？　しなければならないことも家を建てるための作業も、毎日あまりにたくさんあるせいで、月も曜日も、いつからいつまでがひと区切りなのか判然としなくなっている。明るいうちは、どの時間帯も、肉体労働に追われて過ぎていく。新しい家は、日を追うごとに完成に近づくはずなのに、作業が進むのと同じ速度で、オンニは計画を拡大したり変更したりしてしまう。やはり寝室はあと二部屋ほしいとか、地下室にパン焼き窯を入れようとか、屋根裏にも生活できる空間を確保したらどうだろうとか。ラハヤとしては、もっと狭い家でも用が足りると思ったが、熱を冷まそうとする言葉に夫は耳を貸さなかった。わが家の女主人のために、最高のものしか用意する気はない、と言って。

実際、立派で大きな家になってきている。希望を口にするのをためらう必要はラハヤにはなかった。夫は彼女の望みをかなえたくてうずうずしているのだから。写真撮影用に、広い部屋を。食事をするテーブルが置けるくらいの台所。それから、お客が来たときのために、ダイニングルームも。階段はふたつ作れるかしら、片方は家族が庭と行き来するためのもの、もう一方は道につなげて、訪ねてきた人たちに使ってもらうように。夫が、何事につけ、ほとんど気をもんでいるといっていい調子で意見を求めてくれるので、ラハヤは胸が温かくなった。寝室はこれくらいの広さでいいかい？　台所は広間とつながっていたほうがいいかな？　バルコニーは必要ないか？　どうせ建てなくてはならないのだから、いま何もかも作ってしまおう。あとになって何かを付け足したくなる人が誰もいないように。日の出から、一日の最後の淡い光が射すころまで、すべきことはいくらでもあった。釘が見えなくなってようやく、オンニは釘を打つ手を止めるのだった。

日が沈めば、ひとつの鍋で食事を作り、砂がこぼれてくる壁の隙間をふさぎ、大釜で洗濯物を煮沸して、それを川に張った氷の穴からこわばる指で水に浸し、振り洗いする仕事が待っている。前回、半地下壕のサウナに入ったとき、ヨハンネスから母さんのおっぱいは小さくなったと言われてしまったのも、無理はない。ラハヤは片手を上げて、シャツの上から乳房に触れてみた。たしかに痩せてしまった、ひどく痩せた。誰もがそうだ。スカートは腰から落ちてしまわないよう幅を詰めなくてはならなかったし、上着はもうぶかぶかで、凍てつく風が吹き込んでくる。ラハヤは脚を開いて洗い桶にまたがり、かがんで自らの身を洗い始めた。今日は何曜日だろう？　手を上げて腹部に触れる。最後に出血があったのはいつだった？　先月か、それともその前だったろうか。

昨日オンニが、ラハヤの口元から、黒くて太いひげを一本抜いたのだった。女たちは男になって、男に取って代わるほど、銃後をしっかり守ってきたんだな、彼はそう言って笑った。ここには前線から帰還した男たちの居場所など少しでもあるのか、それとも、もう何でも自分の手で解決するようになったのか、そんなふうにも言っていた。ラハヤの腹の底から、声を持たない痙攣がわき上がってきて、脇腹を圧迫し、肺を押し潰した。せめて、触れてくれたら。六年という長い不在から戻ったいま、せめて指で触れるだけでもしてくれたら。腕に抱いて、美しい言葉を口にして、さらには髪をなでてくれたら。せめて隣に並び、おもしろい形の雲を指さして、再び歯を見せて笑ってくれたら。寄り添うことを許してくれたら、新しい家で一緒に暮らす日々がどんなものになるか、語り聞かせてくれたら。もう一度、彼の夢をともに追わせてくれたなら。

母親からはしばしば、もうひとり子どもを産まないのか、と訊かれている。前線から戻ってきた夫のために、ほかの女たちがしているように。どうして母に言えるだろう。誰かのかたわらに横たわりながら、触れ合いを求めて心を焦がすのが、どんな気持ちか。もう一度、夫の体の重みを感じたい、自分の中に夫がいるのを感じたい、そう願うのがどんなことか。空っぽのベッドでたったひとり目を覚まし、脚のあいだに厚地の上掛けを押しつけるのがどんなことか。もう一度男がほしいと願うことが。誰かのかたわらにありながら、熱い思いを寄せられることも、求められることもなく、ただ対等な相棒、友人としてのみ生きることが。時折、額に優しい友愛のくちづけをするだけの、ただの同志として。せめてわずかな昂ぶりでも得られるのなら、木材切り出しの労働者だろうと、森の不潔な野人だろうと、足を失った傷痍軍人だろうと、誰でもいいから身をまかせたいと望むのが、いったいどんなことなのか。もう一度、誰かが欲望に駆られて触れてくれたら、着ているものを引き裂いてくれたら。自分自身の悦楽のためだけでもかまわない、この体をまさぐってくれたなら。

物音は何も聞こえなかったが、ラハヤは視線を感じた。顔を上げると、オンニがじっとこちらを見ていた。そのまなざしには、批判も、熱情も、関心すら感じられない。ただ見ている。その瞬間、ラハヤは他人の目に見える自分の姿がどんなものかを悟った。しなびた乳房、口元にはひげが生え、着ているのはぶかぶかのパジャマのシャツ、足元は濁った灰色をした毛糸の靴下。洗い桶の上にかがみ込んで、指を自分の中に突っ込んで。

「何を見てるのよ?」

オンニは返事をしない。

「何をじろじろ見てるのよ?」

ヨハンネスが目を覚ましたのに気づいたが、ラハヤはかまわなかった。ひどく疲れているときは、子どもたちが、家族全体が憎かった。家系が続くことなく、ここで、自分の代で途絶えてしまえばよかった。ラハヤは桶の上から身を起こすと、下半身をあらわにしたまま、小さな部屋の真ん中に立った。

「いったい何を見てるのか、言いなさいよ!　ここなの?」

ラハヤはパジャマのシャツを乱暴に引っ張った。ボタンがはじけ飛んでテーブルの下に落ちる。

「ここを見てるの、女の胸を?　それともこっちの、もっと下?」

ヘレナも目を覚まして、身じろぎもしないまま、まっすぐ前に視線を向けている。ラハヤは洗い桶に手を伸ばすと中身をオンニに向かってぶちまけた。湯が彼の髪から上掛けへ、藁布団へと流れ落ちていく。

「見るのをやめてよ。ええ?」

オンニは何も言わず、しかし顔をそむけもしない。ラハヤは洗い桶を投げつけた。オンニが手を上げて身を守ろうとするより早く、桶は彼の眉に当たった。

「見るのをやめて。あたしを見てはいけないの！　誰もあたしを見てはだめ！」

オンニの眉から細い血の筋が流れ出し、裂き織りの敷物の上にぽたぽたと落ちてしみをつけた。傷をぬぐおうともしないオンニに、ラハヤはかっとなった。

「せめて男らしく殴り返したらどうなの。その程度には男らしくふるまったらどうなのよ！」

オンニは何もせずにいる。ラハヤはテーブルから皿をふく布巾を取ると、子どもたちのベッドへ投げつけた。

「父さんに持っていって。血が出てるから」

ヨハンネスは動かない。

「さっさと持っていきなさい、血が全部流れて干からびてしまう前に」

ヨハンネスは布巾を取り、ベッドの端の板を乗り越えてもうひとつの寝床へ移ると、オンニに布巾を差し出した。ヨハンネスのもう一方の手はヘレナのほうへ伸ばされ、ヘレナはどちらへ行けばいいか理解して、弟のそばにぎこちない動作でにじり寄っていった。三人はおびえたネズミのように、互いに体を預け合っている。

ラハヤは彼らに背を向けた。鹿の模様が入ったゴブラン織りの布を払いのけ、ドアを押し開ける。夜中のうちに、ドアをふさぐようにして雪が積もっていた。どこへ行けばいいのかわからぬまま、ラハヤは毛糸の靴下だけの姿で雪だまりの中に立ち尽くしていた。

一九五〇年　ふさがれた道　*Puomitie*

「ヨハンネス、ほら、ごはんですよ」

ラハヤは新しい戸棚から、黄色と赤のバラ模様が交互に並んだ深皿を四枚取り出して、ダイニングルームのテーブルへ持っていく。部屋の隅にあるオンニのベッドは丁寧に整えられている。どうして夫がベッドメイクを自分にまかせてくれないのか、ラハヤには理解できない。玄関のドアから入ってきたヨハンネスは台所へ行き、言いつけに従って手を洗おうとしている。

「そこにいるのなら、ついでにスプーンを持ってきて」

ラハヤは台所に戻り、オーブンの火床を覗いて火が燃え尽きていることを確かめてから、空気調節弁を閉める。魚スープの鍋をコンロから下ろしてテーブルに置く。ヨハンネスはスプーンを数えて手に取り、ダイニングルームへ持っていった。戻ってきた彼は、手にした皿を咎めるようにひらひらさせている。

「母さん、この一枚は誰の分？」

またヘレナの分を用意してしまったのだ、あの子はもうここに住んでいないことを覚えていようと、今日も決心したところなのに。すでにヘルシンキ盲学校から、知らない教師の筆跡で代筆された最初の手紙も届いている。ラハヤは皿を引き取ると、台所の戸棚に戻した。テーブルにコップを三つ置く。少ない、と感じてしまう。アンナは、カレリア地方から強制避難で移住してきた男性と出会い、家を出ていった。母親はもう、一階からどこへも出かけていない。残っているのは、ラハヤ自身と、ヨハンネスと、オンニだけだ。

ラハヤは階段に続く台所のドアを開けた。

「オンニ、食事の支度ができてるけど!」

下の階からはわずかな物音も聞こえてこない。つい先ほど、ラハヤは窓からオンニに呼びかけて、食事ができていると告げたのだった。夫はラハヤに目も向けず、肩をすぼめて中へ入ってきた。近ごろのオンニは、ふたりきりのときはいつもそんなふうだった。打たれた犬のよう。耳を伏せ、横は向かず、質問されれば答え、言われたことをする。家にいられないなら出ていって、ラハヤはそう言ったのだが、彼は出ていかなかった。そもそも、出ていくとして、どこへ行くというのだろう。

ラハヤは再びダイニングルームへ足を踏み入れ、食卓についた。ヨハンネスはもう座っていて、平焼きパンにバターを塗っている。ラハヤは息子の皿を取り、魚スープをよそってやる。スープは多く作りすぎてしまった、何も考えずに四人分、五人いても足りるほどに。

「父さんはどこにいるの?」

「中には入ってきたけど」

「こんなに長い時間、ふたりでどこに行っていたの?」

「教会を建てている現場だよ。塔にも登ったんだ」

「あの上まで? 怖かった?」

「ここまで見えそうなくらいだった」

ヨハンネスは皿の中身をすっかりたいらげてしまう。見るからにお腹をすかせていたようだ。空になった皿をラハヤに差し出してくる。

「お代わりある？」

「大丈夫、たっぷりあるから」

ラハヤはポットから自分用に水をついだ。金属の味がするのは、戦前の、古い井戸の水と同じだ。水は食器やポットの底に茶色く跡を残し、どんなに洗っても、砂や炭酸ソーダで磨いても、落ちなかった。

「母さん、ヘレナは夏になったら帰ってくる？」

「もちろん帰ってくるわよ。クリスマスにも」

「みんなで迎えにいくの？」

「少なくとも、父さんは行くけれど」

「いかだを作ろうかって、父さんが言ってたよ」

「そう」

「夏になったら、ヘレナもぼくらと一緒にいかだに乗っていい？」

ラハヤは返事をしなかった。オンニがピクニックに誰を連れていこうと、誰を置いていくつもりだろうと、彼女に何のかかわりがあるだろう。彼女の居場所は家の中、ほかのみんなが、乗り合いバスを兼ねた郵便配達車に乗って急流まで出かけたり、丘に登ったりしているあいだ、ここで母親の世話をしている。ラハヤも一緒に行くなど、誰ひとり想像すらしないし、実際彼女は行かないだろう。たまに誘いに乗ってみても、みんなが古いジョークを引き合いに出してふざけたり、体験談を競うように披露し合ったりする中、自分は周りから浮いていると感じてしまう。あのときのこと、覚えている？　あのときに比べれば、こんなのはたいしたことないよ。あのときだったかな、その話は？　ラハヤ自身は「あのとき……」で始まる会話の外に取り残されて、昔のことを尋ねてはみんなに気まずい思いをさせてしまう。尋ねないときは、自分が気まずい思いをする。

ヨハンネスはスプーンを皿に置き、コップの中身を飲み干した。

「ぼく、昔の鐘楼があった場所にも行ったんだよ」

「そんなところへ何をしにいったの」

「古い鐘なんかが見つからないかと思って」

「鐘なんて戦争のとき溶けてなくなったんじゃないの。そうでなければ、リュッシャが持っていったでしょ」

ヨハンネスは、せっかくの遊びを台無しにする誰かさんを見る目でラハヤを見て、心の中にあることを最後まで話してはくれなかった。ラハヤは思った。オンニなら、鐘はどうなったんだろうと尋ね、溶けた金属が地下のどれくらい深いところまで浸透するか当ててごらん、と言うのだろう。オンニは子どもたちの相手がうまく、子どもたちとの会話にもすぐ熱が入る。しかも、子どもたちに甘ったるい言葉をかけたり、意味のないことを言ったりせず、大人が相手のときと同じように話しかけている。

ヨハンネスは席を立ち、ごちそうさまと言って皿を台所へ運んでいった。ラハヤも立ち上がる。皿を片手で取り、もう一方の手にはオンニが使わなかった皿を持った。汚れた皿を洗い桶に入れ、きれいなほうはコンロの隅に置く。エプロンをかけ、スープの鍋を台所へ持っていく。まだ半分も残っている。食品保存庫に入れておけば、明日までなら持つかもしれないが、それ以上は無理だろう。ラハヤはコンロの隅に置いた空っぽの皿に目をやり、これにスープを入るだけよそってしまおうと考えた。オンニは食べなくても、母親が食べてくれるかもしれない。

ラハヤは台所のドアを開けると、スープをなみなみとよそった皿を両手で持って、慎重に階段を下りていった。足の運びにつれて魚スープが波打って、途中の踊り場でいったん立ち止まり、スープの表面が揺れているのを鎮めなくてはならなかった。階下の玄関口まで来たところで片手を皿から離し、母親の部屋のドアをノックする。誰の返事も聞こえない。地下室のドアが閉まっているということは、オンニは家の中へ入ってきていないのだ。もしかして、家畜小屋にいるのかも。ラハヤはもう一度ノックしたが、やはり返事はない。スープの皿を持ったまま、台所へ戻そうか、それとも床に置いておき、ティーカップの皿を持ってきてかぶせておこうか、と思案する。やはり上へ持っていき、すぐに冷めてしまわないようスープは鍋に戻しておくことにした。階段を上がっているとき、背後でごとりと鈍い音が響くのが聞こえた。きっと、母親が目を覚まし、ドアを開けようと杖をついて歩いているのだろう。ラハヤはドアの前まで戻った。ドアは開かない。

再び物音が聞こえたが、それは母親の部屋でなく、下のほうから響いてきたようだ。地下室へ通じるドアを開けてみても、階段は暗く、動くものは見えない。ドアを閉めかけたとき、また音が聞こえた。杖の立てる、こつんと鋭い音ではなく、もっと弱々しい、くぐもった音。ラハヤは地下室へ下りる階段の電気をつけ、そろそろと下り始めた。最初の二段は木でできていて、残りはコンクリートだ。気がつくと、手にはまだ皿を持っていた。

階段を下りきったところで、反射的にジャガイモ置き場へと視線を走らせる。春にはそこにネズミが巣を作っていたからだが、いまは何もない。背後でまた音が聞こえた。振り返ったラハヤの目は、煉瓦の山の向こうにオンニの両足をとらえた。びくん、びくんと痙攣している。オンニの顔は見えない。ラハヤは彼に駆け寄った。オンニは目を見開いてこちらを凝視している。全身がのたうち、口からは血のまじった泡が噴き出している。かかとが床を叩いている。夫の姿を見たラハヤの頬が赤みを帯びていく。皿が、まだ完成していないパン焼き窯めがけて飛んでいき、側面に当たって割れた。

「いったい何をしでかしたのよ！」

ラハヤの声が地下室の壁にこだまし、階段を上っていく。

「とうとうこんなことまで！」

上のほうのどこかでドアが開いた。階段からヨハンネスの声が聞こえる。

「母さん、どうしたの？」

「来ないで！」

ヨハンネスの足音が階段を下りてくる。

「おまえには関係ないことよ！」

ヨハンネスは一階の玄関で向きを変え、地下室の階段を走り下りてくる。

「来ちゃだめ！」

ラハヤはオンニに目を据えたまま声を限りに叫んだが、息子の足音は引き返してくれない。ヨハンネスは下の段まで来て立ち止まり、父親の姿を見つめている。

「父さんはどうしたの？　母さん、何をしたの？」

オンニの指が鉤のように曲がり、口は言葉を発しようとしている。

「父さんに何があったの？」ヨハンネスが尋ねる。

ラハヤは体の向きを変え、息子の視線の先に立とうとした。しかし距離がありすぎて、夫の姿を子どもの目から隠すことができない。オンニの頭がコンクリートの床を打っている。小さな地下室の中で、その音は大きく感じられる。

「あっちへ行きなさい、行って！」

ヨハンネスは身じろぎもしない。その目は見開かれているが、口からは言葉が出てこない。泣き出すことすらできずにいる。オンニの後頭部は傷ついて、血が床にしたたり落ちていた。ラハヤは身をかがめ、夫の頭を支えて宙に浮かせておこうとする。オンニの体が弓なりに硬直する。ラハヤは床に座り込み、夫の体を胸に抱えて痙攣を体内へ押し戻そうとする。ヨハンネスに背を向け、父親の顔が見えないよう隠そうとする。息子は階段のいちばん下に立ち尽くしたままだ。両手をぐっと握り締めて。

「ヨハンネス、おばあちゃんを呼んできて。さあ」

「眠っていたら？」

「起こしなさい。どうにかしてここまで来てほしいと言って」

ヨハンネスは踵を返し、階段を駆け上がっていく。ラハヤは体をひねって、息子の姿を目で追った。

「絶対に来なくちゃだめだと言いなさい。来られそうになくても、絶対に」

ラハヤは再びオンニのほうへ向き直る。夫の唇が動いている。

「許してくれ」唇はそう告げ、血の筋が嚙み傷だらけの舌から頰へと流れ落ちていく。

「やめてちょうだい。やめて」

ラハヤは血のまじる泡をエプロンの端でぬぐい取ってやりながら、上の階の床に杖が当たる音を聞いていた。オンニの腹が引きつって震えている。ラハヤは夫の髪をなでた。

「こんなにひどいことはなかった。いままで一度も」

オンニがラハヤの目を見つめる。階段から物音が響いてくる。ラハヤは夫の額に自分の額を押し当てる。

「あなたまであたしを置いていかないで。せめて、あたしたちふたりだけでも、この家にいましょう。ね？」

一九五七年　補給廠の道　*Varikkotie*

ラハヤはかみそりを手に取って、軸の部分をひねる。刃の保護カバーが、金属で作られた機械の花のように開く。かみそりを振って古い刃を手のひらに落とし、ベッドの脇の、ナイトテーブル代わりの椅子に載せる。替え刃のケースを取り上げ、未使用の新しい一枚を押し出す。それをかみそりの先端に、慎重に取りつけていく。仕上げに金属のカバーをひねり戻す。カバーは小刻みに震えながら閉じて、棘を隠すように刃を覆った。

ラハヤはオンニの体にクッションをあてがい、上半身を起こした姿勢を保ってやっている。ラハヤ自身は、ベッドのヘッドボードの上に腰掛けて脚を開くと、夫の頭を膝に載せた。ボウルに石鹸を泡立て、それをまずは夫のあごに、それから左右の頬に塗り広げていく。指をボウルに浸し、生えかけた口ひげの上に泡をのばす。オンニの目は閉じられていた。ひげそり用の泡が皮膚に触れるのを感じて、彼は目を開けようとしているが、半分開けるのが精いっぱいだ。口元に動きが見えたが、顔には何かを語る表情が浮かばない。目が再び閉じていく。

彼が退院したのは昨日のことだが、今日も医師が注射を打つために往診してくれた。時折目を覚ますものの、言葉はひとことも発することができないままだ。ラハヤはかみそりを夫の頬に当てると、あごへ向けて、自分の体からは遠ざかるように、ゆっくりと下ろしていった。ひげがカットされるときの小さな抵抗を指に感じる。かみそりは白い泡の中に肌の色をした軌跡を描いていく。具合を見ようと、そり終えた部分に触れてみる。泡のせいでぬるぬるしている。

見つけてしまった何通もの手紙のことを、彼女は誰にも、ひとことも話していない。手紙はもう何年も前から隠れて読んでいるし、真夜中の地下室で、さまざまなやりかたで分類してもみた。最初は日付によって、次は差出人ごとに、それから内容と、そこに書かれた心情によって。夜ごと、彼女は見知らぬ筆跡の文字を読み、日付や出来事を細かく確かめた。差出人たちは、ひとり、またひとりと潮が引くように手紙を送ってこなくなっていた。会いたいと誘う、名も知らぬ差出人たちからの手紙はもう来ていないが、最もたちの悪い、夏小屋で見つけた手紙は続いている。その筆跡、几帳面だが角張ったその文字を、ラハヤは夢の中でさえ見分けることができるだろう。大文字のJは三つの角をつけて線が引かれ、Aの上の部分には少し隙間が空いている。小文字のmのカーブは下から上へ向かって書かれ、点を付け足せば三つ並んだiになりそうな勢いだ。毎晩、ラハヤはオンニ宛に届いた手紙を読んでは、筆跡を通して差出人の容姿を目に浮かべようとしている。

ラハヤはオンニの鼻を左に寄せ、かみそりを小さく上下に動かして、生えかけている口ひげをそっていく。かみそりの刃にひげが詰まってしまう。どうすれば取れるだろう？　タオルを持ってくることにまで気が回らなかった。刃を袖でぬぐってきれいにすると、かみそりを持つ手を替えて、今度は鼻を右に寄せる。

手紙の一部を、ラハヤは自分の部屋へ持ち込んでいた。手紙は彼女の前に、自分自身の伴侶へと至る新たな扉を開いた。手紙で語られる出来事の中の夫はまったくの別人で、しかしやはり同じ人なのだった。優しく、親切で、社交的。楽しい人。目立ちやすく、時として人目を引きすぎるほどだと、差出人は不平を鳴らしている。手紙の中のオンニは家にいるときの彼とすべてが同じだったが、そのありようが違っていた。もっと、強さと力があった。もっと偽りのない姿だった。手紙から伝わる感情が深まっていくにつれ、家でのオンニは生気がなくなっていくことに、ラハヤは手紙の日付から気づいている。

オンニの頭がぴくりと動き、ラハヤはかみそりを宙に浮かせた。夫はそれ以上動かず、ラハヤは再び刃を肌に当てる。喉の下から上へ、一気に刃を滑らせていく。喉仏の右側、左側と回り、最後に真ん中を通った。ひげはどれもらせんを描いていて、そり残しが一本できてしまう。どちらを向いて伸びているのか、指で確かめる。その一本を上に向けて折り曲げ、慎重にかみそりを当てる。皮膚の下、甲状軟骨のところに、小さなでっぱりを感じる。

手紙を声に出して読んでみることもある。同じ言葉を、自分の口からオンニに言うことができたなら。紙に書かれた思いを、闇に向かい、くぐもってかすれた声でささやく。鏡に映った自分の顔を見つめながら、借りてきた言葉の形に唇を動かす。口の中で、言葉は異質で強烈なものに感じられる。文と文のあいだでは、夫が言葉を返せるように間を置くが、彼が答えてくれることはけっしてない。

ラハヤはかみそりを椅子に置き、残った泡を袖でぬぐった。オンニの頭を持ち上げ、クッションと自分の足を夫の脇の下から引き抜く。腰を上げ、眠っている夫のかたわらへ体を下ろす。脇腹にベッドの端が当たるのを感じて、落ちてしまわないよう、両手を夫の体に巻きつけた。オンニの顔がすぐ目の前にある。鼻を夫の頬に押しつけ、肌に残る石鹼の香りをかいでみる。夫の両目の脇に髪の毛ほどの薄いしわがある。耳の後ろには小さなあざ。首の血管が弱々しく脈打っているのがわかる。

いつもこんなふうでいられるはずなのに。いつもこんなふうにしていたいのに。夫の体のぬくもりを、腹部や胸に感じて。閉じたまぶたの下で眼球が動くさまを眺めて。ラハヤは手をオンニの胸に、腹に、足に滑らせていく。手紙で読んで暗記している言葉をそっと繰り返し、木綿の生地越しに胸の筋肉の曲線を、へそのくぼみを、ズボンの合わせ目のふくらみを感じる。

じきに夫が目を覚まし、ぎょっとした顔をするだろうことはわかっている。注射の効果が消えれば、夫は薬を投げ捨て、彼女のかたわらから立ち去ってしまうだろう。かみそりの軸をひねって刃を隠すように、心を隠してしまうだろう。ラハヤに言ってくれるはずの言葉を紙に書きつけ、切手を貼って閉じ込めて、ほかの誰かに読ませるために送ってしまうだろう。それでも彼に悪意はないのだ。

部屋の中はひんやりとしている。ラハヤはベッドから立ち上がり、上掛けを夫の体にかけてやる。それから椅子に置いたかみそりを取って、台所へ行き、洗い物を乾かしておく戸棚に載せる。コンロの上、金属製の網棚で、肉のスープが冷たくなっていた。ラハヤは洗い桶に水をそそぎ、戸棚の奥から、ヘレナの古着の赤いワンピースを裁断して作った雑巾を取り出す。ドアを開け、階段を下りて地下室へ行き、一度も使われていないパン焼き窯の脇を通って、ボイラー室から薪置き場へ至るドアを開く。中は暗い。薪を運び入れるための小窓からぼんやりと射し込む光の中で、ラハヤの目は少しずつ文字をとらえ始めた。ざらつくコンクリートの壁いちめんに、オンニの筆跡で同じ言葉が何十回も、何百回も繰り返し書きつけられている。〈おれには無理だ。おれには無理だ。おれには無理だ。〉建築現場用の鉛筆で書きつけられた文字は、成型のとき型枠の板がコンクリートにつけた筋に沿って規則正しく並んでいるが、壁の上端まで行くと、天井へとはみ出し始める。

その文字の存在にはすでに先週、病院へ行くことになる前に気づいていたものの、それでもラハヤは書かれている文字を丁寧に読んだ。斧をどかし、洗い桶を薪割り台に載せて、雑巾を水に浸すが、絞りはしない。濡れた雑巾を壁に押し当て、湿らせて、ふいていく。壁に長くて赤い糸が何本もくっついて、血管のようだ。雑巾は、破れた縫い目が内側になるよう、ふたつ折りにしてある。小さな円を描くように壁をふいても、文字は取れない。こぼれた砂がぱらぱらと薪の山に降りかかる。円柱状の木材は足の下から逃げていくようで、姿勢がぐらつく。コンクリートは水を吸って黒々としているが、乾いてしまえば再び文字が見えるようになることを、ラハヤは知っている。濡れた〈無理だ〉をひとつ、爪で削り取ろうとしてみるが、文章は消えない。

壁いちめんに細い水の筋がしたたり落ちている。ラハヤは雑巾を洗い桶に投げ戻した。大文字のMのひとつに指を当て、線をなぞる。〈おれ〉。灰色の壁を背景に、文字はくっきりとよく見える。〈には〉。どの文字も、鉛筆で何度も書きつけなければならなかったのだろう。ラハヤの指はeの文字を上から下へなぞり、下から上へとまた戻った。〈無理だ〉。指はsを違うやりかたで書こうとする。ラハヤは最初に戻り、オンニが書いたとおりに線をなぞろうとした。最後にピリオドを打ち終えて、一歩さがる。

「これはただの言葉よ」ラハヤは自分自身にそう語りかけ、微笑む。ボイラー室に戻り、重たいドアを閉める。何をすべきか、いまのラハヤにはわかっている。

けれど、書きものをする前に、オンニに肉のスープを食べさせてあげよう。

一九五九年　寡婦の道　*Leskeläntie*

オンニを追悼する席にやってきた人は多くなかった。墓地でラハヤは二度にわたって、どなたもどうかおいでくださいと告げたし、それとは別にヨハンネスに頼んで、軍隊や同じ前線の兵士仲間や生協の組合員のグループをひとつずつ回ってもらい、出席するかと声をかけさせたのだが。

トルマネンの霊柩車が、なぜオウルまでオンニの遺体を引き取りに行くよう依頼されたのか、その理由は誰もが知っていた。死亡広告に死因は書かれておらず、故人に哀悼の意を表する者は親族のみでありほかにはいないことが強調されていた。子どもたちの花輪のリボンに、ラハヤは〈父〉と入れることを望んだ、アンナの分も。教会では、子どもたちがひとりずつ棺のそばに進み出て、弔問客の前で父を偲ぶ言葉を読み上げた。ヘレナは文章をそらんじた。ラハヤが自分の花輪に添えた言葉は、愛する夫、祖国の勇敢な防衛者、子どもたちの未来を守る人を偲ぶものだった。

埋葬式のとき、ラハヤは墓のかたわらで弔問客の顔ぶれを見渡した。前列にいる参列者は全員知っている、数えるほどの親類と、村の人たちだ。後ろの列に隠れている人々の顔は見覚えがなかったが、いつまでもじっと見つめているのは気が引けた。男性参列者が順にシャベルで棺に土をかぶせる段になって、ラハヤはようやく、ひとりひとりの悲しみの大きさとまじりけのなさに思いを巡らせた。やがて盛り土が完成すると、ラハヤは最後までその場に残っていたいと望んだが、ヨハンネスとヘレナに腕を取られてしまった。

「みなさん待っているんだから。母さんが先に立って行かないと」

ラハヤは子どもたちのひじから自分の手を引き抜いた。

「気のふれた人を連行するようなまねはしなくていいわ」

振り払われた勢いに、ヘレナは丸く盛り上がった草むらで足を滑らせてしまい、マリアの墓石に倒れかかった。墓石に刻まれた金色の文字には、もう苔が生え始めている。ヨハンネスが姉を助け起こし、平坦な砂地の通路へ導いていった。

「ぼくらはもう先に行こう。母さんは来たくなったら来ればいい」

ラハヤはまだ、故人を偲ぶためひとりでここに残ろうという人がいないか見ていたが、やがて弔問客のほうへ歩いていった。人々の一部はゆっくりとラハヤについて歩き出し、一部は集団から離れて後ろについた。表通りを、いっぷう変わった行列が進んでいく。先頭を歩くのはラハヤひとり、数歩さがって子どもたち、残りはどこまで続くか見えないほど長く延びた弔問客の列。まるですべての村人が、ひとりずつ墓地から村の中心部を目指して歩いていくかのようだった。

家に着いたラハヤは、参列者のほとんどが表通りをそのまま歩いていってしまうのを広間から眺めていた。首を縮め、家の窓のほうを見ないようにして行く者もいたが、大部分は喪に服している家を堂々と通り過ぎていく。中には、足取りを緩め、首を伸ばして、誰が家に入っていったのか覗いてやろうとする者もいる。ラハヤは、行き過ぎる人々の背中が小さくなっていくのを見送りながら、客が訪れてくれないのはオンニのせいなのか、それとも自分に問題があるのかと考えていた。

用意した料理が多すぎる。

それでも歩いてくる人々の中には家に立ち寄ってくれる者もいた。あの見覚えのない人たちだ。彼らは二階まで階段を上がってきて、窓辺にいた未亡人が握手のために急ぎ足でやってくるのを、玄関先で辛抱強く待ち続けてくれていた。どの人も型どおりの言葉を何かしら口にした――「さぞショックを受けられたでしょう」「自らあんなことをするなんて」「暮らしを立て直すのが大変でしょうね」。どの人に対しても、ラハヤは同じような言葉を返した――「こんなことは予想もできませんでした」「子どもたちにはつらい状況です」「この先も生きていかなくてはなりませんから」。

ひとりで来ている女性の何人かは、励ましのつもりなのだろう、小さな声で、自分の夫も戦争から戻って以来、どうしても現実に適応できずにいる、と話しかけてきた。周囲にちらちらと目をやりながら、夫がかっとなったり、ヒステリックに泣き出したりすることや、酒浸りで手のつけられない夫から逃れて支援団体へ駆け込んだことを、ささやき声で打ち明けてきた。ラハヤは彼女らに軽くうなずいてみせ、しかしこう訂正した。

「わたしどもの家族にとっては、本当に予想もしない出来事でしたので」

ラハヤは客の顔をひとりずつ確かめ、知らない相手には、どれほど遠方から葬儀に来てくれたのかと尋ねた。ポシオとかタイヴァルコスキとかサッラといったありふれた地名には興味を示さず、しかし、握手を交わした相手がオウルに住んでいると言うと、ラハヤの口元は引き締まり、頭はぐっと後ろにそらされた。

「故人とはどういうお知り合いだったのですか?」

戦友、同じ前線に配属されていた仲間、漁網を買ってくれていた人、煉瓦の製造業者。返事にラハヤは満足し、肩の力が抜ける。口元には微笑すらよぎったかもしれない。

「あちらにお食事など用意してあります。オンニの娘がコーヒーをいれますので。どうぞ、お入りになって、召し上がってください」

とうとう階段に響く足音はなくなり、ラハヤもこれ以上誰も来ないと認めるしかなくなった。そして、この場にふさわしい表情をつくると、来客のもとへ歩いていった。何人かと言葉を交わそうと試みたものの、会話の糸口がうまくつかめない。オンニは、たとえ相手を知らなくても、気楽なおしゃべりができる人だった。森の中の作業小屋にいようと、教会のカントルからコーヒーに招かれていようと、のびのびとふるまえる才能があって、席につくやいなや誰とでも打ち解けてしまった。彼はまず、みんながたちまち夢中になるような話題を何か口にして、みんなが語り始めると今度は耳を傾けた。正しいスプーンを使っているだろうかとか、笑うべきでないときに笑ってしまっただろうかとか、この話は以前にもしただろうかとか、そんなことをオンニは一切、気にしなかった。

ヘレナは、ソファーに座っているヒルトゥネン家の奥さんの隣に居場所を見つけていた。ラハヤはソファーのひじ掛けに腰を下ろすと、娘の髪留めから巻き髪がひと筋こぼれているのを直し始めた。娘は驚いたようだ。

「そこに来たのは誰？」

「母さんよ」

「まるで父さんみたいだったから」ヘレナは笑い声を立てたが、すぐにその場にふさわしい厳粛な表情に戻った。

「髪留めから外れているのを直してあげるだけよ」

「そのままでいいわよ。ちゃんとしているもの」

「おまえにどうしてそれがわかるの？」

ヘレナは答えず、反対側に向き直ると、途中になっていたおしゃべりをまた始めた。まだこの家の階段が作りかけだったころ、ヘレナは間違えてはしごを上り、屋根まで行ってしまって、父さんに助けてもらったという。ラハヤはそれまで一度も聞いたことのなかった話に耳を傾けた。その話が終わると、聞いていたうちのひとりが、今度は自分が知っているオンニのエピソードを語り始め、続いてほかの人も口を開いた。ラハヤは聞きながら、語られるすべての出来事の中で、オンニはひとりか、あるいは子どもたちとともに何かしらしていることに気づいた。ラハヤ自身が登場する物語は、ひとつとしてなかった。

ラハヤは外に目をやった。道を歩いている人はもう誰もいない。台所のドアから、ヨハンネスが手招きしていた。息子は軍服を着ている。こんなに遅くなってから、まだ誰か来る人があるという。おそらく、どこかの足の悪い奥さんか誰かだろう。墓地から喪に服しているこの家まで歩くのに、時間がかかったのかもしれない。ラハヤは立ち上がると、階段の上へ行って待つことにした。

上ってきたのは、丈の長いコートを着て背筋の伸びた、ひとりの男性だった。左手にフェルト帽を持っている。ラハヤはぴりぴりしながら息を吸い込んだ。その音を聞きつけて、男が顔を上げた。ふたりは互いの目を見つめ、ひとことも交わさぬままに、相手が誰なのかを理解した。男はあと二段というところで立ち止まり、未亡人になったばかりの相手と握手しようと右手の手袋を外した。ラハヤは男を見た、その明るい青い目を、丁寧に散髪された金髪を見て、一歩あとずさった。この男が教会や墓地に来ていたかどうか、定かではない。ラハヤが一歩さがったのを招き入れる合図と解釈したのだろう、男は二段上ると、手を差し出してきた。ラハヤの両手は人見知りする子どものように背中の後ろに隠された。差し出された手と、その相手を見つめる以外、何もできない。ラハヤの視線は、男の唇の曲線や、こめかみの後退気味の生え際や、黒いカフスボタンの上をさまよった。彼女はすべてを目にし、爪の完璧な甘皮も、口元の小さなしわも、左耳の下にあるそり残しのひげも、すべてを記憶して、その後もけっして忘れることはなかった。

ヨハンネスが、ラハヤの背後、ドアのところにやってきていて、男はそれに目を留めた。ラハヤは男のよく似合っているベストからなんとか目を引き離した。この客にひとことでも声をかけることは、絶対にできないだろう。自分の手を差し出すことも、男の肌に触れることも、言わなければならない礼儀にかなった言葉を口にすることも。どうすればいいのか、彼女にはわからなかった。

「わたしは……わたしは……」

ラハヤはヨハンネスに目をやったが、息子は主導権を取ってほしいという意図を理解してくれずに、こちらを見ている。ラハヤはさらにあとずさり、あたりに視線を泳がせた。台所のドアが開け放しになっている。男に背を向けると、ラハヤは台所という安全地帯へ走り込んだ。閉めたドアに背中を押しつける。木材を通して、ヨハンネスがこの場を納めようと弁解しているのが聞こえてきた。

「すみません、今日の母はなんだかずっとあんなふうで」

男は驚くほど低い声で言った。

「きみがヨハンネスか？」

ふたりの声が奥のドアへ向かって遠ざかっていき、ラハヤはテーブルの前に移った。両手を握り、指の付け根の関節でテーブルに体重をかける。客が向こうの部屋に通されたのだろう、声は小さくなっていった。ラハヤは、Sの字の形に焼いたシナモンクッキーや、〝ハンナおばさんのお菓子〟と呼ばれる丸いクッキーを盛りつけてあるいくつもの器を見やった。クッキーをひとつ取り、指でつまんでもてあそぶ。オーブンの中でうまい具合にふくらんだクッキーは、ふんわりとした感触だ。クリームをけちらない、母のレシピ。手を握り込むと、指の中でクッキーが粉々に砕けた。破片を手のひらで握り潰すうちに、しまいには金褐色の粉が握りこぶしからテーブルにこぼれ落ちた。

アンナがダイニングルームから、半分ほど料理が盛られた大皿を持って入ってきた。皿の上で、ホウレンソウのコロッケや、サーモンを載せたパンのスライスが生ぬるくなっている。

「母さん、こんなところで何を突っ立っているの？　これはあたしがやるから」

ラハヤはクッキーの破片をテーブルから床へ払い落とし、大皿のほうをあごで示した。

「食べ物はもうすっかりなくなった？」

「これも残っているくらいだもの。どうせこんなにあるんだから、お皿を全部、いっぱいにしてしまおうと思って」

アンナは大皿をいっぱいにすると、それを持って出ていった。ラハヤはその後ろ姿を見ていたが、やがて意を決してドアに歩み寄り、ダイニングルームを覗いた。誰もいない。ダイニングルームに足を踏み入れ、テーブルの向こうへ回り込む。たんすの上で、写真立てに納められた写真の中の人々が、動きを止められた表情のままラハヤをじっと見つめている。ラハヤは忙しそうなふりをしようとした。コーヒースプーンを、すべてきっちり同じ方向を向くように直していく。広間に続くドアの隙間から、ハンニネン家の奥さんが理解に満ちた表情でこちらに向かってうなずいている。

ラハヤもうなずき返し、ニシンの皿と、詰め物をしたゆで卵の皿の位置を入れ替えた。サーモンスープには誰も手をつけていない。広間のほうをそっと覗いてみようとしたが、ドアの隙間の限られた空間からは、先ほどの男の姿は見えなかった。ラハヤはたんすのところへ戻り、母親の写真に目をやった。その顔に同情が浮かんでいる気がする。ラハヤは写真を裏返して壁のほうへ向けた。

「哀れみはいらないわ」

見知らぬ男の声が広間から聞こえてきた。ラハヤは振り向いてみたが、ヨハンネスが部屋にいるほかの人たちを彼に紹介しているところで、背中しか見えない。男はソファーに座っている人々と握手を交わしていた。

「きみがヘレナだね？　きみのことはお父さんからいろいろ聞かせてもらったよ」

「父が何もかも話していないといいんですけど」

ヘレナの笑い声が鈴の音のように部屋に響いている。あの子は、父親の話にも、いつも声を立てて笑っていた。男が振り向き、ラハヤはドアの木枠の陰に身を潜めた。男の鼻と、唇と、靴の先しか見えない。あの男が手紙の言葉を口にしたら、どんなふうに聞こえるだろう、と考える。聞く者の心を安心させるような深みのある声でささやかれる、浅薄でどす黒い言葉たち。

ラハヤは自分に属する何かが奪い去られたような気分を味わっていた。ダイニングルームに置かれたベッドに腰を下ろす。家が完成してすぐ、オンニはこの部屋を自分の寝室に選んだのだった。ラハヤは家の反対側で眠り、アンナは屋根裏部屋、ほかの子どもたちはそのあいだの部屋で寝ていた。ラハヤは何度か、同じ部屋に移ってきてほしいとオンニに頼んだのだが、その部屋にふたりは入れないし、ひとりがもうひとりの睡眠の邪魔をするだけだから、と言われてしまった。母親も二階へは上がってこられなくなり、一階で世捨て人さながらの日々を送った。芋虫がさなぎの中に閉じこもるように。ほどなく、彼らは誰もが自分の部屋で、閉ざされたドアの向こうで暮らし、ほかの人たちの邪魔をしないよう、細心の注意を払って生活するようになった。大きな家を満たすのは、静寂と、万が一にもほかの人の平安を乱すことのないよう、開け放しのドアがあれば静かに押して閉めておくような、礼儀正しい注意深さだった。そうして、誰もがベッドの隅に座り、ほかの人たちがそっと身動きしている音を聞きながら、誰か部屋にやってこないかと待ち望むようになっていった。誰かがベッドの端に腰を下ろし、今日はどうだった、とでも尋ねてくれないか。しかし、来る者はひとりとしてなく、何かを尋ねてくれる者もなく、ただ誰もが、閉ざされたドアの向こう、押して閉められ鍵をかけられたドアの向こうに、とらわれの身となっていた。

　男の声はもう聞こえてこない。ラハヤはベッドの上で前かがみになり、ドアの隙間から様子をうかがったが、男の姿は見えなかった。きっとピアノのそばに座っているのだろう。ヨハンネスが母の姿を認め、ダイニングルームに入ってきた。

「母さんはどこへ行ったのかって、みなさん不思議がっているよ」

　ヨハンネスはラハヤの隣に腰掛け、片手を上げたが、どこへ下ろしていいかわからず、結局自分の膝に置いた。

「機嫌が悪いの？」

「違うわ、ちょっとここでひと息ついているだけ」

「だったらひと息ついたらいいよ」

「最後に来たあの男の人は誰だった？」

「訊かなかったけど。父さんの友達じゃないかな」

ラハヤは立ち上がると、テーブルに並べられた料理を見やった。こんなにたくさん、どう始末したらいいだろう。肉のゼリー寄せを載せたパンは、あっという間に傷んでしまうはずだ。ラハヤは盆をヨハンネスに差し出した。

「あっちへ持っていって、出しておきなさい。誰かまだ食べるかもしれないし」

ヨハンネスが盆を取り、ラハヤはテーブルから、絞り出しクッキーを盛った鉢を取り上げた。強制避難のあいだずっと持ち歩いた鉢で、脚が高く、両側にある真鍮の取っ手に、巨人か怪物の頭部を模した様式的な飾りがついている。ヨハンネスがドアのところで待ってくれている。いつのまにか、彼は大人の男に成長していた。

「おまえたちには、いい父さんだったわね」

ヨハンネスはうなずいたが、なぜうなずいたのか自分でもわかっていないのは、ラハヤの目には明らかだった。

広間から男の声が聞こえてくる。ラハヤは目を閉じた。男はダイニングルームのドアのすぐ脇で椅子に座っているはずだ。

「これがオンニの建てた家ですか?」

ラハヤの手にぐっと力が入った。母はすでに亡く、もうオンニもいない。娘たちは手の届かぬところへ逃げていってしまった。残っているのは、ヨハンネスと、この家だけ。このふたつは、奪わせはしない。ラハヤは目を開けると、広間へと足を踏み入れた。

「これがオンニの建てた家です」彼女は言った。「わたしと子どもたちのために」

一九六七年　教会通り　*Kirkkotie*

礼拝堂では、年配の女性たちがすでに罪の告白を始めようとしていた。礼拝が始まる前から、彼女たちは一週間のうちに手を染めてしまった悪しき行いや邪悪な考えを心の中ですっかりさらっており、いまはそれを悔いている。礼拝堂にはうめき声や叫び声がこだまし、人々は大声で神の慈悲を求め、牧師は地獄の苦しみの数々を、細部を堪能できるほど詳細に描写してみせる。

教会は美しくはなく、美しくしようという様子もなかった。むしろ荒々しく、あるいは荘重で、この場所における神のみわざの役割は、憐れみや連帯感でなく恐れと崇敬の念を呼び起こすことだ、と思わせる。祭壇の後ろの壁には熱意に満ちた天使たちが描かれていて、神の全能の目の意匠を見上げており、祭壇画の中では十字架にかけられたイエスが身をよじりながら血を流している。教会を建てた人々が困ったことに、壁には上から下へ、神の全能の目から床に向かってまっすぐ亀裂が入っており、それはあたかも、いずれにせよそこにつながりが存在していることの証しであるかのようなのだった。人々は幾度も亀裂を塗り込めようと試みたのだが、亀裂は何度でもまた口を開いてしまい、教区牧師を大いに悩ませていた。

礼拝堂の恍惚状態が高まっていく。苦悩に満ちた罪の咎めを済ませると、牧師はこの一週間待ちかねていた気に入りの手順に進んだ。全身を乗り出し、長い時間をかけて会衆を見渡す。牧師が最もやりたいのは、永遠の火による責めを彼らに与えることであり、最前列にいる女たちはすでにそれを受け入れる準備ができている。女たちは、単に原罪のためだけでなく、女だというまさにそれが理由で、この恩恵にあずかれるのだ。牧師も、女たちも、それについては意見が一致している。しかし牧師は楽しみを先延ばしにすることにした。厳めしいカントルに向かって、次の讃美歌をもう始めるようにと合図を送る。ほどなくして、陰鬱で厳かな歌が礼拝堂を満たした。この曲を演奏する際は、オルガンの小さなパイプを使って軽やかに奏でるのでなく、ペダルを踏み込んで最も巨大なパイプ列を鳴り響かせる。叫ぶような讃美歌にうめき声がまじり、音は混然一体となって側廊にこだました。家族に連れられてきた赤ん坊でさえ、とても泣き声を上げることができず、祖母が低くとどろく声で罪を告白するのを、びっくりした顔で見つめている。人々はイエスに向かい、永遠の苦しみに陥る前に、選ばれし者たちのもとへ速やかに再臨し給えと懇願する。牧師はゆがんだ笑みを浮かべた。苦しむがよい、汝ら姦淫せし者、世俗の欲にまみれし者、偽善者たち。

泣き声がシャンデリアや使徒たちの絵と共鳴する。オルガンのパイプやバルコニーを震わせる。罪を悔いる者たちの足が、永遠の命に至らせ給えと乞うことを決意した、その証しとしていよいよ強く床を踏み鳴らす。教会の重たいベンチが跳ね、表示板から讃美歌の番号を示した数字の札が落ちて、地獄を恐れる人々の叫びは祭壇の右側に置かれているろうそくの火を消した。背面の壁の亀裂がふさがっていくかに見える。

嘆きの声は内窓を打ち砕かんばかりだった。牧師は、救いをもたらす前に、心の中でゆっくりと十まで数えた。講壇の手すりに手を置き、礼拝堂内へ身を乗り出す。

「汝らのうち、血のごとき褐色の罪を悔いる覚悟のある者は誰か？　自らの悪しき行いについて、許しを乞うことを望む者は誰か？」

牧師は声をとどろかせて言った。安堵の津波が会衆を貫く。

「おお、わたしです、わたしです。イエスよ、許し給え。キリストよ、お見捨てにならないでください！」

「汝らのうち、とこしえの神を受け入れ、サタンに背を向ける覚悟のある者は誰か？」牧師は叫んだ。

何百という手が挙がった。牧師は、涙を流している信徒たちの一列ずつに歩み寄っては、ひとりひとりのために、空中に十字を切って回った。

「われらが主イエス・キリストの御名と贖いの血によって、汝の罪は許された」

十字が誰のために切られたのか、見誤る者は礼拝堂の中にひとりもいない。自らの罪が贖われるまで、誰も手を下ろそうとはしなかった。

ラハヤは後ろから三列目に座って、ほかの人たちとともに歌っていた。彼女の口は讃美歌のリズムに合わせて機械的に動いたが、罪の許しを乞うて手を挙げることはしなかった。みんながそれに気づいていてもおかしくない。礼拝が終わったら、誰とも言葉を交わさず、気づかれぬうちに外へ出られるだろうかと、彼女は考えていた。信仰の集いにはもうしばらく参加していないし、教会が設けるコーヒーの席にも顔を出していない。それでも聖餐式には思い切って出席する気になれたのだった。

説教が終わると、人々の群れは外へ流れ出し始めた。年配の女性が何人か、すべての罪を告白し終えていないと思っているらしく、通路でもまだ泣き続けているが、すでにかまう者はない。場の雰囲気はやわらいで、楽しげでさえある。今週も御霊の賜物を受け取ることができたし、原罪が再び人を地獄へ引きずり込もうとする前に、ひととき楽しく過ごす気にもなれるというものだ。ラハヤは中央通路を歩きながら、誰とも目を合わせずにいた。ほかの人たちと同じように、明るく楽しそうな顔をしようと努めたが、自分でもうまくいっていないと感じた。教会の扉のところに信徒伝道者の男が立っている。明らかに何かを待ち構えている様子だ。ラハヤはそちらをちらちら見たりせず、ただ教会のワインレッドのじゅうたんに向かってひたすら頭を垂れていた。なのに、それは起きてしまった。信徒伝道者が獲物を見つけたのだ。彼は首を伸ばし、行き過ぎる人々の頭越しにこちらをうかがっている。人々は、今回の獲物が自分以外の誰かであったことに満足して、足を速めた。

「ラハヤ、ちょっとお待ちなさい」

チャンスはあった、門はしばし開いていたのに、閉じてしまった。どうして最後の讃美歌が歌われているうちに外へ出てしまわなかったのだろう。伝道者は、ラハヤと開いている扉のあいだに割り込んできた。

「われわれはラハヤの悪しき精神について以前から案じております。おわかりですね」

すでに二度、忠告され、二度にわたって世俗的であると指摘されて、罪の告白に来るよう呼び出しを受けた。ラハヤは二度とも、異教の神々を唯一の神と同列にあがめたりしていないし、誤った正義とかかわりを持つこともしていない、と否定した。何がいけなかったといって、彼女はそれでも膝を折って悔い改めようとはしなかったのだ。しかしこの事態は、この事態こそは、彼女の恐れていたことだった。

「明後日の火曜日、八時から平安協会の建物で開かれる療治会に、ラハヤを召喚します。かかわりのある者は全員が、手を差し伸べ、支えを与えるために出席します。来られますね？」

ラハヤはありとあらゆる理由や口実を考え出そうとしたが、適当なものをひとつも思いつかなかった。

「はい、行けます」

「では、そのときにお会いしましょう。神の平安を、ラハヤ」

「神の平安を」

表通りは人でごった返していた。教会をあとにして誰かの家を訪ねていく者、説教後のコーヒーの席に出ようと教区の集会所へ向かう者。日曜日は、仕事に励む必要がなく、親類や知り合いとの交わりが許されている、唯一の日だ。とはいえ、やはり聖日なので、もちろん羽目を外してはならないし、声を上げて笑ったり、熱中しすぎたりしてもいけない。幼い子どもなら走っても大目に見てもらえるが、大人は自らを律することができなくてはならない。ラハヤはまっすぐ家へ帰ることにした。表通り沿いのシラカバの木々はすでに黄色をまとい、ブルーベリーの枝は真っ赤に燃え上がっている。もしかすると今年は、地面と木々とが同時に紅葉の時期を迎え、大自然がいっせいに、ありとあらゆる暖かな色を使って、秋の訪れを宣言するかもしれない。ふたつの紅葉の時期がいつも重なるわけではなく、灌木が色づき始めたころにはすでに木々が葉を落としてしまっていることもあれば、木々が輝きを見せるころにはもう地面を覆う植物が茶色に朽ちていることもある。同時に紅葉することはめったにない。そうなれば、長く人々の記憶に残るのだった。

家に着くとラハヤは二階へ上がっていった。階段で孫娘のミンナに声もかけず、台所を横切っていく。今朝、カーリナが子どもたちのためにブルーベリースープを作って、ラハヤの分のカップをテーブルに載せておいてくれたが、いまはお腹がすいていない。日曜日用の上着をダイニングルームのソファーに放り投げると、ラハヤは自分の広間の揺り椅子に腰を下ろして、物思いにふけり始めた。四つ辻のほうを見やりながら、彼女は恐怖を感じていた。路上にはまだ行き来する人々の姿がある。彼らの一部は、説教を聞きに村の中心部まで出てきたついでに、墓地に寄って近しい故人の墓を掃除することにしたようだ。一家のあるじは女房の前に立って、後ろに従う足の悪い妻の歩みが頼りなげで遅れがちだろうとかまいもせずに、大股で歩いていく。フォルクスワーゲンのマイクロバスの後部座席では、小さな子どもたちが大きい子たちの膝の上に座っていて、そのさまはマトリョーシカ人形を思わせた。

療治会への召喚を、ラハヤはかなり以前から覚悟していたが、何週間ものあいだ、最後通告はうまく避けてきたのだった。もちろん教区の長老たちは家まで押しかけてきて口やかましく警告してきた。彼らは、ヨハンネスとカーリナが買ったテレビを引き合いに出して、世俗的だと言ったが、それが理由だとは伝道者たちもラハヤ自身も思っていない。テレビはただの口実にすぎず、その裏に、ラハヤはあまりにも——という非難が隠されている。あまりにも、何かだ。あらゆる面で、あまりにも。批判を言葉にするのは難しく、ラハヤ自身、彼らの言わんとするところはわかっていても、やはりうまく表現することができなかった。彼女はあまりにも異質すぎる、教区のほかの女たちのように従順でも物静かでもないし、女ならそうあるべきなのに、気がきくとか、甲斐甲斐しいとかいったこともない。誰であろうと人を寄せつけない。女だというのに、疲れた顔も弱みも見せない。自分の居場所を確保し、存在感がありすぎる。仕事を持つ身である以上、隅に引っ込んでいるのが難しいという事情はあるが、まさにその職業のために、ラハヤには顧客になってくれる教区の人々が必要だった。収入を得たければ、彼らとかかわりを持たないわけにいかないのだ。

さらにほかにも理由がある、それもラハヤにはわかっていた。かつて助産師は、地に満てよとか、女は黙っているように、といった、神がお命じになったことを、十分に尊重しなかった。それどころか、ラハヤの母は歳を取るにつれ、ますます声高にこの世の秩序を批判するようになっていった。深い森に覆われた北の土地で痩せた畑を耕す小作人だろうと、十六人の子を持つ聖堂番だろうと、出産で妻を死なせた男たちを一瞬たりともためらうことなくどなりつけていた。なじる相手が、おかまいなしに。しまいには新聞にしきりと意見を投稿するようになって、結婚生活における義務は自ら決めた計画に従って果たすよう女たちをけしかけ、一度などは、望まぬ妊娠をした場合、思いがけず身近なところで救いが得られること、自宅の庭に生えた草の中からさえ見つかることを示唆までした。その方法なら多くの人が知っているし、骨の弱った女たちは、次に出産の床につけば死ぬことになると悟ったとき、取り上げ女や出産にかかわっている誰かにやりかたを訊いている。しかし、助産師が、職業として出産に携わる人間がそれをはっきり言葉にするということは、ほとんど罰を受けるべき所業といってよかった。さらにオンニのこともあるが、その手の罪については、口に出されることすらないのだった。

神はあらゆる手段でラハヤを鞭打ってきたが、それでも彼女はひざまずくことができずにいる。こうべを垂れることも、驕った心を鎮めることもせず、人々の中にあって頭を上げ、さらには職業婦人として一定の地位を築いており、そのため男性と互角だと自負してもいる。療治会に召喚する理由としては、それで十分だった。仮に、みなが力を合わせてもなお、ラハヤがひざまずいて悔悟とともに主を受け入れないならば、自己主張せず、不本意だという思いを抱くこともなくそれができないならば、彼女は現世の虜になっていると結論づけざるを得ない。そうなれば、あいさつの言葉も、神の平安を祈る言葉も、交わりも、訪問も、そこで終わりになるだろう。真の信仰を持つ者は誰も、彼女にこんにちはと声をかけたり、その家を訪ねたりすることすら許されなくなるだろう。写真館のドアを開けることも。

路上の人影はまばらになって、いまごろ出歩いていると世俗的な人間のように見えた。彼らは先ほどの人の流れとは逆の方向へ歩いていく。ラハヤは前回開かれた療治会の結末を思い返していた。彼女自身、教区の人々にまじってその場にいたが、口は一度も開かなかった。みなが椅子に座っている中、フルスカイネン家のあるじだけが起立して、正しい考えを持つ人々から社会主義の精神を捨てよと責める言葉を浴びせられていた。フルスカイネンが弁解することは許されなかった。なぜならそれは精神の暗闇にとどまることを意味するからで、彼はただひたすらうなずき、許しを乞うしかなかった。聴衆の誰ひとりとして、療治の対象となった彼をかばうことは許されなかった。それは自らへの裏切りであり、正しい信仰の道から心が外れたことを意味するからだ。つまり、自らの罪を責める以外、フルスカイネンには何もできなかったのだ。人々にどんな内容の話をしたか。自治体の選挙で誰に投票したか。特に、好ましいと目されていた候補者以外に心を移すという過ちを犯してしまったときのこと。教区の人々のうち希望する者はみな発言の機会を与えられ、ラハヤはじきに、みなが何の話をしているのかわからなくなってしまった。そこで取り沙汰されたのは、弓鋸を借りたとか、土曜日に酒に酔っていたとか、フルスカイネンの妻が牧師夫人にあいさつするのが遅かったとか、そんなことだ。フルスカイネンの頬を涙が伝い落ち、年老いた身では長く立っているのも困難だった。彼は許しを乞い続け、いま聞いたことはすべて尊重する、ただちに世俗の世界から離れ正しい人々の仲間に入ると訴えた。

ラハヤはあたりが薄暗くなるまで揺り椅子に揺られていた。道を行き交う車のヘッドライトが、広間の天井に動く模様を描き出す。カーリナが二度ほど、夕食だと呼びに来たが、空腹は感じていなかった。宵の口になってようやく、必要に迫られて立ち上がり、一階の玄関の脇に設けられているトイレに行った。階段の灯りはつけずに、暗がりの中で慣れた経路を歩いていく。この家は入り組んでいて使いづらい。ふたつの家族がそろって暮らすようには設計されておらず、すべての中心にラハヤの広間があって、それを取り巻くように何もかもが配置されている。ヨハンネスがこの家にカーリナを連れてきたとき、ラハヤはひとりの暮らしをそれまでどおり続け、若夫婦は自分たちの家庭を築こうとしたために、彼らの生活はいわばふたつに分断された状態になった。ラハヤは広間とダイニングルームを自分用の部屋にして手放さず、ダイニングルームのソファー、オンニの場所に、寝床を作っている。ヨハンネスとカーリナには、そのときどきで適当な部屋を使わせたが、子どもが生まれるたびに部屋は手狭になってしまった。そうなったときは、一家を別の部屋へ移したり、あるいは本棚を動かして、その後ろに子どもたちの誰かが使える空間を作ったりしてきた。みんなで使う唯一の場所は台所だったが、台所はダイニングルームの隣で、ラハヤのベッドの脇でもあるので、ラハヤが起きていてきちんと服を着ているときでなければ、誰も足を踏み入れることができないのだった。

上の階へ戻っていくラハヤの耳に、台所の話し声が聞こえてきた。カーリナがまな板で何かを刻んでいて、娘たちは爪楊枝の束を手に握っている。誰もが楽しそうで、テーブルには半分に切ったキャベツが置かれている。ラハヤが台所を横切ると、おしゃべりはぴたりと止んだ。おやすみと声をかけると、大きいほうの孫娘、マーリットから、おどおどした返事が返ってきた。揺り椅子に歩み寄ってみたものの、もう座る気になれない。ラハヤは窓辺に立ち、人通りの絶えた道に目をやった。庭のシラカバの下で何かが動いている。何がいるのか見極めようと暗がりの中で目を凝らしたが、はっきり見分けられたのは、それが再び動いたときだった。茶色い毛の野ウサギが、庭から表通りへ跳び出して、そのまま道沿いに跳ねていく。苗床のアメリカセンノウの茎をかじりに来ていたのだろう、いまは用心深く小走りに去っていくところだ。予期しない音を聞き取るたびに、動きを止めてうずくまっている。ラハヤは、野ウサギが消防署のところで道をそれ、湖のほうへ消えていくまで、その姿を眺めていた。それからカーテンを閉め、広間を横切って、廊下伝いにヨハンネスとカーリナの部屋へ行った。

ヨハンネスとカーリナは、ソファーに腰を下ろして、名犬ラッシーが燃える建物から脱出するさまに見入っていた。ふたりのあいだにミンナが座り、カーリナがテレビの字幕を声に出して読んでやっている。マーリットはクッションを抱えてソファーテーブルの下に寝そべっていた。マーリットのほうはもう字が読めて、それを証明しようとばかり、小さな声で独り言をつぶやいている。ソファーテーブルの上の盆には、半分に切ったキャベツに爪楊枝をたくさん突き刺して作ったハリネズミが載せられていて、ハリネズミの針にはチーズとブドウの粒が刺してある。大人のために、栓を抜いた赤ワインの瓶がテーブルの脚の脇に置いてあり、子どもたちのマグカップには、テーブルの上のピッチャーからリンゴのジュースがつがれていた。ジュースはカーリナの両親が、秋になるたびに郵便配達車に託して送ってよこす。窓のカーテンは開けられたままで、燭台に並ぶろうそくに火がともされていた。

ラハヤが部屋に入ると、家族の動きが止まった。全員の注意がテレビの画面からラハヤに移ったが、ミンナだけは、字幕を読むのをやめないでとカーリナにせがんでいる。マーリットはテーブルの下からそっと這い出してくると、父親の足に背中をくっつけて座り込んだ。ヨハンネスはワイングラスをさりげなく置こうとした。

ラハヤはソファーに歩み寄り、その端に腰掛けた。ヨハンネスがミンナを抱き上げ、床に下ろす。ミンナはすかさず姉の指定席であるテーブルの下へもぐり込んだ。マーリットは抗議の声を上げたそうな顔だが、できずにいる。カーリナはラハヤを見たが、相手が目を合わせてこないので、ヨハンネスに向かって肩をすくめてみせた。ソファーの下からジュースのおかわりをねだる声がする。マーリットがハリネズミの針を一本取った。チーズとブドウを別々に食べている。マーリットは次の一本を取ると、祖母に差し出した。

ラハヤはそれを受け取った。昔、オウルまで活動写真を観にいったときのことを話したいと思ったが、口を開きはしなかった。テレビの画面ではラッシーが何かを伝えようとしていて、しかし誰にも理解してもらえずにいた。

一九七七年　仕掛け網の道　*Rysätie*

自分の領分へ向かって廊下伝いに歩いてきたラハヤは、広間の真ん中で足を止める。その頬は白いが、首筋は赤くほてっている。

「あの人のそばにいたらみんな死んじゃうわよ」マーリットはそうわめいていた。

近ごろ、孫たちとのやりとりは、毎回けんかで終わってしまう。今回もまた。

街灯の光の中で、除雪車が歩道の雪をさらっている。除雪車が雪を、バラの植え込みの上、家々の敷地の中へ投げ落とすのを、ラハヤは窓から眺めやる。幾人か通りかかった人たちが、車道に大きくはみ出して除雪車をよけていく。除雪車は力強く動き、うなり声を発し続けている。その動きを追って、ラハヤは次の窓へ移る。除雪車は村のほうへ遠ざかっていく。

カーリナとヨハンネスが使っている一角から、ぼんやりとした光が漏れている。カーリナは子どもたちのために夕べのお茶を用意していた。ラハヤは自分が立ち去ってから少しずつ会話がまた始まったのを聞いている。女の子たちの声は聞き分けられるし、少しすると孫息子のタピオの声もわかった。トゥオマスはもう、床の上で眠ってしまっただろうか。ラハヤはどうも孫たちとうまく接することができない。女の子たちは、こちらの姿を目にしたとたんに反抗的な態度になり、言葉をいちいち、わざと違う意味に取ろうとしている気がする。タピオは礼儀正しく沈黙していて、ひとことも口をきかない。

孫息子のトゥオマスとは、ラハヤは何度か、一緒に散歩をしたことがあった。橋を渡るとき、トゥオマスはラハヤと手をつないでいた。ラハヤは川の土手に雨水がうがった穴を見せ、そこに住んでいるトロールの話を聞かせてやった。ふたりでオンニの墓参りをして、金色に塗られた文字に苔が生えているのをブラシできれいにした。ラハヤは孫息子に、家を建てたときのことをあれこれ語り、古い家のことも話して聞かせた。オンニやマリアにまつわるちょっとした逸話や、ヘレナが失明したときのことも、ラハヤは語った。話はどこから始まるというのでも、どこで終わるというのでもなく、きちんとした物語が紡がれることはけっしてなかった。もっとずっと前に話しておくべきだったし、部分的に忘れたり、ほかの話の要素とつなぎ合わせたりして、ほどよい全体像を作り上げておくべきだったのだ。それでもトゥオマスは熱心に耳を傾けてくれ、川辺の地面があちこち小さく盛り上がって草に覆われている場所の、どこが半地下壕の跡なのかを示してやると、じっくり見入っていた。家に帰ってから、ラハヤは薬の瓶の底を使って円をいくつも新聞紙の端に描いてやり、ふたりで一緒に、笑っている顔や悲しそうな顔や泣いている顔を描き込んだ。トゥオマスが描いたのは楽しそうな顔ばかりだった。

車が一台、家の前のカーブを曲がって走っていく。ギアが上がり、排気管がうめく。ラハヤは窓に背を向け、台所を突っ切っていった。通りしなに、ついたままの電気を消す。それから階段を下りていく。以前の母親の部屋は、ドアに南京錠が取りつけてある。いまはその部屋に、ヨハンネスの友人の息子とその友達で、村の高校に通っている子たちが間借りしている。部屋の中から陽気な笑い声が響いてくる。

下からラジオの音が聞こえる。ラハヤは地下室のドアを押し開け、下りていった。床はいちめん、煉瓦の粉と煤だらけだ。ちょうどヨハンネスがサウナの出入口から出てきて、ドアを閉めている。顔は真っ黒だが、細めていた目の周りのしわには煤が入り込まなかったのだろう、目の脇に白い筋が見える。ラハヤは階段の途中で足を止める。

「洗い湯くらいはある？」

ヨハンネスがようやくラハヤに気づく。

「そろそろ、タンクのお湯が沸くころだよ。始める前に火を入れておいたから」

ヨハンネスは煉瓦を積み上げてきれいな山をいくつも作っていた。パン焼き窯のいちばん下に積まれた煉瓦は、まだこれから取り外されるのを待っていて、そこに防火壁を塗り込めた跡があるのに、ラハヤは目を留める。

「取り壊す必要があったの？」

「ここに暖炉を作るんだ」

「誰がここで火を焚くの？」

「パン焼き窯だって、ここにあったら誰も火を入れたりしないよ。サウナから出て、ここでソーセージをあぶれたら、もってこいじゃないか」

洗濯機の上にビニール袋をかぶせたトランジスターラジオが置いてあった。ラジオから、四月に河口で若い男がすることは――と歌う声が流れている。ヨハンネスはシャツを指で触っている。煤がくっついた。シャツを脱ぎ、すぐに裏返して、煤がついた面を中にする。両手はひじから先が煤で真っ黒だが、肩と胸は白いままだ。黒い顔と白い線のせいで、その姿は人間のネガのように見える。

「もう沸いているわね？」

ラハヤはどちらへ進むこともできず、階段の途中に立ち尽くしたままでいる。ヨハンネスは、煤が飛び散らないよう、シャツをそっとたたんで洗濯かごに入れている。

「母さん、暖炉のこと、カーリナには言わないでくれよ」

「あれは知らないの？」

「驚かせようと思って。実家の大きな暖炉のことを、いつも話しているから」

「そういうのを作るつもり？」

「ここには収まらないよ。この場所に合ったのを作るさ」

壁の向こうで、セントラルヒーティングのボイラーのオイルバーナーがシュウシュウいい、やがて大きな音を立てて始動した。音がうるさく、ヨハンネスは仕切りのドアを閉めにいく。地下室が再び静かになる。

「ずいぶん騒がしいのね」

「そうだね」

「昔のはちっとも音がしなかった。覚えている？」

「薪をくべるやつ？」

「取っておくことにしてくれて、よかった。そのうち必要になることがあるかもしれないし」

「ああいうのには、もう誰も手を出さないよ。氷点下に冷え込んでいるときも、家の中が寒くならないように、夜中でも起きて薪を追加しないといけないし」

ヨハンネスはサウナの出入口のドアを開け、中へ入っていった。お湯のタンクのふたが本体にぶつかる音が、ラハヤの耳に届く。やがて息子が戻ってくる。

「そろそろ、よさそうだよ」

「マーリットも出かけるそうね」ラハヤは言った。

「ああ、そうかな」

「もうダンスパーティーにも行っているの?」

「そんなの、いまどきの子はやらないよ。月に一度、学校でディスコを開催してるんだ」

「あの子は顔を塗りたくっていたよ。あの子に直接、言ったけれど」

「母さんは前に話したことを思い出してほしい」

息子の視線の前で、ラハヤはうなだれてしまう。

ヨハンネスはサウナのほうへ体を動かした。

「何か用でもあったのか?」

ラハヤは話したかった。トゥオマスでさえ、一緒に散歩に行きたがらず、いまではもう、頼んでも隣に座ってすらくれないのだと。みんなと同じテーブルについて、声を立てて笑ったり、おしゃべりしたりできたら、どんなにいいだろう。会話に愉快な冗談の種をまぜ込むカーリナのやりかたを、家族のみんなと同じように身につけることができたら。しかし彼女が口を開くと、出てくる言葉は、ほかの人の耳には誤りを正したり文句を言ったりしているように聞こえてしまう。自分が何か言ったとき、みんながこっそり交わし合う視線で、ラハヤはそれがはっきりわかる。失礼に当たらない程度の時間が過ぎると、彼女の隣にいた人はほかの席へと移っていく。一緒にいる相手に楽しんでもらえない、楽しいと思われたことは一度もない、しかし彼女自身はやりかたを変えられない。口を開いても、適当な言葉が見つからないのだ。ときには孤独で、寒くて、暗い、それを訴えることができそうな言葉が。

「いいえ。べつにたいしたことじゃないの」

ヨハンネスはサウナの出入口から中に入っていき、閉めようとドアを押す。ラハヤは閉じていくドアと、その向こうに消えていく息子の姿を見ている。その動きは恐ろしげで、取り返しがつかないもののように思える。

「ヨハンネス！」

何もかもが、現像容器の中の写真のように手をすり抜けて逃げていくと、ラハヤは感じていた。いまはもう、彼女にはこの家しかなく、それさえも少しずつよそよそしくなっていく。変化についていくことが、彼女にはできないのだ。娘たちが訪れてきてくれなくなり、かつて存在したものとのつながりはもう、ここにいる息子だけ。そしていま、彼女をたったひとりでこちら側に残し、ドアは閉じようとしている。

「なんだい？」ヨハンネスの声には苛立ちが隠されていた。

「ヘレナはどうしているの？」

息子の声の調子が変わる。

「ヘレナから聞いてないのか？」

「聞いてないわ」

ヨハンネスはドアを開けると、その隙間から母親の顔を見やった。

「母さんからも電話をかけてないのか?」

「どうしたというの?」

ラハヤは階段を下り、ヨハンネスはドアをすっかり開けた。

「今度の子も流産してしまったんだよ」

「妊娠していたの?」

「それも知らなかったのか?」

「もちろん知っていたわ」ラハヤはそう言ったが、実際には知らなかった。「目が見えないのに、どうやって子どもの世話を?」

ヨハンネスは答えず、ただドアのところからこちらをじっと見つめている。やがて静かな声で言葉を続けた。

「もう、昨日のうちに退院したんだ」

「すぐに電話をかけなくては」

「明日にしなよ。もう遅いから」

階段の上から足音が響いてきた。マーリットが階段を駆け下りていく。カーリナの声がそれを追いかける。

「帰ってきたら、すぐにおやすみなさいを言いに来るのよ。それまでは起きていますからね」

ヨハンネスはポーチのドアがばたんと閉まる音を聞いている。

「カリもヘレナも、もうあきらめるかもしれないな」

彼はサウナへとって返し、ドアを閉めようとした。ドアは膨張していて、下の端が少し引っかかる。ヨハンネスが取っ手をつかんで持ち上げると、ドアはため息をつきながら閉じていく。取り残されたラハヤはパン焼き窯の残骸を見つめている。積み上げられた煉瓦は、片方の側面が溶いた石灰で白っぽくなり、もう片方はうっすらと煤がついている。この隅にどんな暖炉が合うか考えてみようとしても、しっくりくるものを思い描くことができない。

ラハヤは階段を上がっていった。台所のドアの下から光が漏れているのが見える。カーリナが窓から外を見ていて、ラハヤはそのかたわらで足を止めた。車が一台、道から家の敷地へ入ってきて停まった。助手席から少年が下りてきて、たばこに火をつけている。やがて彼は車の中へ身をかがめ、前席の背もたれを倒した。マーリットが車に乗り込み、少年は前の席に戻っていく。カーリナは運転手の姿を見ようと身を乗り出しているが、見分けられないようだ。車は雪の壁のあいだで難儀しながらバックと前進を繰り返し、ようやく方向転換して再び路上へ出ていった。ラハヤはダイニングルームへ向かっていく。カーリナはまだ車のテールランプを見ている。やがて彼女はラハヤのほうへ向き直った。

「ひとつ言っておきたいことがあります、この話はこれきりにしますから」

ラハヤは立ち止まったが、振り向きはしない。

「あたしには、好きなようにどなり散らしてくださって結構です」カーリナは言葉を継いだ。「あたしはそれに答えることもあれば、答えないこともあるでしょう。だけど子どもたちには、二度と、ひとことでも、ひどいことを言わないでください。いいですか？」

ラハヤは何も言わない。答えずにいれば、カーリナは外へ走り出ていくだろう、それはわかっている。車のキーを取り、国道をオウルに向かっていくだろう。いつもそうしている、そんな物音をこれまでにも聞いている。怒りにまかせて車を飛ばし、五十キロ走ってから、Uターンして戻ってくる。それから穀物粥を作るのだ。

「わかってくださったんですか?」カーリナが再び尋ね、その声は度外れて穏やかだった。「わかってくださったんなら、そう言ってください」

「わかったわ」

ラハヤはダイニングルームの壁に向かって返事した。ヨハンネスから、このことは何度も言われていた。彼はカーリナの身を案じている。スリップしやすいカーブや、トナカイをはねてしまう事故を恐れているのだ。

カーリナは体の向きを変えると、ドアから外へ出ていった。階段の上で、下の物音に耳を澄ませているが、何も聞こえないようだ。

「あそこで暖炉を作っているわ」

ラハヤは壁紙に向かって話しかけた。

「何を作ってるんですって?」カーリナが尋ねる。

「暖炉を、パン焼き窯の場所にね」

「あら、そんなのを作ってるんですか」

カーリナの声は優しくなっている。彼女はドアを閉め、足音が階下へと遠ざかっていった。ラハヤは電気のスイッチに歩み寄って灯りを消した。部屋が暗くなる。ダイニングルームに窓からの光が反射している。身をかがめ、ラジエーターの表面に触れてみる。温かい。誰かがまた室温調整バルブをひねって開けたのだろう。バルブを回して閉め、窓から村の中心部へと目をやる。街灯の光の中で、雪は黄色みを帯びたオレンジ色に見えている。風に吹かれた旗竿の綱が速いリズムを刻んでいて、それが家の中まで聞こえてくる。もしもいまオンニがここにいたら、どんな姿をしていただろう。

カーリナの章

わたしは誓います。
追い風のときも、向かい風のときも、よいときも、悪いときも、
命の終わりを迎えるまで、あなたを愛し、真心を尽くすことを。
その証しとして、あなたからこの指輪を受け取ります。

結婚の誓い　1960年

一九六四年　木戸の道　*Kotiveräjäntie*

カーリナは姑のずっしりしたソファーを動かそうとしている。片方の端を持ち上げておいて、脚の下に裂き織りのマットを滑り込ませる。手の力が続かず、ソファーの端は重たい音を立てて床に落ちるが、分厚いマットのおかげで大きな音は響かない。床に置いたバスケットの中で、目を覚ましたミンナが泣き出してしまう。カーリナは手を止め、姑に聞こえたかどうかしばらく探った。ライオンの脚がついたこの家具は、姑がとりわけ大切にしているものだ。カーリナは赤ん坊をなでてやって寝かしつけてから、ソファーの反対側へ回り込むと、そちら側の端を持ち上げてマットを滑り込ませた。最後にマットの力を借りてソファー全体を壁から離し、部屋の中央に寄せる。窓を洗うのだ。下腹部が痛む。

四年間、彼女はこの入り組んだ陰気な家で暮らしてきた。村に来たときから、この家は好きになれないとわかっていた。物資不足が最もひどかった時代、その真っ只中に建てられたというのに、恐ろしく大きくて、姑は村でいちばん大きな木造の家だと吹聴するのを忘れなかった。ほかの建物で、この家より高くそびえているのは教会だけだと。見せびらかしたいという欲求に基づいて建てられた家だとカーリナは思ったが、それにもかかわらず、あたりが暗くなり始めるとすぐに、この家の住人は分厚い茶色のカーテンで外と内を隔ててしまう。鍵のかけられたポーチのドアに、呼び鈴はついていなかった。

固くなっている窓の掛け金を外す。手に鉄の匂いが移る。窓ガラスがぎくしゃくと内側に開く。窓が壁にぶつかって、スミレ色の家を描いた細長い絵が壁から落ちることのないよう、あいだに椅子を置いておく。戦前にこの場所にあった家だという。氷点下の冷たい空気が床の上を流れていく。カーリナは、ミンナのバスケットをソファーテーブルに移し、湯気を立てているエナメルの洗面器を窓がまちに載せると、古いシャツを裂いて作った雑巾で窓ガラスをこすり始めた。石鹼水がみるみる灰色に濁っていく。

外を見下ろすと、マーリットが雪だまりに座り込んで雪を食べている。カーリナは窓から身を乗り出し、やめなさいと声をかけるが、娘は家にくるりと背を向けてしまい、食べるのをやめない。

カーリナは家の前を通ってまっすぐに四つ辻まで延びている表通りを見やった。ヨハンネスとふたり、郵便配達車に揺られてあの道をやってきたのだ。あのとき、カーリナの中には情熱があふれていた。オウルからの道々、だんだんにシラカバの数が減っていき、トウヒの木の形が変化してろうそくのようになっていくのを、ずっと眺めていた。そういう形のほうが、より多くの雪の重みに耐えられるのだと、ヨハンネスが教えてくれていた。郵便配達車が難儀しながら丘の頂まで上り、やがてがたんと揺れてから下り坂を疾走し始めると、カーリナはお腹の底が縮こまった。甲高い笑い声を上げながら、夫の手をしっかり握ったものだ。平坦な土地に慣れた目に、起伏に富んだ風景は見慣れなくて怖い感じがした。地平線が見えず、何百何千という丸い丘が雪に覆われて目の前に散らばっているのが、落ち着かなかった。

目的地では姑が待っていた。黒い服に身を包んだ、痩せた女性。カーリナのことを頭のてっぺんから爪先までじろじろ眺め回してから、やっと手を差し出してきて、フルネームを名乗った。ヨハンネスには、姑はひとことも声をかけなかった。道沿いに並ぶ白い復興住宅が、厳しさを増す冷え込みの中で身を縮め、その隅がぴしぴしと音を立てていた。住宅同士、総合労働省の規定した間隔をきっちり空けて建てられており、道路からの距離もみな等しい。そこには、奇妙で統制の取れた、独特の美しさがあった。

庭にいるマーリットが雪面にぱたんと仰向けになる。雪の天使を描こうとしているかのように。しかし、体は動かさないまま、母親のほうをじっと見ている。厚手のタイツに氷がくっついているのが、カーリナの目に入る。

どうしてまた窓ガラスを洗わなければならないのか、カーリナにはわかっている。姑は孫を望んでいなかったのに、彼女はもうふたりも娘を産んだ。三度目に妊娠したとき、姑から窓を洗うよう命じられたのだった、重たいソファーセットはひとりでは動かせそうにないと訴えたのに。それでも、流産したあと、姑は病院に花を持ってきてくれたし、倒れた拍子に醜い茶色の壺を割ってしまったことについても、ひとことも文句を言わなかった。その壺は、姑の母親が二度にわたる強制避難の際に持っていき、持って帰ったものだと、姑から聞いていた。ヨハンネスは子どもを悼んで泣いた。やはり女の子だった。いま妊娠していることは、誰にも打ち明ける勇気がなかったが、今朝、生ごみのバケツに嘔吐している音を姑に聞かれてしまった。

夏を迎えれば村は美しく、木々の葉が豊かに生い茂る。砂がちの森の地面は太陽に照らされてみるみる熱を帯びた。熱くなった細かい砂とイソツツジの香りが村まで届いてきて、高くそびえるアカマツは、そよ風の中で枝の一本もたわんでいるようには見えないのに、梢は常にざわめいている。

夏には毎晩、コウホネの花に点々と彩られた夏小屋の湖で、ヨハンネスがボートを漕いだ。カーリナはボートの後部席に座って、痛いほど冷たい水の中で手を揺らした。夏には、ヨハンネスのサイドカーつきのオートバイに乗り、果てしなく広がる荒野の只中へハイキングに出かけて、弁当を食べ、毛糸の靴下の中にしまっておいたガラス瓶から、ぬるくなったミルクを子どもたちと一緒に飲んだ。夏はいつも、夏小屋と、笑い声と、睦まじさでいっぱいだった。七月になるとヘレナが来て、ヨハンネスとふたり、そろって口を開くので、どちらが話を始めてどちらが終えたのかわからなくならないように、カーリナはしっかり耳を傾けていなければならなかった。秋が訪れるころ、ヘレナは渡り鳥のように去っていってしまう。冬になると、四方を壁に囲まれて座り、子どもたちをあやして静かにさせながら、暗さが終わりを告げて次の夏が始まるのを待ち焦がれた。たまに訪ねてくるのはアンナくらいで、彼女は黙りこくったまま、どっしりしたソファーに母親と向かい合って座っていた。

ふたりきりになれるのは、暗室の中だけだった。カーリナはヨハンネスの脇に座って、写真の現像作業を眺めた。最初のころ、真っ白な紙の上に画像が現れるさまは、夕べの集いで鑑賞する、何度見ても毎回楽しませてくれる手品のようで、目をみはった。一枚、また一枚と、ヨハンネスは紙の奥底から、光がそこに焼きつけた新婚カップルや葬儀の様子や風景を浮かび上がらせる。それが済むと、印画紙を現像停止液に浸し、最後に定着液で画像を定着させる。カーリナは印画紙の水洗と乾燥作業を手伝った。それぞれの液の準備には正確を期した。なぜなら、成分の配合を間違えると、にこりともせずにレンズをにらんでいる人々の姿がぼやけてしまい、背景と見分けがつかなくなるからだ。あるいは、きれいな画像になっても、しばらくすると現れる前と同じ虚無へと戻っていってしまう。ヨハンネスは母親から適当な配合の比率を学んでいて、味をみれば定着液が適切な状態かどうかわかるのだった。小指の先を液につけ、舌でそれをなめる。適切な場合の刺激は、舌の付け根に適切な酸味として感じられるという。

「パパの写真の指」マーリットはいつもそう言って、父親の黄色くなった指先を自分の指でさした。けれど、何にも勝るもの、それは会話だった。ネガから画像が浮かび上がるように、話題はさまざまな形でわき上がってきた。政治。歴史。家庭。家族。その場所でなら、ふたりは誰にも邪魔されず、あらゆることについて語り合うことができた。ときには夜になっても会話が延々と続き、カーリナはミンナのバスケットを暗室の床に運び込んだ。朝になると、ミンナには現像液の匂いがしみついていた。

カーリナはガラスの外側の面を、姑に何も言われないよう、念のために二度こすっておく。ミンナが目を覚まして、母親を見ている。

「ママは帰ってきたわよ」どこへ出かけていたわけでもなかったが、わが子に向かってそう声をかけてやる。

いまは下腹部に痛みを感じない。エナメル洗面器の灰色のすすぎ湯は冷たくなっている。

一九六六年　喪失の細道　*Hukanpolku*

階段から、盛大に悪態をつく声が聞こえてくる。階段のカーブがあまりにきつくて、家電販売店マーッタの配達員たちが運んできた荷物は、手すりと壁のあいだにはまり込んだまま動かない。手すりが梱包の木枠と結束用ワイヤーの隙間に入り込んでしまい、木枠がきしんで音を立てている。下から支えている若い黒髪の男が荷物を押したり引いたりしていて、そのあいだ、年かさのほうの、ブリルクリームで髪をセットした配達員は、壁の塗装に傷をつけないよう保護している。若いほうの配達員のこめかみには汗が浮かんでいるが、年かさのほうはそうではない。若者はまだ知らないのだ――あとから行く者の荷はより重いということを。それを思って、年かさのほうは笑っている。カーリナは階段の上の踊り場から、もっと静かにと男たちに声をかける。家には誰もいないのに。男たちはいったん後退して下りていき、それで荷物が手すりから外れた。カーリナは階段を二段ほど下り、進み具合をやきもきしながら眺めている。間に合うだろうか？

やがて男たちは荷物を階段の上まで運び上げて、床に下ろした。ふたりとも背中を伸ばし、若いほうは上半身を左右に曲げているが、そんなふたりに、カーリナは台所のドアを開けてみせる。ふたりは、互いに顔を見合わせ、それからカーリナを見つめてきた。ついには再び背をかがめ、荷物を持ち上げて、台所へ運び始める。今回はふたりとも、カーリナが最終的な置き場所を示すまで、荷物を手から下ろそうとしない。カーリナはあたりを見回してみて、食品保存庫の脇の壁際に置くよう指示する。男たちは慎重に荷物を下ろす。年かさの配達員がポケットからドライバーを取り出してワイヤーを外し、若いほうはそれを手に巻き取っていく。最後にふたりはカーリナに視線を向け、それ以上の指示がないとみて、出ていった。若いほうが、よい一日を、とあいさつしたが、カーリナの耳には入らなかった。

二、三歩、さがってみる。すてきじゃない！　白く塗装された表面、側面にはクロームメッキのライン。ハンドルは金属の輝きを放ち、それを押し下げるとドアが開くのだ。ドアには金属の大きな文字でBOSCHとあり、その下に小さめの文字でSuperiorと書かれている。カーリナは単語を口に出して読んでみる。ふたつの単語は片方がもう一方より長いけれど、幅が同じになるよう、文字の間隔が調整されている。冷蔵庫だ。

この家に越してきたときから、こういうのがほしいと思い続けてきた。姑が使っている食品保存庫は、通風孔がふたつ開いていて、それが直接、庭に通じている。大きくて奥行きがあり、上のほうは奥まできちんと手が届かない。木の板に長い釘を打って作られたもので、釘が内側から外に飛び出していた。ヨハンネスの話では、彼自身がかつての家の焼け跡を掘り起こして釘を集め、叩いてまっすぐに直したのだという。何もかもが不足している時代だった。釘の先端は曲げてあるものの、いちいち袖が引っかかってしまうと、カーリナは思っている。

ついに新しい機械がやってきた。食品保存庫がちょっと陰になっているけれど、慣れるだろう。姑は自分の台所にこういうものを望まず、それでヨハンネスとカーリナは、冷蔵庫のために力を合わせてこっそり貯金をしてきたのだった。ヨハンネスは、あちらから一マルッカ、こちらから一ペンニと貯めてくれた。オートバイも倹約の対象にするしかなかった。最初は新しいプラグを買わずにいたのだが、道の真ん中でエンストしてしまうことが一度ならずあって、新調するしかなくなった。チェーンも交換すべきなのだが、ヨハンネスはチェーンを買うのを先延ばしにしてきた。長いあいだオイルが交換されていないことに気づいたオートバイが、いつ断末魔の叫びを上げるかと、彼は毎日ひやひやしている。カーリナは、商業専門学校を出ているおかげで役場から追加の仕事を獲得し、自宅で議事録の清書をしている。夜中近くにタイプライターを叩いていると、姑が訝しがってドアのところへ様子を見にきたことが二、三度あったが、カーリナは十本の指でタイプを打つ練習をしているのだと、ヨハンネスが説明してくれていた。カーリナはすでにその技術を身につけていたが、姑は知らないのだ。

プラグをコンセントに差し込むと、冷蔵庫はうなり声とともに稼働し始めた。初めのうち、何かの部品がぶつかり合っているのか、金属の当たる音が何度か響いたが、ほどなく安定し、一定の調子で低い音が続くようになった。中からため息にも似た金属的な音が聞こえてくる。カーリナはハンドルを押し下げてみる。鈍い音がして、ラッチが開く。手前に引いてドアを開け、冷蔵庫の内部を感嘆の目で眺めた。網棚が中に三つ、さらにドアにもふたつ。一番下の棚に、何か部品が載っている。庫内から取り出して、ためつすがめつしてみる。似たようなものをどこかで見た覚えがあるが、何なのか見当がつかない。手に触れるその表面はつるつるしている。

カーリナは流し台の下の戸棚から洗い桶を取り出すと、コンロにかけてある鍋の湯を二すくいほど汲んで、さらに食器用洗剤のフェアリーを何滴か絞り落とした。戸棚にあるうちでいちばんきれいな布巾を選び、冷蔵庫のドアを開ける。背面の円盤状の部分がもう冷えたか、手で触って確かめる。まだだ。内部の壁面をふき、棚をひとつひとつ洗う。途中で二度も湯を替えた。ドアを閉めて、冷蔵庫の表面を、両側の側面とドアをふき、文字のひとつずつがぴかぴかに光るよう、丁寧に強くこする。最後に、先ほど見つけたつるつるの部品を洗い桶に沈め、やはりきれいに洗い上げる。この部品、役場の冷蔵庫にあるのを見たのだった、と思い出す。何も入ってはいなかったけれど、誰かが使い道を教えてくれた。卵入れなのだ。カーリナは、卵を買ってきて夕食にオムレツを作ろう、と心に決める。

冷蔵庫の内部が冷えてきた。カーリナは食品保存庫の扉を開け、中身をあらため始める。幾度かの食事で食べきれなかったジャガイモやブラウンソースの残りが、ひびの入った皿に取ってあり、コーヒーカップのソーサーをかぶせられたまま、保存庫の中で忘れられている。カーリナは以前から、棚ごと、日付ごとに整理のルールを決め、システムを作り上げたいと思っていたが、姑は食卓をさっさと片付けたがる。そのせいで、保存庫の奥からは、干からびていたり、長い毛のようなもので覆われていたり、緑色や青みを帯びていたり、驚くべきものがいろいろと出てきて、カーリナはそれらを、姑がだめだと言い出す前に外のごみ溜めへ持っていくのだった。

まず、いちばん下の棚の中身をすっかり出して床に置き、それから食料品を棚に戻していく。冷蔵庫には特に重要なものだけを選んで入れる――バター、棒状のソーセージ、チーズ。棚に残ったその他のものは、姑が存在を忘れてしまうまで、食品保存庫の中に隠しておけばいい。一段、また一段と棚を整理し、カーリナは食品保存庫の中をきれいにしていった。冷蔵庫のほうが食品保存庫より小さいことに、彼女は密かな満足を覚えていた。食品全部はどうやっても冷蔵庫に入らない。明日になったらバターの代わりにマーガリンを買おう、保存できるようになったのだから。姑は、そんなものを口に入れる勇気を、絶対に持てないだろう。

手を止めて、実のところ姑は冷蔵庫をどう思うだろう、と考える。どのみち何か言われるだろう、それはいつものことだ。秋に、カーリナが注文した雑誌の『セウラ』を、姑はコンロの火床で燃やしてしまった。姑はまずページをめくってから、罪をわざわざこの家の中に呼び込む必要はない、どうせ向こうから勝手にやってくるのだから、と言った。だけど、姑はせいぜい食べ残しを保存庫に突っ込んで腐らせていればいい。それを尻目に、カーリナとヨハンネスと娘たちはピッチャーから冷えたミルクをグラスに注ぐのだ。カーリナはミルクピッチャーを掲げてみせ、優しく微笑んで、この上なく甘ったるい声で姑に問いかけてやるだろう。お義母さんもいかがですか、それとも、そっちのぬるくて脂肪の玉だらけのほうがお口に合うかしら。

いちばん上の棚は高さがある。カーリナは玄関から踏み台を取ってきて、食品保存庫の前まで運んだ。踏み台に上り、中のものを手前に引き寄せる。キノコの塩漬け。かびの生えたジャム。蠟で処理したコルク栓つきのベリーのジュース。そこで手が止まる。ガラス瓶のひとつがカーリナの注意をとらえた。背が高く、茶色で、ふたはついていない。何なのか、すぐにわかった。手を伸ばし、重たい瓶を胸に抱えて、床に降りる。口元をぎゅっと一直線に引き結んで。瓶をテーブルに置き、ガラスを透かして中をじっと覗き込む。血のついたパンの端っこ。食べかけのパンのスライスは、真ん中の柔らかい部分だけを前歯のない口が食べた残りだ。干からびて硬くなったパンの耳には、歯が抜けた跡の穴から出た血がしみ込んでいる。カーリナはそれ以上見ている気になれず、瓶を食品保存庫に戻して、掛け金まで掛けた。

夏のあいだ、アンナの双子の息子たちがここに泊まりに来ていた。姑はふたりの世話を焼き、食べ物を食べさせ、飲み物を飲ませ、ふたりが思いついてねだるものは何でも与えてやった。実際ふたりとも、実現可能な要求はすべて通るし、実現不可能な要求でさえ大部分は通ってしまうと気づいて、おねだりをどんどん思いついた。ふたりは小麦の白パンを食べたがった。前歯の乳歯が抜けたので、平焼きパンは歯茎に強く当たって痛い、などと言って。しかも、皮の部分も硬すぎるからと、パンの柔らかいところしか食べようとしなかった。

カーリナがうっかり、ふたりの食べかたは食べ物を粗末にしている、と小言を言ってしまったとき、姑は血のついたパンの端を集めて瓶に保存し始めたのだった。それを材料にして、マーリットとミンナのためにおいしいパンのスープを作れるのだという。双子の兄のほうがカーリナにしかめっ面をしてみせた。その子が、甘い菓子パンを食べるときも、表面にまぶした砂糖をなめ、カルダモン風味の中身だけかじって、血まみれになった硬い底の部分は瓶の中に放り込んだので、カーリナはつかまえてぴしゃりと平手打ちを食らわせた。それを姑に言いつけない程度にはその子も震え上がったようだったが、それでもパンは頑固に真ん中の部分しか食べようとしなかった。もう永久歯が生え始めていたのに。

あそこにあるのは、そのガラス瓶だ。カーリナは以前、パンの端切れでパン粥を作ることを拒否し、姑がそれなら自分で作ると宣言するのを聞いて泣き出したことがある。娘たちが血のスープを飲む羽目になるかもしれないと知ったヨハンネスは、母親を本気でどなりつけた。瓶は台所のテーブルに放置されたままになり、カーリナはヨハンネスが捨ててくれたのだと思っていた。しかし、それがいま、再び出てきた。しかも中身が減っている。

カーリナは台所の中を見回した。姑の存在がそこら中に、戸棚の中にさえ潜んでいる。あの女はカーリナのすることを監視し、カーリナの夢をお笑い草の幻想と決めつけ、親類の少年たちの血がまじった残飯を粉にしてどの料理にも入れていたのだ。とろみづけの粉やパン粉として、これまでにどれほどたくさんのパンの端切れを知らずに飲み込んできたのだろう。娘たちは？

いざこざが起きると、ヨハンネスはいつもカーリナの味方についてくれる。母親をかばうことはけっしてなく、彼が守るのはカーリナだけだ。しかし姑は、咎められたことをあとからカーリナにそっくり返してくるのだ。それで話し合いをしていると、すべてはただの間違い、思い違いであり、カーリナの思い込みだ、ということにされてしまう。姑はカーリナを親しくファーストネームで呼ぶことすらしようとせず、心底機嫌が悪いときは、〝あのかた〟呼ばわりすることさえある。この家は写真館から何からすべて姑のものである以上、いったい何ができるだろう。自分だけ親しみを込めた口調に変えることは、カーリナにはできそうにない。何を恐れているのだろう？ 冷蔵庫の配達もこっそり手配したのだ、姑が間違いなく家にいないときにするため、配達日を二回も変更して。

この家はけっしてわが家にならないだろう。美しいキッチンをカーリナが手に入れることはけっしてないだろう、かわいらしい棚シートを敷いた戸棚も、棚のふちにピンで留めつけたレースペーパーも。あの労働と倹約、タイプライターの音で目を覚ました娘たちをヨハンネスが寝かしつけているあいだ、味気ない議事録を相手に過ごした何百という夜。自分のものですらない台所につぎ込んだ金額。冷蔵庫もこの場所には収まりが悪く、前と左右と、それに上にも少し飛び出しすぎている。食品保存庫の扉が全開にできず、冷蔵庫の塗装された側面にぶつかってしまう。

カーリナはそれ以上台所にいることができなかった。隅に姑の寝床があるダイニングルームを足早に横切り、姑が気取って広間と呼ぼうとしている居間を、急いで通り抜ける。何かを探しているのだが、それが何かは自分でもわからない。家の中をぐるりと周り、しまいに階段に行き着いて、二段飛ばしで下りていき、地下室へ入っていく。叩きたい、打ちたい、引き裂きたいという衝動に駆られて。このへんのどこかに金槌か斧のようなものがあるはずだ。カーリナは引き出しを開け、釘の箱を放り投げ、乾燥してしまった塗料缶がぎっしり並んだ棚の上を探る。舅は器用な人で、この家を自分で建て、家具さえも自作したという。工具を墓場へ持っていってしまったのだろうか？やがてカーリナは、大型ハンマーとも金槌ともつかない、奇妙な工具を見つけた。手に取ってみる。十分な重みがありそうだ。ゆっくりと、上の階へ戻っていく。

台所で、冷蔵庫に目をやる。手を伸ばして触れ、安定した低い音を立てているのを感じる。カーリナはハンマーを頭の上に振り上げ、両手で握り締めると、食品保存庫の扉に渾身の力を込めて打ちつけた。くぐもった音が響き、木材がめりめりいって、中に残ったままの食器がガチャンと音を立てる。扉についていた大きな下地板が内側に倒れていく。カーリナは再びハンマーを振り上げ、上半身をひねった。打つべき場所を見定め、側面に振り下ろす。板材がほぞ穴から外れて飛び出す。ハンマーがそれを砕きながら内側にめり込んでいく。棚のガラス瓶が倒れる音がする。カーリナは食品保存庫の扉を開けた。下から二番目の棚板を上から一度叩いたが、外れないので下から打った。塗装されていない木の棚板は、一枚、また一枚と外れていき、ガラス瓶がぶつかり合って割れ、干からびたパンの端切れが粉になっていく。

一九六七年　生け簀の道　*Sumpputie*

「やだ、自分でするの」

ミンナは腰まで湖の水につかって立ち、髪のシャンプーを父親がすすごうとするのに抵抗している。ヨハンネスは根負けし、娘が水をはねかすのにまかせた。マーリットのほうはもう身支度が済んで、桟橋に立っている。いかにも寒そうに見えるのに、サウナに入って温まろうとはしない。カーリナは娘をかたわらに引き寄せると、タオルを取り、髪を乾かしてやり始めた。それを見たヨハンネスが、水の中を桟橋のほうへ戻ってくる。

「そのままでいいよ、おれが乾かすから」

「大丈夫よ」

髪が乾いた後も、マーリットはぬくもりを求めて母親の脇腹に貼りついたままだ。ミンナは岸まで戻ってきたものの、ぐずぐずしてまだ中に入ろうとしない。岸辺の砂に膝をついている。

湖から鳥の羽音が近づいてきた。鳥がサウナの周りで緩くカーブを描くと、音が変わる。ほどなく、ことん、とくぐもった音が響いた。鳥の体が巣箱の奥の壁に当たったのだろう。娘たちは鳥の飛ぶさまを見守っていた。

「ホオジロガモが来たね」マーリットは鳥の名前を知っている。

「鳥も寝床に入ったよ」ヨハンネスがミンナの気を引こうとして言った。以前は娘たちも、木の上に巣を作る水鳥の生態にいちいち歓声を上げたものだが、もう慣れっこになってしまった。ミンナは父親の声にも知らんぷりで、水際の砂を掘っている。

「マーリット、見においでよ」

「あたしはもういい」

「まだ泳いでるよ」

マーリットは興味をそそられ、湾曲した岸に沿って歩き出した。カーリナは娘のタオルを自分の体に巻きつけた。マーリットはもう妹のところに着き、しゃがみ込んで砂の上を見ている。

「これ、ちゃんと元気なの？」

「大丈夫だもん」

「ふたりとも、そこに何がいるの？」カーリナは尋ね、見にいってみることにした。足の動きは途切れがちで、ときどき立ち止まっては足の裏にくっついた松葉をつまみ取る。

岸辺の砂に小さなくぼみが掘られていて、そこに水がたまり、砂地の細長い土手で湖と隔てられていた。その水たまりに、小さな淡水スズキがいた。泳ぎ回ってはおらず、ひとつところにじっとしているが、ただ、胸びれは小さく動き続けている。その姿は何かを待っているようだ。

「アンネリから聞いたんだけど、おれたちが病院に行っているあいだに、子どもたちがマルッティと一緒に仕掛けで捕まえたらしいよ」

マーリットは首をかしげて魚を見ている。

「どれくらい大きくなるのかな？」

「わかんないけど、これくらい」ミンナが答え、両手を大きく広げてみせた。

「そんなにならないよ」

「ボートに乗ったとき、見たもん」

「見てないでしょ」

ミンナは身をかがめ、岸辺の砂を手ですくった。その手を水たまりの上に持っていき、濡れた砂の塊を魚の上へ落とす。淡水スズキは居場所を変え、再び動きを止めて待ち続けている。ミンナは両手で砂をすくい、水たまりに落とした。マーリットがやめさせようとする。

「だめだよ!」

ヨハンネスが娘の手をつかんで、脇に抱きかかえてしまう。

「もう歯みがきの時間だぞ」

ミンナはもがいて逃げようとするが、ヨハンネスは娘をしっかりつかまえたまま、夏小屋への小道を上っていく。ミンナがわっと泣き出す。マーリットはまだ岸辺に残っている。水たまりをもっと深くしようと、砂を掘りながら。淡水スズキは浅いほうへ逃げていく。

「自分のほうが大きくて強いからって、いじめちゃいけないんだから」

マーリットは湖の底の砂をすくい上げると、波で低くなった土手を高くした。水たまりの水面すれすれまで顔を近づけている。

「瓶に入れて、おうちで飼える? えさは、土の中のミミズを掘ってきてあげたら?」

「ガラスの壁に取り囲まれてしまったら、魚がどんな気持ちになるか、考えてごらん」

マーリットが考え込んでいるのがはっきりわかる。やがて娘は、波打ち際から小さな草の茎を取ってきて、水たまりの底に突き刺した。

「これは、木の代わりなの。スズキの草（水草のヒロハノエビモのこと）も、ボートに乗って取ってきてあげる。そうすれば、ここにいてもさびしくないでしょ。コウホネの花も一緒に」

砂の上から小さな石を拾い集め、砂の土手に防波堤のように並べている。

「逃げないように、もっと強くしておかなくちゃ」

かがんでいるのがつらくなり、カーリナはやっとの思いで立ち上がった。少し痛みが走る。マーリットのほうへ、手を差し出してやる。

「あたしたちも中に入りましょう」

「夜のうちに、逃げちゃわないよね？」

「そこからじゃどこへも行けないでしょ」

マーリットは疑わしそうな目で魚を見ていたが、やがて手をつないできた。歩きやすいように、ふたりで波打ち際の水の中を進む。上のほうでドアが開き、中からミンナの泣き声が聞こえてくる。テラスにヨハンネスが現れて、タオルを広げ、手すりに掛けて干している。彼は身を乗り出し、サウナのほうを見下ろしてきた。

「マーリット、おまえもこっちへ来て、もうパジャマに着替えなさい」

マーリットは手を離し、跳びはねながら夏小屋への小道を上り始める。足を替えながらはねていく、左足で二歩、右足で二歩、それからまた左足。

「きみも、もう来るかい？」

「もうちょっとかかるから」

ヨハンネスは少しのあいだカーリナを見つめたままでいる。その顔には悲しみの色が、おそらくは許しを乞う表情が浮かんでいる。何を許してほしいというのだろう。彼のせいではなかったのに。

「調子はどう？」

「大丈夫よ」

マーリットは小道を上りきってテラスに着いていた。

「ママはどうしたの？」

「女の人だけのお話だよ」

「どんなお話？」

「もう歯はみがいたのかい？」

「まだ」

「歯をみがいて、おしっこに行って、おやすみなさいをしようか」

テラスのドアが閉まり、残されたカーリナはサウナの前に立ち尽くす。川から湖へ霧が吹き寄せられてくるようになった。もう羽虫さえ見当たらない。空気がひんやりしてきて、夏小屋を引き払って村へ戻るしかなくなる日は、もうさほど遠くないだろう。夏のあいだは、仕事を終えてからここまで車を走らせてきて、家族水入らずのひとときを過ごせるので、都合がいい。朝、荷物をすっかり車に積んでおき、村の中心部まで運転していって、来たるべき夜を待つのだ。カーリナはサウナのドアを開け、更衣室へ入っていった。フックにタオルを掛け、サウナ室のドアを開ける。温かく湿った空気があふれ出し、ぶつかってくる。むっとするような、誰かが使ったあとの匂い。いつだったかマーリットがもっと小さかったころ、ヨハンネスが、サウナを済ませた《サウノットゥ》匂い、と言ったことがあったが、それをマーリットは聞き間違えた。サウナのこびと《サウナトントゥ》の匂いだと。

　カーリナはドアをすべて、外に至るまで開け放ってから、しゃがみ込んで薪を何本かサウナストーブの下にくべた。窓の外の、ぼやけていく湖に目をやる。空気がすっきりしてきたので、ドアを閉め、サウナベンチによじ上った。サウナストーブに一度、水をかける。ストーブはけだるげに蒸気を上げ、天板の石から水分が蒸発するまでには長い時間がかかった。ベンチに身を横たえ、足をまっすぐに上げて壁に当てる。風変わりな様式のサウナで、立地もまるでよくないが、カーリナは気に入っている。奇妙で、箱のような形をした、片流れ屋根の建物で、岬の突端の、川が湖に流れ込む地点に建てられていた。春の増水の時期には床のすぐ下を水が流れて、床梁の木材が傷むし、氷が分厚かった年は、水は床梁を越えて中まで入ってきてしまう。それでも、サウナベンチは広々として、そこから湖の彼方まで見渡すことができる。窓はおかしくなるほど大きくて、話によると、家を建てるときに余ってしまい、ヨハンネスの父親がここへ持ってきたのだそうだ。

　ヨハンネスの父親は、夏小屋そのものも余った材料で建て、ここと同じような、箱に似た片流れ屋根の建物にした。場所をうまく選んでくれたおかげで、夏小屋からは湖と河口が見えるすばらしい眺めが広がり、それでいて小屋は木の陰になっていて人の目が届かない。部屋はどれも太陽の動きに沿って配置されていて、朝食のテーブルには朝の光が降り注ぎ、台所には昼の太陽、新しく作った寝室には夕日が射し込む。ミンナが生まれた後、カーリナはヨハンネスとふたりして、夏小屋に部屋をひとつ増築したのだった。ふたりとも大工仕事はうまくできず、できあがりは必ずしもほめられたものではなかったが、一緒に作業するのは楽しかった。ヨハンネスは最初、居間のフラワーバルコニーを壊すことを残念がっていたが、寝室のドアはどこよりもその場所に作るのが容易だったのだ。バルコニーの埋め合わせをするかのように、新しい部屋には大きな窓を作ることになり、その窓から、眼下の川で脇腹をきらきら光らせながら泳ぐホワイトフィッシュが見えるようにした。カーリナは夏小屋にいるとくつろげたし、それはヨハンネスも、娘たちも同じだった。ヘレナは休暇でやってくるたびに、すぐにでも夏小屋へ行きたがった。とはいえ、まずは失礼に当たらない程度の時間を母親と過ごしてからの話だったが。ヘレナはいまでも、テラスから丘の尾根や、屋外トイレや、サウナまで何歩あるか、そらんじることができた。部屋の中を歩いているときなど特に、目が見えているかと思えるほどだ。手をわずかに上げているだけで、足取りもしっかりと敷居をまたぎ、フックから食器用の布巾を取ったり、戸棚から昔なじみのティーポットを見つけ出したりする。

姑は夏小屋とは距離を置いていた。一緒に来てサウナに入ったことはあるが、出るとすぐに車で村へ送ってもらいたがった。姑が夏小屋に泊まったことは一度もない。この場所では屋内にいるのも好まず、テラスや桟橋に座って、苦々しげに建物を眺めていることが多かった。台所に入ったこともない。姑としては、この土地自体、売ってしまいたかったのかもしれないが、幸いにも舅が、夏小屋の名義をヨハンネスにしておいてくれた。姑は、売ってお金が入ればどんなことに使えるかと何度もヨハンネスに説いていたが、それでも彼は売らなかった。姑は折に触れ、カーリナにも夫に言って聞かせるよう命じてくる。カーリナは快く承諾してみせるが、ヨハンネスとのあいだでは、土地を売る話などひとことでも口にしたことはない。

気がつくとカーリナは唇を噛み締めていた。姑。カーリナは膝を曲げて足をベンチに下ろし、両手を腹の上に置いた。もう収縮してはいない。大丈夫、中にとどまっている、医者はそう言ったが、大事を取って子宮頸部を局部麻酔で二針縫った。医者は、結婚生活はうまくいっているかと尋ねてきて、問題ないと答えても、明らかに信用していない様子だった。どうして医者に話せただろう。すべての背後に、別の誰かが存在するということを。お金も財産も家も、何もかもが別の誰かの背の向こうにあって、夫婦の手の中にあるものは、この屋根の傾いた隠れ家だけなのだ。それと、お互いの存在。それから娘たち。そしておそらくは、この中にいるもうひとりも。

サウナの熱気が冷めてきて、カーリナはベンチから下りた。もう一度体を洗い流し、サウナの中が乾くようサウナストーブに薪を二、三本足しておいてから、栈橋へ行ってたたずむ。このあたりの森は、子どものころ慣れ親しんだ森とはずいぶん違う。灌木も、広葉樹もない。背の高いアカマツと、背の低いヒースだけ。極端なものばかり。夏小屋のかたわらに、ライラックの木が二本、弱々しく立っている。舅が植えたというが、五十センチ以上の高さに育つことができていない。冬が来るたびに、氷点下の冷え込みにやられたり、トナカイに食べられたりしてしまうのだ。

カーリナは薄闇の中でホオジロガモの巣箱に目をやったが、何の音も聞こえない。

「そろそろ渡りの時期のはずなんだけどな」

ヨハンネスの声に、カーリナはぎくりとする。彼は栈橋の突端に立って、カーリナのほうを見ていた。娘たちを寝かしつけ終えたのだろう、本人もパジャマに着替えている。

「年寄りなのか、病気かもしれない。巣箱の中で死なないといいけど」

カーリナは目をそらす。娘たちが掘った水たまりを思い出して、見てみようと水に入って歩いていった。薄暗がりの中で、淡水スズキの姿はなんとか見分けられる程度だ。同じ場所にじっとしているものの、脇腹を半ば上にして浮いてしまっている。よく見ようとかがみ込む。ひれはまだ動いている。カーリナは足を上げ、水たまりから砂地の土手を通って湖に抜ける細い通路を作ってやる。魚は足の動きにおびえているが、逃げてはいかない。追いやろうとしても、身じろぎもしない。カーリナは土手を踏みつけてすっかり平らにし、淡水スズキのいる水たまりまで届くように波を立てた。魚はしばらく同じ場所にとどまっていたが、やがて泳ぎ出した。しかし、やはり水面すれすれを、傾いたままのろのろと泳いでいる。きっと鳥にさらわれてしまうだろう。

ヨハンネスは桟橋の上の段に腰を下ろしていた。カーリナの足に、水が冷たい。水の中を歩いていき、桟橋に上った。向こう岸で水鳥のオオハムが嘆きの声を上げている。カーリナは桟橋の階段の下のほうに腰掛け、ヨハンネスに背中を預けた。彼はカーリナの体に腕を回してきて、もう一方の手の指で眉の曲線をなぞっている。安心させてくれる感触。悲しみが、腹の底のどこか深いところからわき上がってくる。ヨハンネスの指の動きが止まる。

「ホオジロガモが死ぬなんていや」カーリナは嗚咽にかぶせるようにして、途切れ途切れにその言葉をささやいた。

「死んだりしないよ」

ヨハンネスの声にもむせび泣きの気配がある。手の力が強くなり、もう一方の手はカーリナの髪をなでている。

「死んだりしない。ただ休んでいるだけだ」

カーリナはヨハンネスにもたれかかり、ふたりは一緒に揺れながら、闇と秋とを追い払う。世界はここにある、オオハムの声の響く中に。

一九六九年　喜びの道　*Onnintie*

「外れるぞ!」

壁板がゆっくりと外れていき、木材から引きはがされていく鉄釘がうめき声を上げる。屋外トイレの中にヨハンネスがいて、壁を支える枠組みの部分にバールを当て、カーリナは外から板を引っ張っているところだ。

「ちょっと待って」と、ヨハンネスの声。

壁板の上の端がまだ外れていなかったが、カーリナではもう手が届かない。それで一歩、後ろにさがる。

「マーリット、ミンナ、どきなさい!」

ヨハンネスがバールの頭で板の上端を叩き始めると、娘たちは脇にどいた。板は震え、揺れて、ついに外れた。地面にぶつかって一度跳ねてから、湿った土の上に横たわる。娘たちが板を持って、砂場で遊んでいる弟のタピオの脇を通り、地下室の小窓のところへ運んでいく。そこに置かれた木挽き台には、すでに板材が何枚か運んである。娘たちが材木の山に板を投げ落とすと、茶色い粉のようなほこりが舞い上がった。屎尿槽から立ちのぼるアンモニアのせいで、板の下端が傷んで薄くなっているのだ。マーリットは大げさな仕草で、ズボンの太腿のあたりをつまんで振っている。

「完全に腐ってる！」

この家には屋内トイレが数年前にはもう完成していた。一箇所だけだし、それもポーチの一部を区切った狭苦しい小部屋に作られたものではあるにしても。鉄分の多い井戸水が、便器の後ろ側のふちに錆のまじった汚い線をあっという間につけてしまったが、それでもみんな、用を足しているあいだ暖かいのが気に入った。冬になって氷点下の冷え込みが来ると、姑でさえこっそり家の中のトイレを使うようになった。屋外トイレはもうまったく必要なくなり、それでカーリナは、五月の土曜日を祝して、取り壊してしまおうと決めたのだった。娘たちはそんな作業に興味がなかったのかもしれないが、カーリナは半ば命じ、半ばごほうびで釣って、ふたりを参加させることに成功した。挽肉と小麦の白パンを買い、ハンバーグのたねを準備して、夕食はアメリカで誰もが食べているハンバーガーにしようかしら、と言ったのだ。

屋外トイレの手前と側面の壁はもう壊してしまい、後ろ側の壁が残っている。庭の小屋と共有している壁には、マーリットがずっと前に描いた絵が何枚かピンで留めてあった。砂場にいるタピオはゴム長靴の片方が脱げてしまっていて、カーリナが行って履かせてやる。息子の体は腕の中でぐにゃりとしたロープになり、地面へ滑り落ちようとする。ヨハンネスは後ろの壁の板を叩いて外していき、その打つ力に屋外トイレ全体が揺れている。雪はまだ高い山を成して残っているが、日射しはもう暖かい。ヨハンネスは汗をかいていた。

「ちく、しょう、こい、つが、はず、れな、いん、だ」叩くリズムに合わせて悪態をついている。

端のほうの釘が壁板を貫通していき、板はヨハンネスが建物の骨組みを叩くたびに震えている。隣の家の壁から、こだまが返ってくる。

「マーリット、揺れないように下の端を押さえててくれ」

「自分でやってよ」

「どうしたんだ?」

「そっちには行きたくない」そう言って、マーリットは原形をとどめずどろどろに分解されている屎尿槽の中身を指さした。

「べつに、わざわざその上に立つ必要はないよ」

「吐いちゃいそう」

姉の反応に、ミンナは大喜びだ。たまっているものを指さして言う。

「あそこのとこはマーリットのだよ。あっちも!」

「やだもう、なんなのよ!」

マーリットは抗議するように手を振り、走って逃げていく。ミンナは手に何か持っているふりをしてマーリットを追いかける。

「持ってきてあげたよ! 元のところに戻すの!」

「ミンナ、だめよ! 止まりなさい!」

カーリナは砂場をあとにして戻っていく。

「さあ、ふたりとも手伝って。一日仕事にならないように」

「あそこには絶対に行かないから」

「あそこに何があるっていうの? もう、すっかり泥になってるわよ」

ヨハンネスは叩く作業を終えていた。手で目の上にひさしを作り、カーリナを見ている。

「この場所に何を作るつもり？」

「わからないけど。土が肥えてるから、何か植物を植えてもいいかも。キイチゴとか」

「あたしは食べないから」マーリットはそう言って、めちゃくちゃに気持ち悪いと思っていることを妹に示そうと、しかめっ面を作ってみせている。

「あたしも」ミンナはまねして言ったが、何の話なのか聞いてはいなかったようだ。

「だったら、食べなくていいよ」ヨハンネスが言う。

「それか、ほかの灌木でも」カーリナは言葉を続けた。心の中で、子ども時代を過ごした家の、植物の葉が豊かに茂っていた庭を思いながら。このあたりの土地にはコケモモくらいしか生えていない。

「とりあえず砂を運んできて、かぶせてやろうか」ヨハンネスが言った。「そうすれば、しかめっ面をしなくても済むだろう」

彼はバールをカーリナに差し出すと、手押し車を取りにいった。カーリナは階段を上がり、屋外トイレに入っていく。階段の側面には、青く塗られた化粧板がまだ取りつけられたままだ。板の一枚は、下の端に大きな隙間がある。

「ふたりとも、金槌を取ってきてくれる？　地下の、ボイラー室の壁に掛かってると思うわ」

ミンナは母屋のポーチを目指して走り出したが、マーリットの足取りはのろい。ミンナは階段のところで姉を待っている。ドアが重くてひとりでは開けられないのだ。カーリナは、ゴム長靴を脱ぎなさい、と言いかけたが、口を開く前に、娘たちはもう中に入ってしまった。

ヨハンネスがガレージから手押し車を押してきた。車輪の空気が抜けていて、緩んだゴムが地面をぺたぺたと叩いている。この家に、使えない状態のものがいまだに存在するなんて、どういうことだろう。以前は、あらゆるものが、常に行方不明だったり壊れていたりしていた。使い終わったものは放り出されたきり見当たらなくなり、工具は人の手を離れた場所にそのまま残され、品物は何でも、テーブルの上をひとしきりさまよった挙げ句、手近な戸棚に突っ込まれて視界から消され、それきり誰も見つけられなくなった。家はひどく大きく、地下から屋根裏まであり、ものが隠れてしまう場所はいくらでも存在した。整理整頓しようと努力だけでもしているのはカーリナただひとりで、そのため、みんなは自力で探そうともせず、彼女に訊いてくるのだった——「カーリナ、あれを見なかったかい……？」「ママ、あれってどこにいっちゃった……？」姑は、よそよそしく丁寧な言葉づかいを頑固に続けつつ、こう訊いてきた。「あなたご存じかしら、誰があれを持っていったか……」カーリナが整理しても、分類しても、たたんだり名札をつけたりしたものはみな、引っ張り出され、戸棚の隅に放り出されてしまった。それでもカーリナはめげずに、ものの定位置を決めようとしてきた。ゆっくりとではあるが、家の中は整頓された状態になり、どの置き場所も、そこにその品物があるのが当たり前になり、ものが見つかるようになっていった。最近ではもう、カーリナは何がどこにあるか答える気すらなく、あれはどこへいったと訊かれるたび、穏やかにこう答えるだけにしている——「探して」。すべてのものが、決められた場所、そこにあるのが当然の場所に置かれていることを、カーリナは知っている。探し物をしている人は、ただ自分の感覚を頼りに、どこにあるのがいちばん道理にかなっているか考え、取ってくればいいだけだ。

「シャベルを見なかったかい？」カーリナのところまでやってくると、ヨハンネスは尋ねた。

「何度も見たわよ」

「ははは」

「置き場所はどこだった？」

ヨハンネスは手押し車を砂場まで押していった。タピオは砂に穴を掘っていたが、手を止めて、ぺしゃんこの車輪を見つめている。

「パパの代わりに、これをいっぱいにしてくれるかい」

タピオは大喜びして、濡れた砂を持った手を伸ばすと、手押し車の脇にぱらぱら落とし始める。

ヨハンネスは母屋のポーチに向かっていく。カーリナは屋外トイレの階段に座ったままだ。去年の夏、家を黄色がかったオレンジ色に塗り直した。前よりすてきになったと思っている。カーリナは目を閉じ、太陽が顔を照らすのにまかせた。風に春の香りがまじっている。どこかで窓の閉まる音がする。カーリナは目を開け、二階を見上げた。姑が窓の掛け金を閉めている。暖かい空気を逃がさないことに関しては、あの人はうるさい。せめて夫婦の寝室くらい、たまには風を入れさせてほしいのに。

姑は窓辺に立ったまま庭を見下ろしている。カーリナは階段に膝をついてバールに手を伸ばした。化粧板の隙間にバールの先端の片方を突き刺し、ねじる。板は留め具から外れ、はがれ落ちた。カーリナは板を拾い上げると、寝室の窓のほうへ向き直り、姑に向かって板を何かの賞品のように頭の上で振ってみせた。バールを使って次の板をはがし、さらにもう一枚はがす。緩く留めつけられているだけだ。板をはがし続けていると、階段の下から二段目、木製部品の破片が山になっている上に、何かがごとりと落ちてきた。ピストル。板を引きはがす手を止め、銃を凝視する。家族と夏小屋が描かれた絵を一枚、壁から引きちぎり、銃にかぶせた。なぜそんなことをしたのか、自分でもわからない。タピオはこちらに背を向けて、掘った穴に長靴で砂を詰めている。

カーリナは地面に下り立ち、屋外トイレのドアの空間を自分の体でふさいだ。銃にかぶせた絵をどかす。映画に出てくるピストルとはぜんぜん似ていない。もっと骨張って、けれど繊細な感じで、銃身が長い。引き金の前に角張った突起がある。手を伸ばして、溝の切られた木製の持ち手に刻みつけてある印をなぞった。印のひとつは数字の9のようだ。その下に、wの文字が手で彫ってある。銃を手に取り、持ち上げてみた。銃口はトイレの床に向ける。カーリナは銃を上げ、まだ壊していない後ろの壁に向けて、腕をまっすぐに伸ばし、銃の重さを測った。ずっしりしている。ドアから外へ身を乗り出し、母屋の二階の窓辺にまだ人影があるか確かめる。姑はもういない。カーリナは銃を目の高さまで上げ、引き金に指を掛けてみた。片目をつぶり、もう片方の目で照準器を覗く。銃の重みに、腕がみるみる疲れてくる。やがて銃を下ろした。側面に文字が書いてある。〈ヴァッフェンファブリーク・マウザー・オーベルンドルフ・A・ネッカー〉。

誰のピストルだろう？　ヨハンネスのものでないことは確かだし、姑でもないだろう。カーリナが思いつくのは舅だけだが、彼がどんな一生を送ったのか、この家で話題にされることはなかった。カーリナは一度も舅に会っていない。姑に何か尋ねても、返事はいつも同じだった――いい人だったし、いい父親だった。それだけ。どの部屋にも舅のことを思い出させるものは置かれていない、古い衣類も、工具も、本も。カーリナは舅を、ダイニングルームのたんすの上にある写真を通して知っているだけだ。写真の中の舅は軍服を着て、焼けてしまう前の古い家を背景にして立っている。ヨハンネスを胸に抱え、アンナを脇の下に抱き寄せて。ヘレナは姉の隣に立って、あらぬ方向に目を向けている。その後ろに、ヨハンネスの祖母だという太った女性が立っており、ヘレナの肩に手を置いている。写真を撮ったのは姑だ。写真の手前の端からヘレナの足元まで、姑の影が伸びている。

いまのこの家は、もちろん舅の遺したもののひとつだ。ヨハンネスは、父親は大工として船に乗っていたと言っていたが、家の中には海から運ばれてきた思い出の品などひとつもない。夫婦ふたりきりのときのヨハンネスは、父親は感じのいい人だったと自慢したし、言葉の端々から、いまでも父親を恋しがっていることが伝わってきた。しかし同時に、父親に対してある種の怒りを感じているようにも思える。舅はヨハンネスが軍隊に行っているあいだに急死したという。姑の話では、座骨神経痛の手術がうまくいかなかったのだそうだ。

マーリットが生まれたとき、ヨハンネスは、自分の父と同じような父親になりたい、と言っていた。子どものために十分な時間を取り、たくさん抱き締めたり触れ合ったりしてやりたいと。彼は娘たちにも、幼稚な言葉を使わず、大人と同じように話しかけたし、いまはタピオにさえもそうだ。いつだったか最初のころ、夫婦げんかをしたときに、ヨハンネスが動きを止めて固まってしまったことがあった。彼は、しっ、と言ってカーリナを黙らせ、仕切りのドアを閉めて、大人のどなり声を聞く心配のない家の反対側へ子どもたちを連れていったのだった。

ポーチのドアが開き、シャベルを持ったヨハンネスが出てくる。カーリナは屋外トイレの階段の最上段に上る。ヨハンネスは砂場へ行ってシャベルを使い、手押し車を半分までいっぱいにした。娘たちがポーチに現れる。マーリットがドアを押し開け、ミンナがすばやく滑り出てきた。カーリナは手に持った銃の重みを測っている。やがてそれを便器の穴に落とし込んだ。銃は溝と排泄物の山のあいだに落ちて、銃身の上に、まだ分解されていない、細く切った新聞紙がはらりとかぶさる。カーリナは階段に戻り、割れた木製部品の破片を手でかき集めた。それを穴から銃の上に落とす。弾倉は隠れたが、後ろの端がまだ少し見えたままだ。ヨハンネスが手押し車に積んだ砂を屋外トイレのほうへ運んでくる。小走りのタピオが脇についていて、取っ手の片方を握っている。

「しゅな」タピオが言う。

「砂を運ぶんだよ、わが家のお姫さまがたのご気分が悪くならないようにね」

ヨハンネスは運んできたものをトイレの中に空け始めた。その下に、銃の後ろの部分に刻まれた文字が埋もれていくのを、カーリナは眺めていた。マーリットがトイレのほうへやってくるが、ミンナは向こうで小川を作っている。

「わが家のお嬢さまがたは、これでご満足かな？」ヨハンネスがマーリットに訊く。

カーリナはトイレをあとにした。タピオがマーリットを両手で押したが、自分のほうがひっくり返ってしまう。カーリナは片手で息子を立たせてやる。

「ちびすけだらけの家族よね」

「もっといてもいいよ」ヨハンネスはそう言いながら、シャベルで砂を叩いてならしている。マーリットがシャベルの動きを目で追っていた。

「あたしはやっぱり、そんなキイチゴは食べないから」

向こうでミンナが、泥まじりの水たまりに両足をそろえて飛び込んだ。水のはねる音を聞きつけて、タピオは姉のいるほうへ走り出しかけるが、カーリナが先に息子の服のフードをつかまえてしまう。ハンバーグを焼かなくては。

「ここに花を植えたらどうかしら？　多年生の花を」

一九七一年　雌牛の細道　*Lehmipolku*

「空の旅はどうだったの？」

「とても快適だったわよ」

ヘレナの返事に姑は満足し、台所へ戻っていく。ヨハンネスとアンナは黙って座っている。会話が回り出さない。ヘレナの指が安楽椅子の表面を探っているさまを、カーリナは眺めている。ヘレナの指は、木部に彫られた花、小さな一片が欠け落ちているその形の、なじみの感触を見つけ出す。

「この椅子、前はあっちの窓の前にあったわね」

指は動き続け、座面とその前面とを区切っているへりの折り返し部分に行き当たる。指はひじ掛けの内側の側面で止まり、張られた布をなでた。

「ここ、新しい生地？」

指先は生地にあしらわれた円形の飾り模様を見つけ、その輪郭をなぞっていく。アンナは無意識のうちに、自分が座っている安楽椅子の生地の同じ部分をさすっている。新たな話題が見つかって、それをきょうだいが互いに投げては受け取っている様子を、カーリナは見守った。一年間離れて暮らすうちに消えてしまった記憶を呼び起こすことが、彼らには何より大事なのだろう。正解を見つけ出したり情報を伝えたりすることではなく。いちばん高らかに響いているのは、ヘレナの笑う声だ。

「父さんがこのソファーを作ってたときのこと、覚えてる?」

「この木製の部品はどこかに注文したのかな?」

「父さんが地下室で組み立ててたわよ」

「ここ、ほかよりごわごわしてたのよ。粗布ってわけじゃないけど、それに近かった」

「組み立てって、ここの床の上でやってたんじゃなかったっけ?」

「あたし、階段に座って、父さんが作ってるのを見てたのよ」

「削りくずがベッドのほうまで行っちゃったから、母さんが怒って」

「ここにあの、へんてこな脚がついてたんじゃなかった?」

「ヨハンネスは何か一緒に作ったんじゃない?」

「あたしも覚えてる。テーブルか、たんすか、何かそんなもの」

「おれは、作るのはさっぱりだめだったよ」

「食事の支度ができたけれど」

姑がダイニングルームのドア口に立っている。「席についてちょうだい」

最初に立ち上がったのはヨハンネスで、ヘレナが席を立つのを待っている。彼は姉の右手を、自分の二の腕にさっと巻きつけてやった。ヘレナは抵抗したものの、手はそのままにした。

「家にいるんだもの、自分で動き回れるわよ」

アンナがカーリナを先に行かせようとしている。カーリナはさあどうぞというように手を伸ばした。

「だめだめ。おもてなしの食卓には、お客さまがお先にどうぞ」

ダイニングルームに入ると、姑がヘレナの肩に触れ、自分の隣に導いた。

「おまえはここの、隣の席に座りなさい。前にお皿があって、その向こうの右側にグラスがあるから。おまえのために、フォークでなくスプーンを用意したのよ、そのほうが食べやすいと思って」

「ちゃんとできるから」

「アンナ、そこはヨハンネスの席ですよ。おまえはそちらの、壁際にでも座りなさい。ヘレナ、そこにバターを塗った平焼きパンがあるから。左手の脇よ」

ヘレナはテーブルの上を手探りしてそれを見つけた。

「あたし、いらなかったのに」

「おまえは長旅をしてきたんだから」

「セウトゥラの空港で食べてきたのよ」

ヘレナはパンを取り上げたものの、どこへ持っていったものか、決めかねている。その手からヨハンネスがパンを取って、自分の皿に置く。

「大人なんだから、自分がどうしたいかくらい、わかってるよな」

「ヘレナ、ジャガイモはいくつ皮をむく？」

「ひとつで十分」

「もう、ふたつ、よそってあるけれど」

「母さん、もう放っておいて」

「食べなくてはだめ、力が出るように」

食事の支度には熱が入っていた。姑はカーリナが台所に入ることを拒み、ひとりで料理を作った。カーリナには長い買い物リストが手渡され、そこに書かれた品物のひとつでも、値段の安いほかの品で代用してはいけない、と念を押された。牛の初乳をオーブンで焼いたウーニユーストは、ヘレナのとびきりの好物だというので、初乳の調達はカーリナにはまかせてもらえなかった。目の前の食卓にはごちそうがところ狭しと並べられている。ロールキャベツはちょっぴり焦げ、ソースにはいくらか、だまができているし、どのメニューも、もう少し思い切って塩を入れてもよさそうだったが、それでもできあがりの完璧さにカーリナは舌を巻いていた。姑が孫たちのために料理をしたことは、これまで一度もなかったのだ。

アンナがジャガイモの皮をむきながら身を乗り出している。

「母さん、あの椅子を父さんがどこで組み立てたか、覚えてる?」

「どの椅子?」

「ライオンの脚がついてるやつよ、セットのソファーも」

「あたしが買ったのではなかったの?」

姑の声に驚きがにじんでいる。ヨハンネスは額にしわを寄せ、母親のほうへ向き直った。

「母さんが買ったんじゃないだろ」

「たしかに父さんが作ったのよ」アンナも言い募る。

「父さん? おまえの父親ではなかったわ」

アンナが再び椅子に背を埋める。ヘレナがスプーンを皿に置いた。

「間違いなく、あたしたちみんなの父さんだったわ」

カーリナが差し出したティーカップのソーサーに、アンナはジャガイモの皮を載せている。目はテーブルを見つめたままで。

「あたしにとってはいい父さんだったのよ」

「あそこのアルバムに、本当の父親の写真を収めてあるから」

「いったい何を言ってるのよ」ヘレナが問いただす。「写真で本物だと証明しなくちゃいけないわけ?」

「そんなつもりで言ったんじゃないのに」

「だったら放っておいてよ」

「いい加減にしなさい。いい人だったのよ、彼は。彼も」

ヘレナは、母親の手で膝に掛けられたナプキンを手探りして見つけ出すと、テーブルの上に置いた。立ち上がろうとして、椅子の背を探っている。

「もういいの?」

「お腹がすいてないから」

姑は皿の上でジャガイモを細かく割り続けながら、何も言えずにいる。カーリナは姑が哀れになった。席を立ち、台所へ行って、鍋つかみを手にはめる。

「ヘレナ、まだちょっと待っていて」

カーリナはオーブンからウーニユーストを取り出すと、表面にシナモンと砂糖をまぶした。ちょうどアンナがロールキャベツを食べているのが目に入る。途中でフォークを置くか、それとも最後まで食べるだろうか、カーリナには見当がつかない。ヨハンネスがなだめるように姉の体を軽く叩いてやっている。

「あわてることはないから」

カーリナはテーブルに鍋敷きを置いて、その上に耐熱皿を載せた。姑が感謝の表情でカーリナにうなずきかける。カーリナは流し台から用意しておいた皿とスプーンを持ってきた。ウーニユーストの熱がシナモンの香りを部屋中に広げていく。ヘレナは振り向いて、鼻をひくひくさせている。

「菓子パンなの？」

姑が笑い出す。デザートをスプーンですくい、ヘレナの皿によそってやる。

「いいえ、ウーニユーストよ」

「いつもそれなんだから」

「おまえのために作っておいたのよ」

「必要ないのよ、母さん」

「スプーンはそこの前にあるから」

「あれこれ世話を焼かなくていいの。もう、ほっといて！」

姑は身を乗り出して、ヘレナの手にスプーンを持たせている。

「朝、初乳を手に入れてきたのよ。火曜日に子牛を産んだ雌牛がいてね」

ヘレナはスプーンを激しく皿に叩きつけ、ウーニユーストがテーブルクロスに飛び散った。

「あたしは子どもじゃないの！　あたし自身、もうすぐ子どもを持つんだから！」

ヨハンネスのナイフが皿に当たって音を立て、アンナの顔には笑みが広がっていく。カーリナは、姑の顔に不意を突かれた驚きが浮かんでいるのに気づく。

「なぜ？」ほかに言うべきことを思いつかなかったらしく、姑が訊いた。

「ああもう、いい加減にしてよ、母さん」

ヘレナはテーブルの端をつかみ、さっと立ち上がった。後ろで椅子がひっくり返り、一度床に跳ね返る。ヘレナは手探りで台所へ行き、そこを突っ切って玄関口へ出ていった。ドアが閉まり、階段から、ゆっくりと下りていく足音が響いてくる。カーリナは立ち上がるとヘレナのあとを追った。

ヨハンネスは母親をじっと見つめたままだ。

ヘレナは外階段に腰を下ろしてたばこを吸っていた。左手を右の脇の下に挟み、右手でフィルターの部分を持っている。カーリナがドアを開けると、ヘレナはびくっとした。

「そこへ来たのは誰？」

「あたしよ」

「母さんかと思った」

ヘレナは薬指でたばこの先端をそっと叩き、灰を落としている。ワンピースの膝に灰が舞い落ちていく。ヘレナは長々と煙を吸い込み、やがて鼻から吐いた。

「そりゃ、もっとスマートに報告することもできたはずだけど」

カーリナはヘレナのかたわらに腰を下ろした。

「すばらしいことね」

たばこの火に指を焼かれて、ヘレナはフィルターの手前のほうに持ち替えた。口を開いた彼女の声は、先ほどより軽やかになっている。

「いろんなことがあるものよ」

「それって、例の、あのカリなの？」

「そう」

「彼ならすごくいい人じゃない」

ヘレナは階段の脇板でたばこをもみ消すと、吸い殻を遠くの芝生に投げ捨てた。ポケットからマールボロのソフトタイプの箱を取り出し、底をとんとんと叩く。

「まだ吸うの？」

ヘレナの笑い声には苛立ちがまじっている。

「ああ、やだ。頭になかったわ。昨日わかったばかりなのよ」

「怖い？」

「考えてもみてよ」

ドアが開いて、アンナが顔を出す。

「おめでとう！」

アンナは、ふたりの後ろ、いちばん上の段に立ったままでいる。カーリナは立ち上がり、キュロットスカートの太腿のあたりを広げた。

「あたしはそろそろ上に戻ろうかな」

アンナは階段に座り込み、ヘレナの膝から灰を払ってやっている。

「出産のときはここへ来たら？」

「ここへ？」

「借りられる手が多いじゃない」

「ここには来ない。そっちこそ、どうして出ていかないの？」

「ここを出て、どこへ行くのよ」

「あたしのところに来るとか」

アンナは重ねた両手のひらでスカートに覆われた脚をさすっている。

「あたしに何ができるっていうの？　あんたと違って、学校にも行かせてもらえなかったし」

「好きで出ていったと思ってた？」


カーリナは台所へと階段を上っていった。流し台のシンクの底に栓をはめ、湯の出る蛇口を先に開けてから、水の蛇口もひねる。緑色のフェアリーをシンクに絞り垂らす。ダイニングルームからヨハンネスの声が聞こえてくる。

「またあんなふうにしなきゃならなかったのか？」

「悪気なんて、ひとつもなかったのに」姑が答えている。

ヨハンネスが台所に入ってきて、カーリナを見た。カーリナは首を振ってみせる。

「ああ、まったく。あいつ、どこへ行ったんだ？」

「外よ」

「おれが行って話そうか」

「そうしたら。あたしは洗い物をしてるから」

ヨハンネスは玄関口へ向かっていき、やがて階段に急ぎ足の足音が響いた。カーリナは湯の温度を確かめ、蛇口を両方とも閉めた。青いキッチンクロスで手をふく。クロスには一九六九年のカレンダーが印刷されている。二年前のものだ。

姑はまだ食卓についたまま、左手で鼻筋をつまんでいる。ロールキャベツを盛りつけた大皿を前にして。カーリナはヘレナが倒した椅子を元に戻す。空になっているのはアンナの皿だけだ。

「もう、下げましょうか?」

姑はナイフとフォークを手に取った。

「まだ食べているわ」

冷めてしまったジャガイモをひとかけ切り、口に突っ込んでいる。自分の皿に、自分のフォークで、ロールキャベツをもうひとつ取った。カーリナはほかのみんなの皿をテーブルから集め、いちばん上の皿に残り物を掻き落とす。ブラウンソースの上に皮がたまっていく。

一九七三年　中央の小道　*Keskuskuja*

「順調だったの？」

「順調でした」

カーリナは赤ん坊を、ダブルベッドを覆っている、多重撚りの木綿糸で編んだベッドカバーの上に下ろした。ベッドカバーの下から、イエローオレンジの掛け布団カバーの花模様が覗いている。姑はドアロに立ったままで、立ち去ってほしいのに気づいてくれない。

「それなのにオウルまで行って産む必要があったの？」

カーリナは寝袋のファスナーを開けて上掛けの形に広げた。息子は眠っている。足を折り曲げてお腹に当てていて、まるでまだ狭い子宮の中にいるかのようだ。その様子を、姑がドアのところから見ている。

「ヨハンネスはどこへ行ったの？」

「子どもたちを迎えに行きました」

「今回だって、あたしが見てあげられたのに」

「あまりご迷惑をお掛けしてもと思って」

「前回もなんとかしたじゃないの」

子どもたちがおばあちゃんの世話になるのをいやがったのだ、とわざわざ口にする気は、カーリナにはなかった。赤ん坊は目を閉じているが、足はばたばたさせている。乳房の張りを感じる。おっぱいをあげたいけれど、姑の前でシャツをはだけるのも変な気がする。

姑はドアの側面をつかんでいた手を離すと、ためらいがちにベッドへ向かって何歩か近づいてきた。

「病院まで会いに行こうかと思ったのだけど」

「でも、いまはここにいますから」

姑はベッドの足元にやってきたが、夫婦のベッドなので、断りもなく腰を下ろしはしない。足元にグリーンのビニール張りのフットボードがあり、読書灯もついているベッドだ。姑は遠くから赤ん坊のほうへ首を伸ばして、眺めている。

「ヨハンネスにそっくり」

「そうですか？」

「鼻が同じよ、耳も。目はオンニの目」

赤ん坊が目を開けた。カーリナは指先で赤ん坊の手のひらの真ん中をくすぐってやる。息子が手のひらを握り込む。ビニールのおむつカバーの結び目がほどけてしまっている。

姑は小花模様の生地で新しいワンピースを縫い上げて着ていた。これまでの何着もの服と同じく、肩から太腿まで一直線になった寸胴の服で、体のあらゆる線を覆い隠している。ダイニングルームのたんすの上に飾られた写真の中からこちらを見ているのは、まったく違う外見の女性だ。四〇年代の服装をした姑はまだ、ウエストがはっきりくびれ、肩のラインが強調されている。

「空っぽの家にいたのよ」そう言って、姑は赤ん坊を見つめている。「どこからも、何の音も聞こえなかった」

外で車のドアを開け閉めする音が響いた。カーリナはさっと赤ん坊のほうへ向き直った。左手で頭を支え、右手で抱き上げる。そのまま赤ん坊を姑に差し出す。

「抱っこしてやってください」

姑はひるみ、あとずさりする。

「いえ、あたしは」

「トイレに行ってきますから、そのあいだだけ抱っこしててください」

「もう長いこと、赤ん坊なんて抱いていないけれど」

カーリナはそれに耳を貸さず、立ち上がると、赤ん坊を姑の胸に預けた。姑が右腕を赤ん坊の体に回す。カーリナはドアに向かって二、三歩行きかけたが、外には出なかった。姑がベッドに腰掛ける。片手で赤ん坊の頭を支え、肩を前に突き出して、膝の上に赤ん坊の体をそっと滑り落としている。その身のこなしはゆっくりとしていたが、手つきは確かで、同じ動作を千回もしてきたようだ。左腕を赤ん坊の頭の下に移し、落ちてしまわないよう、手のひらを添えている。

「おばあちゃんですよ」

赤ん坊がどんなに小さく、か弱いか、ドアのところにいるカーリナにはよくわかった。息子は知らない人の腕や声や匂いを感じとったのだろう。首を回して、赤ん坊ならではの青い目をどこかに向けようとしている。両手を上下に振っているが、泣き出しはしない。赤ん坊は目がはっきり見えていないし、何もわかりはしないことは承知していても、その目がまっすぐ祖母を見ているかのように、カーリナには思えた。自分が最後に姑の目をまっすぐに見たのはいつだったろう、子どもたちはどうだろう、と考える。ヨハンネスは？　子どもがひとり増えるたびに、姑はますます自分の部屋に引きこもりがちになっていった。もちろん食卓は一緒に囲んでいる。しかし、姑がカーリナたちの使っている部屋にふらりとやってくることはどんどん少なくなり、誰もが姑と目を合わせることを避けている。

カーリナが立ち去っていないことに、姑は気配で気づいているようだが、赤ん坊の目から視線を離さずにいる。姑が腕に抱いて世話をする孫は、この子が初めてではない。けれど、前回からはもう長い時間が過ぎ、どの子も以前と同じではなくなってしまった。姑は、小さくて、慎重な、手探りするような声音で、赤ん坊に話しかけている。声を上げたらかすかな絆が壊れてしまうと、恐れているかのように。声がひび割れているのがわかる。

「おまえのお父さんの母親ですよ。この家に、よく来てくれたわね。あたしがおまえのおばあちゃんですよ」

階段から走ってくる足音が聞こえて、玄関のドアが開いた。タピオは母親に気づいて、まっすぐその腕に飛び込んでくる。黄色いゴム長靴がリビングのじゅうたんに泥をつけた。カーリナは息子を抱き上げてやる。本当なら、まだ何も持ち上げたりしてはいけないのだけれど。マーリットとミンナはおそろいのポンチョを着ている。カーリナはタピオを片手で抱いたまま、もう一方の手で娘たちを抱擁した。最後にヨハンネスが入ってきて、ドアを閉める。カーリナは夫の視線をとらえると、寝室のほうへ頭を動かしてみせた。姑はまだ赤ん坊を抱いていて、ほとんど聞こえないほどの声で歌を歌ってやっている。ふたり一緒のその姿は、ゆがんだ聖母像のようだった。

「あたしたちふたり、一緒にいましょうね。せめてあたしたちだけでも」姑がささやいている。

ヨハンネスは身を乗り出して部屋の中を覗き込んだが、どう理解すればいいのかわからないようだ。カーリナは額にしわを寄せ、子どもたちのほうへうなずいてみせる。ヨハンネスがうなずき返し、タピオをカーリナの腕から抱き取る。

「先に手を洗って、それから弟に会おうか」

カーリナが寝室に入っていくと、姑はもう赤ん坊を腕からベッドへ下ろしたあとだった。

「そろそろ連れていってもらえるかしら」

カーリナは赤ん坊を挟んで姑の反対側に腰を下ろした。

「何を急ぐことがあるんです？　あたしはあとでいくらでも抱っこできますから」

タピオが手洗いを済ませてドアのところへ走ってきた。しばらく立ち止まり、最初は祖母に、それから母親に目を向けて、ベッドの端にいるカーリナの胸にさっと飛び込んでくる。姑は立ち上がったが、目はまだ赤ん坊を見ている。

「小さいのね。赤ん坊がこんなに小さいなんて、忘れていたわ」

マーリットとミンナが部屋に入ってきた。ミンナはグリーンのビニール張りのフットボードにひじをついて体重を預け、足を空中でぶらぶらさせている。姑は自分のいた場所にマーリットを座らせた。

「病院で会ったときより、大きくなってる？」

「少しは大きくなってるはずよ」

ヨハンネスがドアのところにやってきていた。母親に目で合図してから、入ってきてミンナの後ろに立つ。

「もう名前はあるの？」マーリットが訊いた。

「あるよ。でも、まだ秘密だ。洗礼式まではね」

姑は子どもたちの背後に立って、会話に耳を傾けている。ミンナが赤ん坊のほうへ手を伸ばした。

「なでてもいい？」

「優しくなでてあげるなら」

タピオも手を伸ばして、おむつカバーに触っている。

「名前は〝弱虫〟がいいかも」

その提案に娘たちはそろって抗議の声を上げ、タピオは返事の代わりにしかめっ面をしてみせる。

次にカーリナがドアのほうを見ると、そこにはもう誰もいなくなっている。

一九七七年　憩い処の小道　*Hollikuja*

カーリナは言葉をつけずにハミングしていた。枝の小鳥が一生懸命、なんと歌っているのだったか、歌詞が思い出せなくて。台所のテーブルに皿を置いたが、やはりリビングへ持っていくことにした。コンロの下側の口から、天板に載せてあった茶色い金属製のトレイを取り出し、そこに皿を重ねていく。歌詞の繰り返しの部分を思い出した。

「小鳥は、小鳥は、悲しくなんかないの」

いくつかあるカップにあらかじめ紅茶をついでしまう。カップのひとつはテーブルの端にセットし、パンのスライスにバターを塗って薄切りキュウリを載せ、皿に盛って添えておく。

「ここにお茶と夕食を置いておきますから」ダイニングルームのドアから姑の領分に向かって声をかけた。

返事は聞こえなかった。中は真っ暗で、ただ姑の居間の隅から、電気スタンドの弱々しい光が漏れているだけだ。どの部屋もひんやりしている。カーリナは暖房のラジエーターを見にいった。冷たいので、バルブをひねって開けておく。カーリナは毎日、台所へ冷たい空気が流れ込まないように、姑が使っている一角のラジエーターの室温調整バルブを開けておくのだが、すかさず姑が閉めてしまうのだ。もしかして、ムーミンのお話に出てくる氷の魔物のモランみたいに、寒くて暗い場所で座っているのが好きなんじゃないかな。ミンナは小さいころそんなふうに言っていた。

トレイを持ったままドアを開けるのは難しかった。カーリナはトレイの片方の端を流し台に載せ、空いている手で階段に続くドアを開けた。滑り出てから、ドアを足で押して閉める。地下室から金槌の音が響いていた。

「ヨハンネス？」

音が静まり、小走りの足音が聞こえる。

「何？」ヨハンネスの声は下からはっきり届いてきた。話を聞こうと、地下室の階段を上がってきたのだろう。

「もう、上がってくる？　そしたら下宿人さんたちも落ちつけるでしょ」

「すぐ行くよ。床がほこりだらけだから、まだしばらくはこっちへ来ないほうがいい。おれが明日にでも掃除しておくから。それか、あさって。それまでは掃除しようとしても無意味だからね」

「夕方のお茶を用意したんだけど」

「先に体を洗ってもいいかな。お湯が使えるように、タンクの火をつけておいたんだよ」

カーリナはトレイを膝で支えながら、玄関にあるもうひとつのドアを開けた。ドアは廊下につながっていて、その隅にミンナのベッドと勉強机を置いてある。壁にいろいろな歌手の写真が押しピンで留めてあった。マーリットが屋根裏部屋へ移ったので、前よりスペースが広くなっている。ミンナは床の真ん中に座り込んでいた。テープレコーダーを二台、スピーカーが向かい合うようにして置いている。片方でカセットテープを再生し、もう片方で録音しているのだ。

「ママ、ツァイオンって何？」

「え？」

もともと、カセットテープはマーリットのものだったが、ミンナが以前は姉のお気に入りだった曲を愛聴するようになって、テープを譲り受けたのだった。家族の誰もが、トゥオマスでさえ、曲に合わせてハミングできるようになっている。

「なんて歌ってるの？」

「ホエン・ウィ・リメンバー、それからその単語。ツァイオンって」

「シオンのことじゃない？　つまり、イスラエルよ」

ミンナはほとんど哀れむような目でカーリナを見た。

「それにどういう意味があるわけ？」

「わからないけど。でも、バビロンの河のことも歌ってるんでしょ」

「うん、まあ」

「お茶の支度ができてるわよ」

「お腹すいてない」ミンナの答えは、どちらかというとダイエットのためだった。

「それでも、いらっしゃい。マーリットにも、下りてくるよう声をかけてね」

リビングでは、タピオがソファーのいちばん隅に引っ込んで、ドナルドダックのペーパーバックを読んでいた。トゥオマスは床に座って、レゴブロックで家を作っている。平べったい土台の上に種々雑多な壁が載っていて、息子はいま、壁と壁の隙間にドアを取りつけようとしているところだった。その奮闘ぶりを、タピオはドナルドダック越しに、半分興味を引かれながら眺めている。レゴブロックはもともと彼のものだったのだ。

「その隙間には、入らないな」兄貴ぶった声でアドバイスしている。

トゥオマスは土台をひっくり返すと、ドアを別の場所に取りつけようとし始めた。

「そこにも入らないって」

トゥオマスはいちばん上にあった細長いブロックをひとつ取り外し、再び挑戦している。テレビには司会者のヘイッキ・ヒエタミエスが映っていた。

カーリナは大きく一歩踏み出してトゥオマスの脇を通り抜けたが、息子はドアに夢中だ。髪が伸びすぎている。中耳炎で病院に通っているあいだに、トゥオマスはまず医者を怖がるようになり、やがては白衣、しまいには白い上着なら何でも怖がるようになってしまった。おかげで、白い業務用エプロンを掛けている理髪師のところですら、この子をじっと座らせておくことができない。カーリナはトレイを下ろし、カップをテーブルに並べた。息子の目にかかった髪を払ってやる。散髪がもっと先になっても、べつにかまわないだろう。トゥオマスはドアを、プラスチックのパーツがしなるほど強く、壁と壁の隙間に押しつけている。

「そこのとこ、もう一個外すんだよ。新しいものを入れたいなら、何かを壊さなくちゃならないこともあるんだ」

玄関口から、ミンナが屋根裏へ続く階段に向かって姉を呼ぶ声が聞こえてきた。タピオはドナルドダックの本をクッションの隙間に突っ込み、どこまで読んだかわからなくならないようにしておいてから、身を起こした。トゥオマスは、帽子をかぶったダックスフントが葉巻を吸っている絵のついたマグカップで、ミルクをもらっている。ミンナがリビングに来てソファーに座った。

「キャプティヴィティって何？」

「見当もつかないわね」

「ママってなんにも知らないんだね」

「英語じゃなくて、ドイツ語を取ったのよ」

「ドイツ語、できるの？」

「何年も勉強したんだから。グーテン・ターク。ヴィー・ゲート・エス？」

「グリュス・ゴット」姑の声が廊下側のドアから聞こえてきた。開いているドアのところに姑がいて、ドア枠にすがって立っていることに、誰も気づいていなかった。会話に参加できて、うれしそうだ。

「フィーレン・ダンク」姑は続けた。「お茶というのをいただける？　ビッテ？」

「お義母さんの分は、台所のテーブルに用意しておいたんですよ。でも、ここにも十分にありますから」

ドイツ語ができることは特技のひとつだと、カーリナは思っていた。姑がリビングに入ってくる。いかにも有能そうな笑みを浮かべて。

「このあたりでは、戦争中にみんなドイツ語ができるようになったものよ。小さな子どもでも。難しくないから」

姑から冷たい空気が立ちのぼっている気がする。姑の背後の廊下は暗く、ただ行き過ぎる車のライトだけが天井に筋を描いている。

「ヨハンネスはどこなんです？　あの子はもう食べたの？」

いつも同じ問いかけ。ほかの誰が食事を済ませたか、あるいは済ませていないか、そんなことに姑は興味がなく、ただヨハンネスのことばかりだ。姑自身は痩せつつあるのに、息子がしなびてしまうのではと心配している。姑に言わせれば、お尻だって安い堅パンみたいにがりがりだ、ということになるらしい。

「地下室にいます。もう、来ますよ」

「こんな時間まで、あそこで何をしているの？」

打ち明けるしかなくなって、カーリナは憂鬱になった。もっとも、いずれにしろ話さないわけにはいかない。次に姑がサウナへ行けば、どうせ気づいてしまうのだから。

「パン焼き窯を壊してるんです」

姑がソファーに腰を下ろすと、ドナルドダックが床に落ちた。カーリナはパンの皿を差し出した。姑はパンを取ったが、チーズと、ゴットレル印の安いソーセージのスライスは皿の端に戻し、パンの上にはキュウリの薄切りしか残さなかった。トゥオマスだけは、何の問題もないという顔をしてマグカップの中身を飲んでいるが、タピオはパンをテーブルに戻し、ミンナは祖母の隣から床の上へ移動した。

「あのパン焼き窯をなくしてしまう必要があったのかしら？」しばらく考える時間を取ったあとで、姑は言った。頭をそらし、挑むようにカーリナを見ている。

「新しいボイラーのために煙管が必要だったと、ヨハンネスが言ってました。それにあたしが来て以来、あのパン焼き窯を一度でも使った人は誰もいませんし」

「あなたなんかが来るずっと前からあったのよ」

「最後にパンを焼いたのはいつだったんです？　そもそも、まだ空気を取り込めるんですか？」

「試すことはできるじゃないの」

家や夏小屋にあるどんなものでも、変えようとするたびに同じような会話になった。最初のうち、姑は以前あったすべてを偲んでぐずぐず泣く。何事につけ、どなったり怒ったりし、毎年春にカーテンを替えるだけでもそうだった。新しいカーテンのほうがずっと美しく、しかも計り売りの生地ではなくカーリナの実母が自ら織り上げた品だったのに、姑は窓辺に並んでいた冬咲きベゴニアの鉢を床に投げ落とし、ヨハンネスもカーリナも子どもたちもみんな庭に叩き出してやるとすごんだ。この家は自分のものだし、これからもそうあり続けるべきだ。どんなものでも、自分の許可なく変えてはならない。なんであれ、ほかのものに取り替えたり、捨てたり、新調したりしてはならない。この家は一度で完成しており、もう誰も手を触れる必要はない。

屋根裏に続く階段から早足の足音が響いてきた。カーリナはそわそわし始めた。ドアが開き、ばたんと閉まる。マーリットが入ってきた。化粧をして、唇にはリップグロスを塗っていたが、祖母の姿に気づいたとたん、唇を吸い込んで隠そうとしている。外出するところなのだ。ソファーには腰を下ろさず、コーヒーテーブルの椅子を自分用に持ってくる。

「あたし宛に電話は？」

「かかってきてないわよ」

「誰からも？」

娘は驚いた様子で、首に巻いたスカーフを引っ張り上げている。カーリナの妹がレニングラード旅行の土産にくれたものだと、見てわかった。姑はマーリットをじろじろ見回し、その両の目が鋭くなっていくのにカーリナは気づいた。まるで、互いに狙い合っているふたりの狩人のように。

「そんな格好で出かけるつもりなの？」姑が口を開く。

「いいじゃありませんか」カーリナがさえぎる。

言葉にできない言葉のせいではちきれそうになっている姑を、カーリナは見ていた。

「出かける前にパンを食べたら？」そう言って、皿を娘のほうへ押しやる。娘のジーンズはまだ縫い目が濡れていた。湿ったまま足を突っ込んだのだろう。

「トゥオマス、こっちへおいで」

姑は手を伸ばして、床の上の孫息子をつかまえようとした。しかしトゥオマスはそんなことより遊びに夢中だ。

「膝の上においで」

「聞こえてるの？」カーリナは何とかしようとして言ってみた。場の雰囲気をやわらげるには、これがいちばん簡単な手だと思ったが、息子は聞いてくれない。

姑は手を伸ばしてトゥオマスのセーターをつかみ、引き寄せようとした。トゥオマスは逃れようとしたが、その手を姑がつかんでしまう。

「どうしたの？」

トゥオマスはもがいて逃れ、その拍子にレゴの家を蹴飛ばしてしまった。家の壁が取れた。トゥオマスは身じろぎもせずに遊びの残骸を見つめている。

「ばか」

姑は身をかがめ、トゥオマスの額を人さし指の先で強く弾いた。トゥオマスが大声で嘘泣きを始める。マーリットがパンをテーブルに置いた。

「泣かせる必要があったの？」

「おまえには関係ないことでしょう」

「みんながこの泣き声を聞いてるじゃない」

「お黙り。それと、顔を洗っておいで」

「ふたりとも、やめて」カーリナはなだめようとしたが、すでに言い争いが始まってしまっていて、どちらも相手に罵声を浴びせている。すべてに覆いかぶさるように、いちばん大きく響いているのは、どんどん高まっていくトゥオマスの泣き声だ。姑は再びトゥオマスをつかまえようと手を伸ばした。

「泣くのはおよし」

マーリットが弟を引き寄せる。

「泣いていいのよ！」祖母に向かってどなった。

「あたしの家では、子どもがあたしにどなることなど許しません」

「ここはあたしのうちでもあるのよ」

平和な夜が、どうして突然めちゃくちゃになってしまったのか、カーリナにはわからなかった。姑に何か言われても後腐れのない形でやり過ごす方法ならすでに身につけているのだが、子どもたちはそうではない。カーリナは争っているふたりを見ていたが、やがてパンの皿を手に取った。皿にあしらわれたきれいなスミレの飾りがかわいそう、と思った。それから皿を持ち上げると、テーブルの角に力いっぱい叩きつけた。ティーカップが跳ね上がり、皿の破片が床中に飛び散って、ポトスの鉢植えまで届いた。バターを塗ったパンと、チーズと、ゴットレル印のソーセージが、茶色い花模様のついたテーブルクロスの上に散らばる。

「誰も彼もみんな黙って！」カーリナは手に残った皿の破片を振り回した。「ここはあたしの家なのよ！」

マーリットはトゥオマスを放して立ち上がった。

「あっちが始めたんだから」

「ここはあたしたちみんなの家でしょう！」

「これから先、あの人とまだ長いこと一緒に住まなきゃならないんだったら、あたし死ぬから」

「何を言おうと同じことよ。どうせ、おまえはここに住むんだから」

「あの人のそばにいたらみんな死んじゃうわよ。誰も耐えられない！」

姑がのろのろと立ち上がったが、マーリットはぷいとドアのほうを向いてしまった。走り出てはいかずに、わざとゆっくりした足取りで歩いていく。それでもドアを閉めるときは大きな音を立てた。姑はその様子を目で追っていた。頬には白いしみが点々と浮き上がっている。

「以前なら、この家では」姑が口を開きかけた。

「お義母さんもです。これ以上、ひとことでも何か言わないでください」

姑はリビングを横切っていった。ドアのところで振り返り、何か言いかけたが、カーリナは視線で黙らせた。姑はこちらに背を向け、自分の領分へ戻っていった。カーリナはソファーに腰を下ろして、黙り込んだ。トゥオマスが膝に這い上ってくる。もう泣きやんでいた。部屋には沈黙が訪れて、それを破るのはテレビの音だけだった。カーリナは物思いに沈みながら、トゥオマスの長い金色の巻き毛をなでていた。何も言わずにいることは、こんなに簡単なはずなのに。とても簡単だ、気にかけないことにして、ただいつか姑がやめてくれるのを待つのは。ある美しい朝、家の片方の端で冷たくなった亡骸が見つかり、この家で暮らすのはカーリナ自身とヨハンネスと子どもたちだけになる、それを待つのは。いつまでも夏が続き、ヒースの花が咲き誇って、風が母の手織りのカーテンを揺らし、家の中に針葉樹の葉の香りを運んでくる、そんなときを待つのは。テレビの画面で、局のマスコットキャラクターのフクロウがウィンクしていた。

ミンナはじゅうたんの上のペーパーバックを拾い上げ、ソファーに寝そべって読んでいる。タピオは、ちょっと、と声を上げるべきか悩んでいたが、結局テレビに集中しようと決めたようだ。カーリナはトゥオマスをかたわらに下ろし、すると息子は床の上へ戻っていった。足を前に向かってまっすぐに伸ばす。足首から先を、まずは外側に、それから内側に向けて回すと、両足の関節が鈍い音を立てた。足をじゅうたんに下ろし、まず縦糸の方向へ、次に横糸の方向へと動かして、指の付け根をマッサージする。それが済むと立ち上がった。タピオの目がテレビから離れてこちらを向く。

「どこ行くの？」

カーリナはトレイを取ると、パンの皿の破片を探してそこに載せた。

「あっち側よ」

「ついでにミルク、持ってきてくれる？」

「自分で取ってきなさい」

カーリナは姑の部屋へ向かっていった。こういうことは中途半端にしてはいけない、いま解決しておかなくては。

一九八〇年　荷運びの道　*Kuormurintie*

カーブを曲がるたび、車は凍結路面に地ならし機が刻みつけた溝にはまり込み、振動する。雪をかぶったトウヒの木々が車の脇に現れては消えていく。カーリナはクラッチを踏み、ギアを上げる。エンジンがうなり、車は身を震わせてから、さらなる高速で走り出す。

もう何週間も、なんとなくおかしかったのだ。姑は普段よりぴりぴりしていた。突然、戸棚をかき回し始めて、布包みをいくつも引っ張り出し、取っておくものと捨てるものとに中身を分類し出した。一部、見当たらないものがあるらしく、カーリナはひっきりなしに、姑の戸棚にはどれも指一本触れていないし、ましてやひとつでも中身を処分したりしてません、と説明を繰り返す羽目になった。

「だったら、いつもここに吊してあったあのワンピースがどこへいったか、探しておいてちょうだい」

結局、探し物はすべて出てきて、分類され、包み直されて、戸棚の奥深くへと戻されていった。ゆうべ、姑はカーリナたちが使っている部屋のほうへテレビを観に来た。片方の手にずっと何かを握り締めていたが、それが何かは明かさなかった。番組が終わると姑は立ち上がり、しわくちゃになった茶色の紙袋をソファーテーブルに置いた。そしてカーリナのほうへ押してよこした。

「こんなものがあるの。もし、使うなら」

返事を待たずに、姑は自分の領分へと戻っていった。袋の中身は、ニッケルシルバー製の、楕円の形をしたブローチで、中央にスモークグレーのガラスパールがはめ込んであった。

今日になってヨハンネスが、本当はまだ口止めされていたにもかかわらず、姑が出かけたことを教えてくれた。朝の長距離バスで、手術を受けるため大学病院へ向かったと。乳癌だった。

スピードメーターの針が右へと振れていく。ハンドルが震えている。スパイクタイヤは凍結路面に吸いつくようだ。エンジンが咆哮する。カーリナには道路標識の文言を読み取る暇もない。雪が降ってきた。ワイパーを始動させる。

姑は話してくれなかった。ヨハンネスは、朝から知っていたのに、教えてくれなかった。

使用人としては、カーリナは及第点なのだろう。掃除も、整理整頓も上手だ。たんすの上の、フレームに収まった写真を並べる順番は、いまだに間違えてしまうけれど。料理も後片づけも得意だ。家の片側半分を家族のために切り盛りしてきたし、いくつかのすてきな家具さえも、姑いわく、うまくやりくりして手に入れた。子どもたちをきちんとした礼儀正しい人間に育て、焼きたてのパンをいつも隣の奥さんに届けている。カーリナは母親に恵まれていた。実家の母が作るスグリのジャムは姑の口にも合い、送ってきてくれるマットは色の組み合わせも悪くない。そういった何もかもに対して、姑は幼い子によくできましたと言うようにうなずいてみせる。うまくやっている。よく考えている。

それでもなお、病気だということを打ち明ける相手としては、カーリナでは不足なのだ。痛みがあることを。最悪の事態を恐れていることを。癌は広範囲に広がっているという。姑と、ヨハンネスと、どちらにより大きな怒りを覚えているのか、カーリナにはわからない。

カーリナの運転は自分の力量を超えている。車を制御しているのか、それとも車に制御されているのか、定かでない。カーブに来ると、フォード・タウナスは雪の上で尻を振る。スピードを落とし、ギアを下げて、アクセルを踏む。バックミラーもサイドミラーも見ていない。スピードを出すと視野が狭まり、前しか見えなくなる。それが心地よい。

もう家族になった、そう思っていた、なぜか家の端と端に偏って、分かれて暮らしている家族だと。

姑に食事の支度や子どもの世話を手伝ってもらおうとしても無駄だが、それでもやはり、姑はカーリナたち家族の一員だった。好意を持つことが、本人のふるまいのせいで難しかったとしても、慣れることはできるものだ。似つかわしくない場所に建てられた集合住宅に、時間の経過とともに目が慣れていくように。

トラックが、カーリナの車とすれ違いざまにヘッドライトでパッシングしてくる。トラックの吸気口で風に吹かれた雪が渦を巻いていた。カーリナはダッシュボードを手探りしてライトのスイッチを見つけ、点灯した。魔法をかけられたかのように風景が一変する。これほど激しく雪が降りしきっていることに、気づいていなかった。雪片が光を反射して、その向こうの道路が見分けづらい。ライトを消す。視界はきくようになったものの、どれほど降っているか、もうわかってしまっている。アクセルペダルから足を離し、ギアをニュートラルにする。

カーリナは車をバスの停留所に寄せた。両手をハンドルに乗せる。エンジンから、冷めていく金属の立てる音が響いてくる。長い時間、運転していたのだろうか？　どれくらいの距離を？　ワイパーが雪をフロントガラスの隅へ押しやっていく。カーリナはあらためてライトをつけた。止まっていれば、大雪とは感じられず、雪片はゆっくりと舞い落ちてくる。雪のひとひらに目を留めて、動きを追いかけようとしたが、見失ってしまった。風景は穏やかで、沈黙している。タイヤのスパイクを伝って、憤りが地面へ消えていく。

自分たちは家族なのだ。あらゆることを差し引いても。

左のウィンカーを出し、バックミラーを見る。ハンドルを、回せる限り左へ切って、やってきた方向へ車を向け直す。土曜日になったら、みんなそろってオウルへ行こう。

一九九六年　摩耗の道　*Kitkantie*

ひと吹きごとに、ビニールプールが膨らんでいく。下の部分は赤く、上のほうは透明で貝殻の模様が入っていて、ビニール臭がきつい。カーリナは激安ショップでこれを買い、いまは姑の居間で、立ったまま空気を吹き込んでいるところだ。地下室のシャワーから汲んできた湯が湯気を立てているバケツがふたつ、脇で出番を待っている。姑が、ダイニングルームのベッドの端に腰掛けて、開け放ったドアの向こうからカーリナを見ている。姑がこの世から離れていきつつあるのは明らかだった。目の手術は拒否したし、膝のほうもいまだに、なんとしても承知しない。四月には足の具合が悪化して、階段にはもう用がなくなってしまった。耳だけはいまも恐ろしくよく聞こえる。

姑は、終着点まであとわずかな距離を残したところで摩滅し始めているように、カーリナは感じていた。姑の口元は、この世界のせいで口角が下がってしまっているが、いまは力を失っている。姑の口角が上がることはなく、笑顔も写真の中を別にすれば見られない。写真の中の姑はどれも、それは優しい表情を浮かべていて、子どもたちはアルバムを見ても、どれがおばあちゃんかすぐにはわからないことがあったほどだ。ときには、姑のきつさがやわらいでいるように見える日もあった。どこか穏やかで、落ち着きさえ感じさせる。一度、姑がヨハンネスに頼み、酒の専売店で大人の飲み物を買ってこさせたことがあった。ヨハンネスが買ってきたのは何か甘いリキュールで、姑はそれをすばやく自分の戸棚にしまい込み、ちびちびとひと口ずつ飲んでいたが、そのときも、絶対に誰も見ていないことを確認していた。一方で、もっと具合が悪く、現実の世界にしがみついていた手が完全に放れてしまうこともある。独り言を言うわけではないが、ダイニングルームのベッドに横たわっているのに、ほかの場所、どこか日常的な場所にいるつもりになって、身についている動作を始めてしまう。カーリナは二、三度、床全体にモップをかけて、屋外トイレにいるつもりの姑が残した跡を始末した。

息を吹き込んでいると目が回ってしまう。カーリナはひと休みして、窓の外を見やった。庭のシラカバが、道沿いに四つ辻への視界をふさいでいる。いつのまに育ったのだろう。さらに何度か息を吹き込むと、ビニールプールはいっぱいに膨らんだ。ひじ掛け椅子を脇に押しやり、部屋の真ん中に古いマットを広げる。その上にビニールプールを据えて、プールの中にプラスチックのスツールを置く。

「準備はいいですか?」

姑は何も言わず、どろんとした目でカーリナを見ている。カーリナは姑に歩み寄った。

「できそうですか?」言葉を続け、肩に触れる。

ゆっくりと、目の中に理性的なまなざしが浮かび上がってきた。

「お風呂ですよ」誘うように言う。

姑の両手がのろのろと動き始める。手は丈の長い寝間着の襟元へ上がり、ボタンをひとつずつ外していく。上から二番目のボタンが引っかかり、カーリナは身をかがめて手伝ってやった。手の動きが止まり、姑は背筋を伸ばすと、体をわずかに後ろへ動かした。姑の舌が乾いた口蓋から離れる音が、カーリナの耳に届く。

「自分でできるわ」驚くほどはっきりと、姑は言った。

カーリナは、ボタンの最後のひとつまで、姑に自分で外させてやった。寝間着を脱ぐのは手を貸す。胸の部分の裏側には、綿を詰めたパッドがふたつ、ぶら下がっている。パッドは表側から安全ピンで留めてあった。手術のことはいまでも、カーリナとヨハンネス以外、誰も知らない。服を着るときも、脱ぐときも、サウナに入るときも、ひとりきりになるように姑は細心の注意を払っている。カーリナはときどき、臭うようになった綿のパッドを夜のうちに衣類から取り外し、洗ってラジエーターの上で乾かしておいて、朝になってから戻していた。姑がそれを知っていることを、カーリナは知っている。

カーリナは姑に、前腕を固定するタイプの杖をひとそろい差し出してから、立ち上がるのに手を貸した。姑はゆっくりと居間へ入っていき、その姿は少し前のめりになりすぎていて、お尻が突き出している。そんなふうにしたら、ほかの部分、体の残りの部分がみんな痛くなってしまう、カーリナはそう言いたくなるが、口は開かない。姑は明らかに、以前に比べてますます右膝をかばうようになっている。地下室の階段で転んだのは、もう十年以上も前のことなのだが。右足が、そろそろとビニールプールの低いへりを越え、左足がそれに続く。一瞬、全体重が右足にかかって、口元がぎゅっと引き締まる。やがて姑はスツールに腰掛けるところまでいった。乳房のない、干からびたその肉体は、不思議な、中性的な眺めだ。しわだらけの少年のよう。姑は杖をカーリナに渡し、カーリナはそれをソファーに立てかけた。しかし、とたんに倒れてしまう。

カーリナはゴム長靴を履いてビニールプールの中に入った。ミトン形のウォッシュタオルをバケツに浸し、シャワーソープをつけて、姑の背中を洗い始める。姑は何も言わないが、手を膝に置いて、素直に背をかがめている。脇腹に赤黒い床ずれができている。四十年近くカーリナを苦しめてきた、これがあの女性なのだろうか。あの強い女性、食べて太ることを恐れていた彼女は、がりがりに痩せ細り、年齢に打ちのめされた骨の寄せ集めになって、いまはカーリナの前で猫のように体を丸めている。カーリナはバケツにミトンを浸しては、姑の手を、まずは右、それから左と洗っていき、最後に頭を洗った。まばらになった白髪が頭にぺったり貼りついている。あの女性、これではだめだと指摘するほんの些細な機会さえ見逃さなかったあの女性は、どこへ行ってしまったのだろう。

カーリナはミトンをすすぎながら、スツールの上に縮こまっている小さな女性を離れたところから眺めていた。かつて権力の座にいた女性が、ずぶ濡れのリスのように、そこに座っている。視線は上がらないが、目の端でカーリナの動きを追っているのがはっきりわかる。このごろはもう、姑と付き合いのある人は誰もおらず、誰も顔を見に来ないし、電話をかけてくる者も誰ひとりいなかった。ヘレナはいつも、飛行機に乗って母に会いに来るよりほかにすることがあるといい、アンナが近所にある自分の家を出て歩いてくることもめったにない。一度、カーリナとヨハンネスは、洗礼親になっている青年の結婚式に出席するため、家を空ける必要ができたのだが、姉妹のどちらも母親の面倒を見に来ることを承諾してくれず、仕方なく留守のあいだ姑を施設に預けた。そのことをアンナは忘れておらず、訪ねてくれば必ず話題にし、姑まで一緒になって、非難の大合唱を始めるのだ。

いまは、姑とヨハンネスとカーリナ自身の三人暮らしだ。子どもたちがひとり、またひとりといなくなるにつれ、家は広くなり、声がよく響くようになっていった。姑だけが、死ぬことを受け入れようとせずに、生の片隅にしぶとく踏みとどまっている。姑の肉体は魂より長く生きてきたが、いまはそのふたつが同時に崩壊しようとしている。カーリナは姑の前へ移動した。泡を立てて髪を洗い、バケツから何杯も湯をすくって流す。

姑の表情が人知れず変わっていく。まなざしはガラス越しのようになり、あるいは自分の内側に向けられて、その目には、はるか昔の出来事や、いつかまた別のときに起きるであろう出来事が見え始める。口が開いたり閉じたりしている。ふいに、何の前触れもなく、姑は泣き出した。体はがくりと前に倒れ、悲しみが、どこか深いところ、姑の腹か、切除された乳房か、干からびた局部から わき上がってきた。姑は声もなく泣き、骨張った体が痙攣している。その口は言葉を探し、唇が同じ文章を、最初は声を立てず、やがて静かにつぶやき続けた。

「本当に悪意なんかなかったのよ」何度も、何度も、ささやいている。「そんなつもりじゃなかった」

姑は両手を交差させて自分の肩を抱き、濡れた髪のまま、体を前後に揺すった。

「あたしを許して。あたしは怒っていたの。許して」

自分を慰めているのだと、カーリナは気づいた。姑が誰に語りかけているのかはわからない。カーリナなのか、それとも姑だけに姿が見えるほかの誰かなのか。姑に歩み寄り、肩に手を置く。とたんに動きが止まる。ふと目が見開かれた。姑はどこか遠くを見ている。聞いている。

「もちろん、そんなつもりじゃなかったんですよね」カーリナは言ったが、それは自分自身の言葉なのか、それとも別の、見知らぬ誰かに代わって言ったのか、自分でもわからなかった。「怒ったことのない人なんて、いるかしら?」

姑は耳をそばだてて聞いている。両手が膝の上に下ろされる。頭がカーリナの手にもたれてくる。嗚咽が戻ってきたが、目は閉じられない。老いた女は、ビニールプールに置かれたプラスチックのスツールに裸で座り、鼻水を垂れ流している。

「置いていかないわね」くぐもった声で、姑がすがってくる。「出ていかないで」

姑の髪は頭に貼りつき、白っぽい頭皮が白髪の隙間から覗いていた。

カーリナはプールの底にしゃがみ込むと、姑を胸に抱き締めた。冷めてしまった石鹸水がズボンの膝を濡らし、ゴム長靴の口から中に流れ込んでくる。カーリナは自分の額を姑の額に押し当てて、ふたりの体を一緒に揺すった。

「もう泣かないで、泣かないでください」なだめようとしたが、姑の嗚咽が伝染してしまう。

カーリナは姑と涙を分かち合い、合間に自分だけの涙を流した。姑は頭を上げようとするが、カーリナは両手で姑を抱きすくめている。

「あたしたちふたりとも、ここにいましょう。聞こえていますか？　あたしたちのどちらも、ここからどこへも行ったりしません」

姑が落ち着き始める。嗚咽が収まり、体の震えが止まる。鼻水をすすり上げている。壁面から、いまは亡き一族の面々が、動かぬ目で女たちを見ている。長い一瞬ののち、姑は頭を上げると、カーリナの目を覗き込んできた。片手がゆっくりと持ち上げられ、カーリナの頬に触れてくる。髪の毛をそっと払おうとするか、あるいは夏に出てくるハエを追い払おうとするかのように。口元に何かが浮かんでくる、たぶん、微笑みのようなものかもしれない。姑がどちらの世界にいるのか、カーリナはそのまなざしから見極めようとする。

オンニの章

ここに宣誓する、与えられたすべての命令と指示を
全力で遂行することを。
あらゆる場面において、誠実で、恥じるところのない、
勇敢な男にふさわしい行動を取ることを。

兵士の誓い　1928年

一九三〇年　求愛のさえずりの小道　*Soidinpolku*

どこで目を覚ましたのか、オンニはしばらく把握できずにいた。向かい側に立つ石造りの建物の正面に太陽が照りつけ始めていて、窓のガラスに反射した光が射し込んでくる。寝返りを打ってベッドの上に仰向けになると、鉄製のベッドのスプリングが体の動きについてきた。部屋の中に向けた目の焦点が合ってくるのにまかせるうちに、天井の真ん中にあしらわれた、真っ二つにひびの入った石膏の円花飾りと、壁のぐるりに巡らされた、石灰で白くした幅広の板が見えてきた。首を回してみる。部屋は質素で、暗い色合いの壁紙が貼られていた。フラワーバルコニーの右に鋳鉄製のラジエーターがあって、隅には安楽椅子と、丸いかさのついた電気スタンド、ベッドが面している壁にドア。ベッドの頭上の壁に、木の十字架にはりつけにされて苦悶するキリスト像が掛かっている。

部屋の中には誰もいなかった。衣服がたたまれて安楽椅子の背もたれに重ねてあることに、オンニは気づいた。窓から入ってくるそよ風にレースのカーテンが揺れ、建物のどこかでラジオが鳴っている。歌詞は聞き取れなかったが、聞き覚えのある歌だった。繰り返しの部分にきたとき、昨日聴いた曲だ、と気づいた。それですべてを思い出した。

どうにもならないわたしの性《さが》に
できるのは　ただ恋　ほかはだめなの

オンニは笑みを浮かべ、両手を頭の上へ持っていった。ベッドの横木をつかんで、大きく伸びをする。

船は早朝のうちに港に入っていたのだが、上陸に備えて、乗組員は午後いっぱいかけて船を儀礼用に整備しなければならなかった。しかし、ついには下士官たちも自由の身になった。宵の口のあいだ、オンニはみんなと一緒に、港を取り巻く街区の数々を歩き回った。通りの名前の発音は、有声音であれ無声音であれ彼らでは太刀打ちできず、みんなで声を上げて笑った。腹ごしらえのため立ち寄った食堂では、給仕係をしていた若いのが、料理の説明をしようと無駄な努力をした挙げ句、オンニたちの袖を引っ張って厨房へ連れていった。厨房には年取ったしわくちゃの女主人がいて、調理台に食材を山と積んでいた。骨付き肉を手に取り、地元の言葉でそれが何か教えてくれる。

「ミェンソ」

女主人は骨付き肉をそっと台へ戻し、次に塩漬けキャベツの瓶を取り上げた。

「キショナ・カプスタ」

最後に女主人は笑いながら、卵をふたつ、睾丸でもあるかのように両手に持って振りかざした。

「ヤイカ」

女主人は壁の輪に吊されているさまざまなソーセージを誇らしげに示し、それぞれ取り上げては名前を言った。しまいに、並んでいるスープ鍋のふたを取ると、中の料理の名前まで、わが子に教えるようにしてオンニたちに教えてくれた。

「ズパ・シュチャヴョヴァ。クルプニク。グジボヴァ。イ・ジュレク」

ふたの開けられた鍋の数々から、酸っぱいのや甘いのや、刺激的な匂いが立ちのぼり、やがて給仕の若者がみんなのために、蒸留酒をなみなみとついだグラスを盆に載せて、そろそろと運んできてくれたのだった。

食事を済ませると、男たちは三々五々散り始めた。自由時間は明日の昼まであるし、眠りたいなら船に戻ってかまわない。しかしそんな気分ではない者もいた。

「女の顔を拝まないとな」

「ロユトヴァーラも行くか？」

何人かは船のほうへ去っていき、何人かは港の街区へ向かっていく。戻る前にもう一杯やろうという連中もいる。オンニは彼らの仲間に加わることにした。


オンニの目は、隅のほうで人気の歌謡曲を弾いているピアニストに引き寄せられ始めていた。ときどき、同じテーブルの誰かが勢い込んで曲に合わせて歌い出し、何曲かはピアニスト自身が歌った。オンニの知らない曲や、知らない言葉もあった。ピアノを弾く男の指が、黒と白の鍵盤の上を迷いもなく動き回るさまを、オンニはうわの空で眺めていた。男の左手が伴奏に集中しているあいだ、右手はメロディーを紡ぎ出す。指と指が、ときには離れた鍵盤をとらえるために限界まで開かれ、ときには寄り添ってメロディーを奏でようと互いにぴったりくっつき合っている。和音が響くたびに、メロディーが鳴るたびに、曲の姿が形づくられていく。自分自身は演奏できる楽器が何もないことを、オンニは残念に思った。

スローテンポの曲のあと、ピアニストは休憩に入った。ピアノのふたを閉めて鍵盤を保護し、店内へ目をやって、指の関節を鳴らしている。バーカウンターの向こうへあいさつを送り、片手で頭を押して右肩へ近づけた。頸椎がぼくりと音を立てたのが、オンニの耳に聞こえた。ピアニストは反対側にも同じ動作をした。そして、ベストのポケットからたばこ入れを取り出すと、中から一本つまみ出し、先端で箱の側面を叩いた。マッチを出そうとポケットをまさぐりながら、ぼんやりと店内を眺めている。彼は首を回し、オンニのほうへまっすぐに顔を向けた。

まなざしは、一瞬だけ長すぎた。

それは、目からオンニの中に入ってきて、綱のようにまっすぐに腹の底まで届き、みぞおちを締めつけた。息が止まった。耳が熱くなり、唇がちりちりした。オンニは心臓がとどろいているのを感じていた。これほど食い入るように誰かを見つめたことは一度もなかった。それでもうつむいて、相手の視線から逃れた。

そのまなざしの意味が、彼にはわかった。驚くほどあらゆる場所で、それは見つかるのだ――ごみの散乱する路上、郵便局、港の街区、列車の中。それはほんのわずかな瞬間、すぐ消えてしまうほどなきに等しい、まばたきする間の一瞬だったが、しかしそこには、ふたりの人間のあいだに生じる、人生のあらゆる理解が含まれている。オンニは床を見下ろしながら、誰かに気づかれただろうかと考えていた。顔がいまだにほてっている。

オンニは再び相手の視線をとらえようとしたが、ピアニストはもうたばこに火をつけて、よそを向いていた。それでも相手が神経を研ぎ澄ませているのが、オンニにはわかった。視線は向けてこなくても、目の端でオンニの様子を追い続けていて、長いこと何もせずにいる。やがて、ピアニストはたばこをもみ消すと、再びピアノのふたを開けた。右足をペダルに乗せ、指を鍵盤に置く。ピアニストがひとり笑みを浮かべているのが、オンニの目に入った。

焰にむらがる　男は羽虫
やけどをしたって　わたしは知らない

テーブルの仲間たちは思い思いに席を立っていったが、オンニは何時間もそこに座り続け、酒に酔った。もうピアニストと目が合うことはなかった。二度目の休憩に入ると、ピアニストはカウンターへ行ってビールをもらったが、ピアノの前に戻るときもオンニのほうを見ようとはせず、店内の奥の壁に視線を据えたままだった。オンニは彼が首を振ったような気がした。まぶたが重くなり始める。

目を覚ましたオンニは、ピアニストの姿が消えているのに気づいた。ピアノの上には赤い花模様のテーブルクロスが広げられ、椅子がピアノの脇に片づけられている。オンニはあわてて、すべてのテーブルの顔ぶれを見回した。目を凝らさなければならなかったが、それでもピアニストはどのテーブルにもいない。オンニは足早に店を出ると、通りの左右を見渡した。どこにも人影はない。港とは逆方向へ走って、最初の四つ角まで行く。通りの真ん中で立ち止まり、薄暗い中にあの姿を探し出そうとした。右へ行くと、通りはモルタル塗りの白壁の建物にぶつかって行き止まりになっている。左へ行くと、交差している別の通りが、灯りの消えた公園を脇に見ながら続いていた。オンニは足取りを緩めて公園を通り過ぎながら、闇の向こうまで見渡そうとした。頭が完全に冴えているのを感じる。

遠くで咳払いが聞こえ、オンニは足を止めて目を凝らした。公園のベンチの背もたれに、男がひとり、前かがみになって座っていて、足をベンチの座面に載せている。暗がりの中で、男のかぶっている帽子のつばの角度から、相手がこちらを見つめていることがオンニにはわかった。やがて男は視線を落とし、闇の中にマッチを擦る音が響いた。マッチを人さし指と親指に挟み、両手のひらを傾けて弱々しい炎を守っている。たばこに火をつけたが、すぐにはマッチを消さず、しばらく顔が照らし出されるままにした。ピアニストの顔を、オンニは認めた。やがてピアニストが息を吹きかけてマッチの火を消すと、その周りに闇が戻ってきた。木々の陰から、立ち並ぶ建物の正面が覗いている。遠くには中世の塔の姿が見えていた。

オンニはゆっくりと動いた。ベンチを目指す勇気はなく、その脇を通り過ぎる。ピアニストは何も言わない。オンニは、一本の木の下、砂地の歩道で立ち止まり、努力して背後に目をやった。ピアニストが通り過ぎていった自分のほうを見ているのが、たばこの火でわかる。オンニはその場に立ったまま、静寂の中に足音が聞こえるか確かめようとした。それから体の向きを変えると、ゆっくりとベンチへ戻っていき、その一方の端の前に立った。ピアニストは顔を正面に向け、気に留めていないそぶりを見せている。オンニはベンチの端に腰掛け、すると、かたわらの座面に載せられた靴の爪先が目に入った。首の動脈に心臓の鼓動を感じる。音を聞き分けようと耳を澄ますが、聞こえるのは自分の血流の音だけだ。

ふいにベンチがきしみ、ピアニストがゆっくりと、斜め下へ、オンニのほうへ、体を伸ばしてきた。手が肩に下ろされるのを感じる。息を止める。視界の上の端に、ピアニストが片手に持っているたばこの赤い先端が見えた。手はゆっくりとオンニに近づいてくる。オンニはその場で固まっていた。手はオンニのこめかみを過ぎ、頬骨と鼻も通過して、ついには唇へ至る道を見いだした。もう一方の手がオンニの首筋を押して、吸いかけのたばこを唇に挟むよう導いた。ピアニストはたばこを放し、指が顔の表面を滑りながら戻っていく。幾千もの知覚が、オンニの意識の中に炎を燃え上がらせた。オンニの鼻は、相手の指についたニコチンの匂いとかすかな石鹼の匂いをかぎ取った。相手の親指の爪が軽く触れてくるのを頰に感じ、袖の布地はそり残しのひげのところでしばらくのあいだ立ち止まり、やがてまた上へと移動していく。オンニは口に広がるメンソールの風味を味わい、舌の先で、たばこの巻紙が相手の唾液で濡れているのを感じ取った。

深く息を吸い込むと、煙がオンニの肺の中へ流れ込んできた。くらくらするような快感が彼を支配する。頭をそらし、ピアニストの手にもたれかかって、口から煙を天へ向かって高々と吹き出した。オンニは公園と闇とともにあり、同時に、ベンチと木々の香りと、クロウタドリの歌とともにあった。ピアニストのもう一方の手が上へと戻っていくとき、その指先が、オンニの首筋が描くカーブの、生え際の下に軽く触れた。オンニは目を閉じ、ぞくぞくする幸福感とともに上昇していく自分を感じた。

突然、ピアニストは立ち上がると、去っていった。オンニの目は、はっと見開かれ、彼の耳は、遠ざかっていく足の下で歩道の砂が鳴っているのを聞き取った。衝撃のあまり手の甲に鳥肌が立つ。状況を誤解していたのか、それともふるまいかたを間違えたのか？　オンニはたばこを地面に投げ捨て、その火をじっと見つめた。砂の鳴る音はやんでいる。ピアニストはもう、それほど遠くへ行ってしまったのだろうか？　オンニはベンチから立ち上がると、ピアニストが去っていったのと同じ方向へ歩き出した。ほどなく、歩き続けている足音が聞こえてきた。前方を、公園から遠ざかる方向へ進んでいる。オンニはその後をついていった。公園の反対側の端に出ると再び街灯が並んでいて、ピアニストが通りを渡り、歩道に上がるのがオンニの目に入った。どうすればいいかわからなかった。相手はすたすたと遠ざかっていってしまい、振り向きもしない。オンニはしばらく、うつろな通りにこだまする足音を聞いていたが、やがて向きを変えると、逆方向に当たる港のほうへ歩き始めた。最初の四つ角で、もう一度振り返ってみた。ピアニストが道の真ん中に立って、こちらを見ている。オンニは足を止め、踵を返した。ピアニストはこちらに背を向けて歩き始めたが、途中で立ち止まってオンニを待った。

オンニは遠くを歩いていく男の後を追った。相手は距離を保ったまま、だいぶ先を歩いているが、通りの角でどちらへ曲がればいいかオンニにわかるよう、気をつけている。とうとう、相手は高くそびえる石造りの建物の前で立ち止まり、鍵を取り出してドアを開けると、中へ消えていった。オンニはドアの前にたどり着くまで通りを歩き続けた。暗がりでは、距離を測ることも困難なら、間違いなくそのドアなのか、それとも一軒手前だったか、あるいは先だったか、はっきり知ることも難しい。立ち止まり、あたりを見回す。取っ手を試してみる。ドアに鍵はかかっていなかった。オンニは重たいドアを押し開けると、中へ入っていった。

廊下に照明はなかったが、ドアの上の窓から、日に焼けたカーテンにやわらげられて街灯のほのかな光が射し込んでいた。ピアニストは、玄関ホールの中、階段の前に立っていて、人さし指を唇に当てた。オンニは静かにドアを閉め、どうすべきかと考えた。相手はオンニを見ていたが、やがて考え事をしているかのように視線を床に落とした。オンニは身動きする勇気が持てずにいる。ピアニストは顔を上げると、何歩か歩いてオンニのかたわらにやってきた。手をオンニの腰に回し、引き寄せる。ふたりはいっとき、互いの顔を見ていたが、やがてピアニストが唇をオンニの口に押し当ててきた。舌がオンニの閉じられた唇をまさぐり、舌先がオンニの口をくすぐり、ついにオンニは口を開いて自分の舌を相手の舌に押しつけた。オンニの舌の先はすべての焦点となって、そこから火花にも似た感覚が皮膚の下を走って四肢全体へ広がっていく。ピアニストの両手がオンニの腰を探り、尻を包み込む。一方の手が体の前に回ってきて、ズボンのボタンを外そうとする。ふいにピアニストは手を離し、階段を二、三段上がった。オンニは身動きできずにいた。このゲームのやりかたがわからず、ただ疲労と酩酊が自分をとらえるのを感じる。ピアニストはこちらへ向き直ると、誘うように手を差し出してきた。オンニはその手を取り、握ってくる男の指を感じ、彼について階段を上っていったのだった。

わたしの心は　恋こそすべて
わたしの世界は他にはないの

オンニはベッドの上で上体を起こし、あたりを見回した。部屋の中には彼ひとりだ。ピアニストの衣服はどこにも見当たらない。ベッドから立ち上がり、ドアに触れてみた。鍵がかかっている。椅子の背もたれから自分の服を取り、ベッドの端に腰掛けて身支度をしていると、ピアニストがドアを開けた。手には、コーヒーポットとカップがふたつ載せられた盆を持っている。彼は盆をベッドに下ろすと、オンニの髪をくしゃくしゃにした。

「チェスワフ」ピアニストはそう言って、片手を差し出してきた。その仕草と声の調子から、相手が名乗ったのだとわかる。ふたりとも自己紹介をしていなかったし、昨日より以前は、互いに相手の存在すら知らなかったのだということに、オンニは気づいた。手を取って、上下に振る。

「オンニ」

相手は微笑み、オンニの名を繰り返した。その発音には異国の言葉の響きがあった。レースのカーテンが、幅の狭いバルコニーから入ってくるそよ風に揺れている。オンニは早くも、快楽の叫びを上げたあの瞬間を思って心を焦がしていた。

一九三四年　滑走の道　*Kiitämäntie*

馬そりが橋を渡ってくると、凍りついた板がきしみ、やがて馬は川べりの土手を上り始めた。オンニはそれと逆方向へ曲がろうとするが、警察署長はもう彼の姿を認めて手を振っている。いまさら気づかなかったふりもできず、そちらへ進み続けた。言葉を交わさねばならない。オンニは抱えていたそりを下ろし、自分も片手を上げて振ってみせる。警察署長がその場で馬そりを停める。冬らしい天候の中で、馬の吐く息が白い。

「オンニがこしらえてくれた戸棚だが、よくできているよ。いい木だ。アカマツかね?」

オンニは半ばこっそりと背後の様子をうかがってみる。もう、自分を待つ人の姿が見えるだろうか。

「シラカバですよ。カエデだともっとよかったけど、このあたりじゃ育たないですからね」

「同じ型で、もっと小さめのをあとふたつ、作ってもらえんかな」

見慣れた姿が斜面を上ってきた。オンニに気づいて、走り寄ってくる。オンニは警察署長のほうへ向き直った。もう切り上げたい。

「いいですよ、できると思います」

「高さはこれくらいでな」警察署長は馬そりの底からの距離を手で示している。

走ってきた人影は雪に足を取られたが、立ち上がって、また走り始めた。オンニは駆け寄ってやりたくなるが、走り出しはしない。まずはこっちを片づけなくては。

「火曜日にでも、寸法を採りにうかがうのではいかがでしょう？　ぴったりの大きさになるように」

「かまわんよ」

走ってきた人物がオンニのところまでやってきた。オンニが手を広げると、相手は胸に飛び込んでくる。

「父さん！」

オンニはアンナを抱き取り、空中に放り投げて半円を描かせてから、下ろしてやった。警察署長が興味深げな顔で娘を見ている。

「オンニの娘さんかね？」

「そうですよ」

オンニがアンナに向かってうなずいてみせると、アンナは名家のお嬢さんのように膝を曲げて馬そりの上の人にお辞儀をした。

「オンニはほかにも子どもがいるのかね？」

「この子だけで」

アンナがオンニの手を引っ張る。

「早く行こうよ」

「すぐに行くよ」

警察署長は馬の手綱を取り、やはり去り支度をしている。

「では、火曜日に」

オンニはそりを雪面に置き、アンナを乗せた。そりの引き綱をつかみ、手つかずの深い雪の中を引っ張っていくと、やがて自分がつけたそりの跡が見つかった。アンナは笑い、つい先ほど警察署長がしたのと同じ仕草で、引き綱をぴしりと鳴らすまねをした。

「走れ！」

オンニはいななないてみせ、雪の中を駆け出した。くねくね蛇行すると、右に、左に、そりが滑る。アンナは手がそりから放れて、顔から雪の上に落ちてしまった。オンニは足を止め、とって返す。娘を立たせ、スカートのすそから雪をあらかた払ってやる。アンナは神妙な表情になって、黙ったままオンニの顔を上目遣いに探っている。オンニはそのまなざしに気づいた。

「大丈夫だよ」

「大丈夫」娘は繰り返し、手をつないできた。「ひっくり返っても、大丈夫」

「そうだよ」

土手の上まで行くと、オンニはまたアンナをそりに乗せてやった。少し急な斜面だが、アンナはわくわくした顔でそれを眺めている。見下ろすと、義母が焚き火をしていて、木の枝の股に引っかけたコーヒーのやかんを火にかけている。滑り降りようとするふたりに、ラハヤが気づいた。

「ねえ、気をつけてよ！」

オンニはアンナの後ろに座り、引き綱をこぶしに巻き取った。アンナの手がオンニの手にからみついてくる。

オンニは足で地面を蹴り、そりを出した。そりは単純なベニヤ板で、前方の先端をたわめてカーブさせてある。新聞で写真を見て、同じようなものを作ってみようと思い立ったのだった。家畜小屋の簡易台所に据えつけてある大鍋の上に油布を張り、ベニヤ板に蒸気を当ててから、たわめて乾燥させた。仕上がりは、オンニとしてはあまり美しいと思っていなかったが、新たな仕事のやりかたの予行になったと考えていた。戸棚のふちに曲線を描かせるという構想を、すぐに思いついたのだ。

そりは最初、ゆっくりと滑り出したが、スピードが徐々に上がっていく。雪をかぶった木々がふたりの脇を飛ぶように過ぎていき、斜面のこぶを乗り越えるたびにそりがはずむ。アンナはオンニの腕をしっかりつかみ、オンニは娘が落ちないようその体に片手を回している。オンニがすばやく重心を右に傾けて、ふたりは川辺の大きなヤナギの木を間一髪でやり過ごした。川を覆う氷の表面に到達する前、そりは土手を離れて跳んだ。一瞬、ふたりは完全に宙に浮いたが、ひっくり返りはせず、そりは川の氷の上にどしんと着地した。風が氷の表面から雪をほとんど吹き飛ばしてしまっていて、衝撃でひどく痛かった。ベニヤ板に取っ手をつけよう、とオンニは心に決める。そりは、洗濯場や馬の水飲み場の脇を過ぎ、川を覆う滑らかな氷の上をはるか遠くまで疾走していく。岸辺でコーヒーを沸かしていた義母が、体の向きを変えてこちらを眺めているのが、オンニたちの目に入る。ラハヤの口から、ああもうまったく、と言葉が飛び出す。そりは猛然と女たちの脇を滑っていく。オンニは爪先がそり返ったブーツの底を雪に押しつけて、スピードを落とそうとした。川はカーブを描いていて、対岸がぐんぐん迫ってくる。ふたりは風に吹き寄せられた雪だまりにそろって突っ込み、柔らかな雪が、目や口や服の襟元から入り込んできた。

娘が無事だろうかと、オンニは耳を澄ましてみる。しばらくのあいだ、まったく静かだ。アンナは、まず口から雪を吐き出してから、弱々しく笑い始めた。オンニは娘の体に回していた腕をほどいて、やはり笑い出す。岸辺のヤナギ林を抜ける道を探しながらふたりは笑い、着ているものをぱたぱたやって笑い、雪の中から帽子を掘り出してまた笑った。ラハヤがふたりを追って、川沿いを走ってきていた。怒った顔をしていたが、そりに乗っていたふたりの笑いにラハヤもつられてしまい、注意したり非難したりする言葉は出てこずじまいだった。ラハヤはアンナの両手をつかんで、清冽な冬の日のさなか、娘を何度も何度もぐるぐると振り回している。オンニは雪面に座り込み、足からブーツを引き抜いた。毛糸の靴下の脛を覆う部分に、雪が小さな硬い玉となっていくつもくっついている。彼は女性陣を眺めていた。ショートブーツとペルシャ子羊の毛皮のコートを身につけたラハヤは氷の上で回り続け、アンナの笑い声は、ときには幸せいっぱいの歓声になり、ときにはもう疲れてしまって、ノハラツグミみたいに途切れ途切れのしゃがれ声になっている。回っているうちにラハヤの帽子が脱げて、岸辺の遠くの草むらへ転がっていってしまう。岸辺には義母が腰に両手を当てて立っていて、若い者たちのばか騒ぎに笑顔を向けている。もう、ここ以外のどこにもいたくはないと、オンニは思う。雪が目の粗い厚手の毛織物にしみ通ってくる。

義母はもう白いエナメルのマグカップにコーヒーをつぎ分けていて、さらにナプキンの奥から堅パンを出して勧めてくれた。アンナが少しだけもらったコーヒーには、牛乳と砂糖を埋もれるほど入れる。娘は堅パンをカップに浸し、スプーンですっかりたいらげてしまう。

「あたしたちふたりでも、試してみる?」ラハヤがそりのほうへうなずいてみせながら尋ねた。

「いいよ、行こうか」

オンニがそりを脇に抱えると、もう一方の腕の内側にラハヤが手を差し入れてくる。オンニは手つかずの雪をわけて進み、ラハヤにはその跡を歩かせて、雪が靴の中に入り込まないようにしてやる。オンニはあらためて斜面の下を振り返った。

「お義母さんも、やってみたいですか?」彼は尋ねた。

義母は笑って立ち上がる。

「ああ、やってみてもいいね」義母が答える。「ただ、ひとりじゃ怖いけど」

「あたしがおばあちゃんと乗ってあげる」アンナが請け合い、空になったエナメルカップのぐるりをスプーンで叩いた。ラハヤは、母親に対してかアンナに対してか、眉をひそめてみせようとしたが、ふたりのいる場所までは距離がありすぎたのか、あるいは誰も目を留める気などなかったのかもしれない。ラハヤはオンニを引っ張って、斜面を上り続けた。

「今回はあたしが予約済みよ」

義母がまた火のそばに腰を下ろす。

オンニは先ほど滑った軌跡の上にそりを置いた。

「あたしが前に乗るわ」ラハヤがそう言って乗り込んだ。引き綱をひざに載せる。「あたしが舵を取るの」

オンニはラハヤの後ろに座った。

「どこを持っていようか?」

ラハヤはオンニの両手を取って、自分の体に回した。

「ここでも持ってて」

オンニはラハヤの背中に体を押しつけた。ラハヤはスカートを足の下にしっかりたくし込んでいる。オンニは手をどこに置こうかと探り、胸の下、腹のところにちょうどいい位置を見つける。片手でもう一方の手首をつかむ。その指の動きが、ラハヤをくすぐったがらせる。

「あなたったら！」

オンニは地面を蹴ってそりを出そうとしたが、大人ふたりの体重がかかったそりは雪に深く沈み込んでいる。手を離し、前進させようと押してみた。ゆっくりと、そりは軌跡に乗り始め、斜面に向かって先端を下げていく。

ラハヤが首を回して振り向いた。

「あたしまだ、うんとたくさん子どもがほしいわ」

恐怖の波がオンニを打ちのめす。ラハヤはオンニの手をつかみ、自分の腹部にしっかりと回した。スピードが上がっていき、風がオンニの目に涙を浮かび上がらせる。

一九四一年　アルプス猟兵の道　*Alppijääkärintie*

オンニはサウナの階段に座り、エナメルのカップで水を飲んでいる。少しばかりすえたような、よどんだような味がする。井戸はたぶん、二か月ほど使われていなかったのだろう。ドアを通して、男たちが戦闘の様子を、銃砲の一撃、一撃まで再現しているのが聞こえてくる。戦闘団Jはついに川を越えたのだった。もっとも、渡河にどんな意味があるのか、本当に理解していた者は誰もいないが。戦闘団Jの司令官トゥルトラ中佐はシーラスヴオ少将に対し、包囲される危険性を指摘したのだが、聞くところでは、それでも鉄道を手中に収めるべく前進しなければならなかったらしい。オンニは中佐が気の毒だと思う。少将は彼を、野戦無線を通じて腰抜けと罵倒したのだ。記録係はいろいろ聞いているはずだが、何も言わない。

残りの水を地面にこぼすと、オンニはカップの持ち手で爪の隙間の汚れをほじくり出そうとした。髪の砂が汗とともに流れ落ちていき、鎖骨の上に何本かの黒い筋が残った。奇妙に静かな感じがする。すべての音声が、毛布の向こうから呼びかけられているかのようにぼんやりしている。オンニがサウナのベンチをあとにしたのは、みんなが少将を〝血まみれヤルマリ〟と呼んで罵り始めたからではなかった。少将はただ名声がほしいだけ、鉄道を一番乗りで手に入れたいだけだと、みんなは言っていた。オンニもそう思った。ドイツ軍の支援が得られ、戦車も来た以上、少将は必ずやるだろう。声はくぐもり始め、しまいにはサウナベンチのどのあたりでどの言葉が発せられたのか、判別が難しくなってしまう。川下の岸辺からニエメラの絶叫が聞こえてくる。その声はとても人間のものとは思えない。声は切れ目のないリボンとなって、ときに高く、ときに低く、続いている。そこに言葉は含まれておらず、意味も存在しない。あるのはただ痛みだけ、切り裂かれるような痛みだけだ。

対岸にほぼ到達しかけていたときに、ニエメラは撃たれた。彼は毎朝、それを極度に恐れていたものだった。オンニは、ニエメラより先に起きて周囲を警戒していることがあると、しばらく彼を見守った。ニエメラは眠ったまま笑みを浮かべ、体側を下にして横たわっていて、子どものように安らかに見えた。やがてオンニが仕方なく目を覚まさせると、ニエメラは自分がどこにいるか気づくまで、びっくりした顔であたりを見やった。そのうちに恐怖が戻ってくる。ほかの多くの男たちと違い、ニエメラは泣かなかった。ただそわそわとあたりを見回し、そんな彼の上に死への覚悟が降りてくるのだった。パーナヤルヴィにいたときからすでに、彼は自分が死ぬと確信していた。それでも多くの銃弾をやり過ごしてきたし、集中攻撃のときは、ラムサを搬送するために始めから終わりまで包帯所にいたのだが、渡河のボートを漕ぐ最後のひと掻きになって、幸運に見放されてしまった。衛生兵が、下あごのあった場所に包帯を突っ込もうと試み、静かにさせようと残りわずかなモルヒネを投与すると、ニエメラの悲鳴は収まって、弱々しいうめき声に変わっていく。包帯所は対岸だし、将兵も休息を取らねばならないのだ。

サウナは丸太造りで、交差部の丸太が外に突き出しており、塗装は施されていない。オンニは背後に首を伸ばして、母屋の屋根もサウナと同じくらい傾斜が急だったかどうか、確かめようとした。

見分けるのは難しい。渡河に先立って実施された砲兵部隊の集中砲撃により、建物は壁として積み上げられた丸太の上部がむき出しになるまで破壊されているが、それでも炎上はしなかった。サウナの状況確認は、通用路に続いて直ちに行われた。どちらも地雷はまだ仕掛けられる前だった。

黒々とした水が東へ向かって滔々と流れていく。村の水流はこの川に流れ込んでいるのだろうかと、オンニは考えてみる。少なくともピストヤルヴィ湖までは流れてきているが、そこから先は方角が頭の中でごっちゃになってしまっている。西のほう、どこかあのあたりの川辺で、ラハヤが子どもたちと一緒に義母の洗濯物を洗っているかもしれない。衣類をすすぐアンナの手から、アカマツの油で作った石鹸のかけらが滑り落ちているかもしれない。木の皮でこしらえたヨハンネスのおもちゃのボートが、川に落ちているかもしれない。手を引かれてきたヘレナが、川のほとりに座っているとしたら。見えぬままに草を引き抜いては、波打つ水に投げ落としているだろうか。その草が、数々の急流や湖を通り抜け、ここまでやってくるとしたら。草は、屋根のない母屋と交差部が突き出したサウナとニエメラの悲鳴のかたわらを流れ去っていき、東のどこかあのあたり、白海のドヴィナ湾へ、秋が来る前に到達しなければならないその場所へ、いつか流れ着くだろう。いまこの瞬間、ラハヤは自分のことを思っているだろうか。どこかに腰を下ろして、人生がこんなふうではなかったら、と願っているだろうか。人生が微笑みと喜びとともにあったなら、と。遠くでオオハムが鳴いているが、その声はどんな感情も呼び覚まさない。

男たちが外へ出てきた。湯の量は全員に行き渡るほどではなかったが、それでもみな体を洗ったようだ。頭を洗っても、湯は髪に吸われるばかりで、砂や苔の切れ端を洗い流すまでに長い時間がかかってしまう。最後に出てきたのはペソネンで、階段で立ち止まっている。彼が礼を言おうとして言葉を探しあぐねているのだと、オンニにはわかっていた。あんなことに、言葉は見つからないだろう。ペソネンは咳払いし、片足からもう一方の足へと体重を移動しながら、文章を手探りしている。隣に腰を下ろそうかと思案している。通用路の先でシリアマーがこちらを振り返り、ペソネンに気づいて足を止めた。自分も引き返して仲間に加わるべきかと考えているようだったが、結局そのまま立ち去っていった。ペソネンは腰を下ろさないことに決めたらしい。オンニの肩に手を置き、軽く叩いて、去っていく。やがて戻ってきたときは、サウナ用の水を汲んだバケツをふたつ持っていた。目を合わせることすらしなくても、彼がどれほど多くのことを語ったのか、オンニにはわかっている。

通用路からドイツ語が聞こえてきた。一緒にサウナに入ることが禁じられているわけではないのだが、ドイツ兵とフィンランド兵はそれぞれ、自分たちだけでグループを作っている。戦闘について語れるほどドイツ語ができるフィンランド兵は、ほとんどいないのだ。ドイツ軍のSS師団〝ノルト〟と、フィンランド軍第三軍団の戦闘団Jとは、正式に一体化したのだが、それでもドイツ人はドイツ人同士でかたまっている。彼らはオンニの脇を通り、礼儀正しくあいさつして、サウナの入口へ向かっていく。オンニはヴィレムに手を振った。ヴィレムが乗っていた戦車は今日、キャタピラに弾が命中し、攻撃方向のど真ん中で立ち往生して、格好の標的になってしまった。ドイツの連中はおれたちにたかりにきたんだなと、フィンランド兵たちは半分冗談で言っている。それは、どちらが先に鉄道を爆破し分断することになるか見ればわかる、というのだった。ドイツ人は自らの名誉のために、フィンランド兵が最後のひとりになるまで戦いを続けるだろう、コラ半島で採れる鉄の量は、シーラスヴオ少将にふさわしい鉄十字章を授けるには足りないことになるだろう。

オンニのドイツ語はまずまずだった。それに、ともに味わう恐怖ほど人と人を結びつけるものは、なかなかない。手榴弾にえぐられた、同じひとつのくぼみにともに伏せ、敵陣から突撃の雄叫びが上がるのをともに聞く。ともに湿地を渡っている最中に、何百という敵兵が布の下から身を起こし、反撃に出てくるのを目の当たりにする。隣家の娘マルヤッタの婚約者が後頭部を吹き飛ばされ、脳みそが弧を描いて湿地のヒメカンバの木やコケモモの枝に飛び散るのを目撃する。集中砲撃のさなか、おのれの大便が太腿を伝っていくのを感じる。もうどうでもよくなる。もう何も感じなくなる。もはや気づきもしなくなる。どの男の中にも、同じぶんだけ絶叫が詰まっていた。

サウナに入る前に曹長がやってきて、オンニの戦いぶりに応じた勲章、自由章を授けるよう提案するつもりだ、と告げてきた。見本として、彼は自分の勲章を持ってきてくれた。青いリボンに提げられた、銀のメダル。勇気を称えて――メダルにはフィンランド語とスウェーデン語でそう書かれていた。オンニは礼を言い、何かしらしっかりした感情を持とうと努めてみたが、うまくいかなかった。自分では特別に勇敢だとは思わなかった。そんな状況になったら、考えたりしない。何かを目前にして、やってみる勇気があるか、間に合うかなどと思案している暇はないのだ。オンニの脛に蚊がとまっていて、体の後ろ半分を赤く膨らませていたが、彼はそれを叩き殺した。はるか東の方角から、機関銃の短い連射音が響いてくる。オンニは耳を傾けているが、何も考えてはいない。

サウナはドイツ人には熱すぎたようだ。大人数の集団が、オンニの脇を走り抜けて水辺へ向かっていく。オンニはおかしくなる。ドイツ兵はノルウェー経由でフィンランドにやってきていて、ラハヤからの手紙によると、村の表通りをパレードしたらしい。膝丈のズボンと登山靴といういでたちで行進し、嵐だろうと風だろうと立ち向かう覚悟はできていると歌ったという。そんなことはなかったのだ。いまも彼らは熱いサウナに立ち向かえなかった。川のほうから、男たちが水に飛び込む音がオンニの耳まで届いてくる。聞いた話では、彼らを投入した北部での戦闘は成功しなかったそうで、そんなときドイツ軍の司令官ディートルが、フィンランド軍の戦闘団Jは東方へ深く進攻し、数日で五十キロも前進したと知って、〝ノルト〟を支援勢力として貸与すると提案したらしい。ヴィレムに言わせれば、〝ノルト〟をここへ隠蔽した、ということになるのだが。

勲章のことを聞いたら、ラハヤはきっと大喜びするだろう。少なくとも週に二回は手紙をくれて、アンナに求婚している男たちのことや、女子補助部隊での出来事を知らせてくれ、近況を尋ねてくる。そんな問いに対して、どんな答えが書けるだろう。順調に前進しており、敵は迂闊で、戦死者の数はわずかだ、オンニはそう書いている。休暇で帰れば、ラハヤはやはり戦況がどうなっているかと訊いてくる。昇進したときは喜んでくれ、戦死者の埋葬式で写真を撮るために墓地へ行ったと話してくれた。それでも家に戻るたびに、オンニはラハヤに監視されている気がしてしまう。横を向くと、相手の目がこちらの目を、頭を、思考を見つめている気がする。そのたびにオンニは相手を失望させている自分を感じる。ラハヤから、自分がけっして与えることのできないところまで期待されていると感じてしまう。家は前線からほんの百キロしか離れていないのに、帰宅は回を追うごとに苦しくなっていく。家には別の掟が存在しているのだ。

サウナから背の低いドイツ人が出てきた。前線にバイオリンを持参している男で、それでオンニは顔を覚えている。まだ川の対岸にいたある晩、この男がドイツの軍歌『フィンランドから黒海まで』を演奏するのを聴いたのだった。

屋外にいると寒くなってきた。肩甲骨のところをひっかくと、背中から小さなかさぶたがはがれてくる。取るに足りないほどの小ささで、ほんのわずかな血さえも流れなかったのか、あるいは血はとっくに乾いて、こすれて落ちてしまったのかもしれない。上着とシャツを確かめなくては。オンニはドアを開け、サウナに戻った。人の息の匂いがする。ベンチにヴィレムが残っていて、オンニはそのかたわらへよじ登った。

「サウナが熱すぎる《ディー・ザウナ・イスト・ツー・ハイス》」ヴィレムは顔をしかめ、川へ逃げていった男たちのほうを手ぶりで示した。彼のドイツ語は、背後にほかの言語の響きがある。

　男たちはすでに川岸に上がり、蚊を殺しながら草地に座っている。

「あるいは、おまえが冷たすぎるんだ《オーダー・ドゥー・ビスト・ツー・カルト》」オンニは応じ、サウナストーブにさらに水をかけた。〝ツー〟の発音を間違えただろうか、と考える。

　サウナストーブの天板の石は、もうシュウシュウと音を立ててはいないが、それでもふたりの肌はぬくもりを帯びていく。

　オンニはヴィレムに目をやった。金髪だが、眉は黒い。日に焼けて、背が高く、いつもはよく笑うのだが、昨日、手榴弾がえぐったくぼみの中にいたときは、にこりともしなかった。ただ拳銃を手にしたまま、オンニがヒースの茎をちぎり、アカマツの根元でそれをヘルメットのぐるりに巻きつけているのを見て、やっとくぼみのふちから顔を覗かせたのだ。いまはまた、彼は笑みを浮かべている。

　ときどき、ひと息つけることがあると、ふたりはヒースの生えた荒野に寝そべって、互いに借り物の言葉を使い、それぞれ自分の国のことを語った――ひとりは果てしなく続く森のことを、ひとりは陸と海の終わりなき戦いのことを。オンニは不器用な子音で、ラハヤやヨハンネスのこと、へレナが失明したことを話そうとしたが、言葉が見つからなかった。その目がこちらを監視し、心には容易に開けられない鍵がかかってしまう妻のことは、話せなかった。どれほど許しを乞いたいと願っているか、何を許してほしいのか口にする勇気はなくてもそう願っている、ということも。それに、どうしてヴィレムに理解できるだろう、結婚していないというのに。ヴィレムは間延びした母音で、故国の運河や、高くそびえる教会の塔のこと、自由を奪われた水のほとりで脇腹をくっつけ合って憩っている、茶色い煉瓦の小さな家々のことを語った。そのほかの、軍隊に入ったときのことや、これまでの任務地はどこだったのかといった話題については、彼は口を閉ざした。ときには、ふたりして雲を見つめながら、それぞれが自分の言葉で話をした。内容がわからないぶん、言葉の裏にある感情を聞き取れることもある。意味があるのは、いま、この瞬間だけ。明日という日はないかもしれないのだから。

　ヴィレムはベンチを降りて外へ出ていった。サウナストーブのそばの床は木の板で、板の下はむき出しの地面だ。冬になって霜が降りたら水はどこへ吸収されるのだろう、とオンニは考える。戻ってきたヴィレムが、こちらに背を向けて下の段に腰を下ろす。手には石鹸を持っている。金属製のひしゃくを器用に使って、サウナストーブから石をひとつすくい取ると、底のほうに水が残っているだけの桶に落とし込んだ。湯を沸かすやりかたを誰かに教わったのか、それとも、いま、この場所で、彼が自分で思いついたのだろうか。ヴィレムは手で湯加減を見て、桶からひとすくいの湯をひしゃくで汲むと、石鹸を泡立てた。脇の下と左腕に石鹸を塗り広げ、そのまま右手と右の脇の下へ進む。胸板と腹を石鹸でこすり、それから振り返ってオンニを見た。

「背中《デン・リュッケン》を？」ヴィレムは問いかけるように石鹸を差し出してくる。胸毛に泡が残ったままだ。

いっとき、オンニは何もせず、ただ座って熱気を楽しんでいた。窓から外を見て、ニエメラの声がしばらく聞こえていないと気づく。それから下の段へ移動した。ヴィレムはまだ石鹸を差し出していて、オンニはそれを彼の手から取った。相手がひしゃくをよこし、オンニはその中で石鹸を泳がせ、手で泡を立てると、柔らかく円を描くようにしてヴィレムの背中を洗い始める。次に休暇をもらったとき、ラハヤのまなざしがどれほど冷たく、険しくなるかと考える。

明日が来る前に、休息を取るよう努めなくては。

一九四六年　ドリルの道　*Poratie*

三回打つと、鉄釘は角材に埋まり、ときには二回で事足りる。オンニは屋根の下地になる野地板の上に両手両膝をついて、片手でトラス（屋根を支える三角形の骨組み）をつかみ、野地板を打ちつけているところだ。作業にはリズムが生まれている。打って、ふたつ、三つ、次の釘、打って、ふたつ、三つ——場所を変え、釘袋から手のひらに半分ほど取って口にくわえる——ひとつ、ふたつ、三つ。屋根は完成に近づいていて、もう一方の傾斜面も、一部は今日中にできるかもしれない。

「板をくれ！」

前線で一緒だったユホ、名字でいえばペソネンが木材を手渡してくれているが、オンニが釘を打つスピードについてこられずにいる。戦争が終わっても、呼び名をファーストネームに切り替えるのは難しかった。ユホと口にすると、オンニは誰か別な人間の名のような気がしてしまう。よそよそしくて、味気ない。

「ちょっとペースを落とせよ。何をそんなに急いでるんだ？」

「もっと板をくれ。休むのは墓に入ったときだ」

ペソネンは残りの板をすっかり上へ押してよこすと、追加を取りにはしごを下りていった。オンニはすかさず板を手に取る。

「墓の中でも、休んでいられるのかね」ユホは訝しげだ。

屋根の上で、釘を打つリズミカルな音が響き始める。

オンニは早朝から作業に取りかかり、アセチレンランプの光の中でまずは壁板を鋸で寸法通りに切って、まだ暗さがやわらぎもしないうちにそれを終えると、今度は木材同士の隙間に防水充填材を追加した。ついにほの明るくなり始めたころ、彼は屋根に上ったのだった。

森のはずれに立つ木々の梢が血の色に染まり始め、ほどなく丘の向こうから薄赤い玉が昇ってきた。直視したとしても、目を傷めることはなさそうだ。凍りついた川から冷え冷えとした風が吹いてくる。オンニは安全のために左腕をトラスに掛けると、釘を打つ作業を続けた。落ちれば三階分の高さがある。雪面は一見柔らかそうだが、その下には古い家の煙突の煉瓦が山と積まれて隠れているのだ。煉瓦の中に再利用できるものがあるか、確かめておかなくてはならない。煉瓦の山の上には、焼けて曲がってしまった自転車のフレームを、取っておこうと載せてある。あらゆるものが不足しているのだ。木材も、セメントも、釘も。戦友たちのあいだでは違法な物々交換が行われ、持ち去れるものがないかとみな焼け跡の灰を漁っている。地下室の基礎の型枠には、ドイツ軍の野戦鉄道から盗んできたレールを隠してあった。闇取引のせいで、新しい法令が次から次へと通達される。最新の法令によると、木材を組んで家を建てる場合は平屋でなければならないという。そのため家屋の多くが、一・五階建ての、背の低いものにとどまっているのだが、オンニはもっと高くしたいと思っている。二階の壁は、電動丸鋸のおがくずを挟み込んだ二枚重ねの板で仕上げた。その上にはさらに、天井の高い屋根裏部屋を作るつもりだ。

「木材はどうした?」

どなり声を上げると、白い息を風が運んでいく。

ペソネンは板を、窓になる空間から中へ押し込み終えていて、オンニに手渡そうとはしごを上ってきた。オンニはそれを受け取り、釘打ちに備えてトラスに載せる。移動するときは、固定していない板で体を支えることになるから、気をつけなければならない。オンニは口いっぱいに釘を含み、板を所定の位置に打ちつけていった。金槌はずっしりとして、ほとんど大型ハンマーのようだ。釘抜き用の二股に分かれた部分がないので、ペソネンはけっしてこれを借りようとしない。オンニはただ建てることだけを欲し、壊すことは考えていないのだ。

「さっさとその板をよこせよ、畜生！」

ペソネンは残りの板をすっかり屋根のほうへ差し出してきてから、追加を取りに下りていった。

「くそっ、忙しいこったな」

「釘がもうないぞ！」

ペソネンはすでに去ったあとだった。オンニは屋根から屋根裏へ飛び下りると、五キロ入りの段ボール箱から釘を取って、腰の釘袋のポケットをすべていっぱいにした。やるべきことがまだ大量にある、大量にあるのだ。むき出しの指に息を吹きかけて温め、背中をまず後ろへそらして、それから前へかがめる。眉のあたりが痛む。

広々とした屋根裏になるだろう。中央に幅広の階段を、両端には大きな窓を作る。オンニは歩幅で床の寸法を測っていく。中央まで二十歩、そこから反対側の端まで十八歩。下から物音が聞こえてきて、階段室になる空間を板が上ってきた。オンニは駆け寄ってそれを受け取り、外壁のそばに積み重ねる。そこから何枚か取り、床の一部を切り取る枠ができるように並べる。板の一枚を右へずらし、ほかの一枚を左へずらし、やがて納得がいった。腰の金槌を手に取って、板の一枚ずつに何本か釘を打ち、軽く留める。ペソネンがはしごを上って屋根裏へやってきた。オンニは金槌を腰に戻す。はかなげな粉雪が風に乗って吹き込んでくる。

「ここにもうひと部屋作るんだ」

「部屋なら、もうずいぶんあるんじゃないのか」

「もっと作るぞ。ここにひと部屋、それから反対側の端にもうひと部屋」

「何に使うんだ？　まだ子どもを増やす気か？」

屋根の野地板はすでに高いところまで達していて、床からその上に登ることは不可能になっている。オンニは屋根に目をやっていたが、金槌を手にすると板の一枚を叩き始めた。

「今度はどうしたんだ？」

「屋根のせいで階段が暗くなる。ここに窓を作らないと」

「それはあとからで間に合うだろう」

「わが家では、屋根裏部屋に行く階段で主婦がつまずいたりしないんだ」

板が外れた。オンニは鋸を取ってくると、刃先を板があった空間から外へ突き出して、トラスの木材の方向に沿って切り始めた。

「屋根を平らにしてしまえば楽だろうに」

「休んでいるほうが楽だろうよ」

片側の切断が終わった。オンニは鋸を中に引っこめる。

「屋根をやるのか、それとも窓か？」ペソネンが尋ねる。

「どっちでも同じだ」

オンニはペソネンに鋸を渡すと、手にした金槌で場所を示した。

「そこからあっちまで鋸で切ってくれ。それから、あそことあそこに棒材を打ちつけて、明かり採りの屋根窓用に枠を作ってくれ」

オンニは積み上げた板の上に乗り、屋根へよじ登った。

作業のリズムがやすやすと戻ってくる。ひとつの場所から、トラスふたつ分まで手が届く。打って、ふたつ、三つ、次の釘、打って、ふたつ、三つ、場所の移動。まるで、思考が消えてしまい、ただ作業をする男と、男の取り組んでいる作業だけが残っているかのようだ。世界に存在するのは、風の吹きすさぶ広大な白と、できあがっていく屋根だけ。金槌の先端と、それに打たれることを待ち望んでいる釘の頭だけ。釘を打ち込むのに二回打てばいいか、それとも三回かが違うだけ、ただそれだけだ。四回打たねばならないことがあると、残念な気持ちになる。オンニの目に青ざめた太陽は見えず、風も、降ったばかりの粉雪も見えていない。

釘の最後の一本が凍って唇に貼りつき、そこが破れて小さな傷ができた。血の味がオンニの口の中に広がっていくが、周りのすべてが消えてしまっていて、彼はそれに気づかない。もう眉のあたりもずきずきしない。洗い桶は部屋を横切って飛んでこない。子どもたちはおびえていない。ラハヤの目に失望は浮かんでいない。戦争などなかった。フィンランド軍は友軍に銃を向けなかった。北極海沿岸へ撤退していくドイツ軍の戦車は爆発しない。ヒースの茂る荒野に墓穴を掘らない。見開かれたままの目に砂をかぶせない。存在するのはただ白さだけ。リズムだけ。ひとりの男だけ。一軒の家だけ。

「明かり採りの窓の屋根は切妻にするか、それとも平屋根にするか？」

ペソネンの頭が屋根の端に覗いた。オンニは金槌を下ろす。

「切妻だ」

「わかった」

ペソネンは下に引っ込んだ。オンニは作業を続けようとしたが、かけがえのない一瞬がなすすべもなく失われてしまったのがわかった。脇を走る表通りに目をやり、四つ辻のほうまで見渡す。いたるところで家が建てられているが、どれもみな背が低い。オンニは村でいちばん高い場所に座っている。道の反対方向へと目を転じた。川の向こう、墓地の脇に並ぶ半地下壕から、男たちがそれぞれ自分の家の建設現場へ向かっていく。若い者の歩みは早く、自らの課題に挑もうとする意欲にあふれている。ほかの者の足取りからは、疲労と戦争の痕跡が感じられる。それでも、彼らもまた自分の現場へと歩いていき、薄暗い早朝から明るさの残る最後の一瞬まで懸命に働いて、その後はさらに資材を探して回るのだ。あるいは物々交換で、あるいは盗むことで。立ち止まったり思い出したりしているよりも、働き続けているほうが楽だった。ネズミの臭いのする半地下壕の寝床に、死ぬほど疲れて倒れ込むほうが、すべてをもう一度目にするよりも楽なのだ。

　仮設の橋を渡ってくる三人組がいて、それが誰だかオンニにはわかった。先頭を歩いているのは義母だ。歩くと体が左右に揺れて、足指の付け根をかばっているのがはっきりわかる。手に何か持っているのは、たぶん、かごだろう。その後ろを、ヨハンネスとヘレナがついてくる。ふたりは腕を組み、脇腹をくっつけ合って、ヘレナが相手の動きや速度を感じ取れるようにして歩いている。ヨハンネスはときどき立ち止まり、湖を指さしたり、空を指さしたりしながら、目に映るものを語り、説明している。ヘレナはときには耳を傾け、ときにはその美しい目を語られたもののほうへ向けて、風や雪を肌で感じている。弟の言葉が、彼女の目になっていた。いま、ヨハンネスは雪面の何かをヘレナに示している。キツネかリスの足跡だろうか。ヨハンネスが前かがみになると、ヘレナも身をかがめた。会話しているとき、ヘレナはいまでも話している人のほうへ目を向けることがあるものの、その視線は斜め上に向かって据えられることが増えてきたのに、オンニは気づいている。話し手のほうへ顔を向けはするのだが、視線はまるで違う方向を見ている。その様子で、ヘレナが真剣に聞いているかどうかがわかった。

義母はかごをもう一方の手に持ち替えている。義母の手は、指の関節に小さな腫れ物がいくつもできていることに、オンニは昨日、気づいていた。

「ヨハンネス、おおい！」

息子は立ち止まり、父の声がどこから聞こえたのかときょろきょろしている。やがて気がつき、手を振ってきた。姉に向かって何か言い、するとヘレナも手を振った。

「若いんだから、おばあちゃんのかごを持ってあげなさい」

義母も屋根の上にオンニの姿を見つけていた。ヨハンネスに荷物を渡している。

「落ちないように、気をつけなさいよ」義母が叫ぶ。風に呑まれて、その声はほとんど聞こえないほどになってしまう。

「どこへ落ちるっていうんです」

「わかりはしないさ。こっちへ来てひと息つく暇はある？」

オンニは屋根の上に立ち上がり、最上段の板をつかんだ。まだ打ちつけが済んでいない板で、手の力に浮き上がってしまう。オンニの体は後ろに傾いたが、バランスを取り戻した。屋根から屋根裏部屋へ下りていく。下りる様子をユホが見ている。

「おまえも飯にしてこいよ」

ヨハンネスがヘレナと一緒に、もう二階まで来ていた。ふたりは手をつないで歩き回っている。

「あっちに大きい窓がふたつあって、道に面しているよ。それから、村のほうに向いている窓もひとつ。どれくらいの大きさか、触ってごらんよ」

ヨハンネスは窓になる空間のところへヘレナを導き、手を取って窓枠に載せてやった。ヘレナはまず横へ、それから上へと手を動かして探っていく。

「ここからは遠くまで見えるの？」

「四つ辻まで」

「ここは、何の部屋？」

「ぼくにはわかんない」ヨハンネスが答えている。振り向いて、オンニのほうを見た。

「ここは何の部屋になるの？」

「居間だよ。ここにソファーを置いて、椅子はあっちと、窓のそばにもひとつ置こう、道が見渡せるように」

「揺り椅子がいいな」

ヘレナは壁際を進んでドアの空間を見つけていた。

「ここは何？」

「そこはダイニングルームになるんだ。父さんはそこで寝るよ」

娘が何か考え込んでいるのがわかる。

「あたしたちはどこで寝るの？」

「あっちの、反対側だ」

ヘレナは壁のほうへ向き直る。

「じゃあ、母さんは？」

オンニには言うべき言葉がない。もちろんこの家にラハヤの居場所はある、ただ、それがどこなのかは、一度も考えたことがなかったのだ。そのことに彼は自分でも驚いてしまう。ラハヤが悪いのではない、この家に入ることができない理由など、彼女にありはしない。働き者で、有能で、いい妻だ。ペソネンはしょっちゅう、あんなに目を引く女房がいてとほめそやし、うらやましがっている。しかし、家が高さを増していくにつれ、オンニの心の中でラハヤの存在は小さくなっていき、数えきれない部屋のどれか、まだ作られていない部屋のどれかへ、消えていきつつある。それでも、釘を一本打ち込むごとに、やましさは壁や根太や詰め物をした床下材の中へ埋もれていくのだ。

ヘレナが振り向き、その目は答えを待っているが、オンニは答えを持っていない。この部屋には、大きなテーブルをひとつと椅子を置こう、みんなで夕食を囲もうと思い描いてきた。自分の席はテーブルのあちら側の端だ、それもわかっている。隣に義母、それからヘレナ、反対側にはヨハンネスとアンナ。ラハヤはテーブルのもう一方の端に座るのか、それとも、この想像の中にもやはり彼女はいないのか。ヨハンネスも動きを止めて待っていることに、オンニは気づいた。

「母さんはまだどこで寝るか決めてないんだよ」早口に答える。

一階に残っていた義母がオンニを呼んでいる。義母は架台に板を二、三枚渡してテーブル代わりにし、そこにかごを置いていた。かごの中には草が敷き詰められて、その真ん中に鍋が据えてある。

「ジャガイモのスープだけど、いいかい？　ライ麦パンつきだよ」

「みんなは食べないんですか？」

「暖かい場所で食べてきたからね」

オンニは義母のために隣の部屋からスツールを持ってきた。義母はためらいもせず、喜んで腰を下ろす。庭では子どもたちが鋸台に雪の玉をぶつけようとしている。ヨハンネスは、自分が先に命中させたのに、ヘレナの勝ちだよ、と言っている。

「お義母さんはどの部屋で寝ることにしますか？」

「どこが空いているの？」

義母が片手の指を、先端から手のひらに向かい、脈に合わせてもんでいるのが、オンニの目に入る。

「この場所にでも、部屋を作りましょうか？」

「写真館のための場所じゃなかったのかい？」

「ここからなら、外に出るのも楽ですよ。階段がいくらもないから」

義母が十七段の階段を上がって二階へ来ることはけっしてないだろう、オンニの目にそれは明らかだ。義母がみんなと同じ食卓を囲むことはけっしてないだろう。新しい自転車が必要になることはないだろう。

「それはそうだけれど。ここにいられれば、楽かもしれないね」

義母の声の中に嗚咽が聞き取れる。愚痴を言うことはないのだが、義母はしばしば、話しているとかつての家が燃やされてしまった話題に戻っていくのだった。家のどこに火がつけられたのか、燃え盛る炎の中で広間はどんなふうだったかと思いを巡らせる。避難するときシュロの鉢植えを持っていけなかったことに心を痛める。

オンニの視線に、義母が気づいた。立ち上がり、板の上から取った鍋を傾けて、スープの残りをかき寄せ始める。

「今朝のラハヤは虫の居所が悪かったかもしれないね」こちらを見ずに問いかけてくる。

「そっちまで聞こえましたか？」

「あれは、自分ではどうしようもないんだよ」

義母はスープの残りを皿によそっている。バランスを崩し、オンニの肩に寄りかかったが、やがてその肩を軽く叩いた。

「人の本性は変えられないよ」

義母が言っているのはラハヤのことなのか、義母自身のことなのか、それともおれのことなのかとオンニは考えてしまう。

屋根裏へ戻ったオンニは、追加の板を取り、できあがっている屋根に立てかけていった。あと三列、それが済んだら反対側の斜面に取りかかれそうだ。積み上げた板に乗っても、もう上まで届かないから、妻壁にはしごを立てかける。屋根に上がり、壁のふちに、真っ逆さまに落ちる方向へ背中を向けて腰掛けた。板を二枚引っ張り上げて、トラスに載せる。義母が道を歩いて半地下壕へ帰っていくのが見える。振り向いて、手を振ってくれた。子どもたちはまだ庭で遊んでいる。煉瓦の山の上にあった自転車の残骸を庭へ引きずっていく。オンニは腰の金槌を抜いたが、やる気がわいてこない。金槌を下ろし、上着の胸ポケットからたばこの〝クルビ〟の箱を取り出す。シガレットホルダーを取って歯の間に突っ込み、たばこを差し込んで、火をつけた。手が震えている。こういう瞬間を、彼は何よりも恐れている。色がすべて消え、残っているのはただ灰色のみ。

オンニは金槌をつかむと背中の後ろに置いて遠くへ押しやり、手を放した。秒数を数える。ひとつ。ふたつ。三つには届かない。下から鋭く澄んだ音が響いてきたのは、金槌が煉瓦に当たって跳ね返り、雪に埋もれたのだ。もしも、体を後ろに倒し、虚無に向かって落ちていったら、どんな感じがするだろう。両手両足を広げて宙に浮き、瞬間、冷たい風を襟足に覚え、空気の流れが目の粗い毛織物の上着の背を押すのを感じる。後頭部が煉瓦の山に当たったときの、ほんの一瞬の痛み。ほんのわずかな、短い時間。ひとつ、ふたつ、三つ。四つめはない。ただ休息のみ。

オンニは足をまっすぐに伸ばすと、重心を後ろにかけていき、とうとう足の甲が、ひとつ向こうのトラスの横木に当たって止まった。目を閉じて、両手を挙げ、虚無に体を押しつける。腹と太腿の筋肉が体重を支えようとして緊張している。トラスに押し当てている足の甲が疲れてきた。必要なのはただ小さな動作だけ、ほんのわずかに膝を曲げるだけ、そうすれば休息できる。

屋根裏からヨハンネスのおびえた声が響いてきた。

「ヘレナの足がスポークに挟まっちゃって、抜けないんだよ」

オンニは目を開ける。ヨハンネスの顔が、板の山の向こうに覗いている。こちらをずっと見ていたのだ。

「引っ張ってみたんだけど、どうしても抜けなくて」

ヨハンネスはオンニの様子をうかがっている。首を少しかしげた。

「ちょっと泣いちゃってるし」

オンニは手を壁の端に届くまで伸ばした。上半身を引き上げ、壁の上に座る。

「父さんが行くよ」

ヨハンネスはしばらくオンニを見ていたが、やがて下へ戻っていった。階段の途中で、その足が止まる。

「金槌、落ちちゃったから、拾ってこようか？」

日はすでに高く昇っている。ひと月もすれば、太陽のぬくもりが顔に感じられるようになるだろう。

「ああ、拾っておいで」

一九五〇年　野郎の道　*Jätkäntie*

教会の塔は、以前の丸屋根よりはるかに高いものになる。オンニはカメラを教会通りへ向ける。ヨハンネスは手すり代わりに打ちつけてある板から身を乗り出して、まずは真っ逆さまに落ちていく下のほうへ目をやり、それから、家がここからも見えるか確かめようとしている。足場はどこも、屋根の梁を架けようとする男たちでいっぱいだし、教会の外の、あちこちの現場からも、槌音が響いてくる。それぞれに、思い思いのリズムで釘を打っているが、時折、打つ音の拍子が偶然そろって、それがしばらく続くことがあった。塔から斜め右の方向を見ると、四つ辻に向かって村が新たにできあがってきたのがわかる。すでに生協の店と郵便局、旅館、それに食堂が完成していた。その反対側、病院の畑では、まだ干し草掛けに草が載せられたままになっている。もう夜中は冷え込むようになってきているというのに。それでも昼間はまだ暖かく、ヨハンネスも膝丈のズボンをはいていた。夏に備えて刈った髪は、もう分け目を作れるほど伸びている。息子は木材に釘を打っている作業員たちの脇を通り過ぎ、首を伸ばして塔の真正面を見やった。教師の宿舎が完成しており、国民学校は切妻屋根ができあがりつつある。

「ぼく、落ちたりしないよ」誰かに注意されたわけではなかったが、ヨハンネスはそう言った。

「それならよかった」

「あそこの立派なの、あれが学校？」

仮設の校舎からあの新しい校舎へ移ることに、息子は思いをはせているのだろう。この秋は、ヘレナのいない初めての秋だった。娘は盲学校に居場所を得たのだ。一週間前、オンニはヨハンネスと一緒に列車に乗って、娘を学校まで送っていったが、帰る道々、ヨハンネスは泣き通しだった。ひとりぼっちになった姉さんが首都でやっていけるか心配だから、とヨハンネスは涙の理由を説明したが、自分がさびしくて泣いているのだとオンニにはわかっていた。その週はずっと、ヨハンネスはしょんぼりして、足元もおぼつかなかった。この姉弟は互いに溶け合っていて、自分自身の存在を忘れ、どこからどこまでが相手なのかわからない、新たなひとつの人格をふたりして作り上げていた。それなのに、息子からは半身がもぎ取られ、ごとごと揺れる列車に乗せられて、果てしなく続く線路のはるか彼方へ連れていかれてしまったのだ。

「ここ、どれくらい高くなるの？」

「父さんにはわからないな」

息子は作業員たちが木材に十インチ釘を打ち込んでいるのを見ている。建物の構造は内側に向かって弧を描き始めていた。

「あれが屋根になるの？」

「ペソネン、これはもうここで終わりか？」オンニは高みに向かって叫んだが、ペソネンは金槌を手にはしごを上っていったあとで、言葉は上空を渡る風にさらわれてしまった。代わりに、オンニの知らない別の作業員が答えてくれる。

「まだここで終わりじゃないよ。屋根にはここから傾斜をつけるが、あそこの、あれが見えるあの上のあたりに時計の文字盤を取りつけるんだし、機械類を置く場所もいるし、それを過ぎてからようやくとんがってきて、塔になるってわけさ」

「どれくらいの高さになるのかな？」

「まだ半分もできていないと思うね。おまけに最後には、てっぺんに大きな十字架を載せるんだ」

「そんなの、持っていく勇気のある人がいるの？」

「やってみるか？」

ヨハンネスは笑い出し、ひととき孤独を忘れたようだった。教会の塔のてっぺんまで登る興奮、そして、何千人もの信徒たちが、地上にいる段階からずっと自分の偉業を見守ってくれ、喝采を浴びせてくれるさまを、思い描いているのだろう。オンニは筋交いや梁を見ていた。塔がこれほど高くなったことで、気分がふさいでいる。競争に負けたような気がしてしまう。

「風に吹かれて倒れることはないの？」

作業員はハンチング帽を後頭部へずらした。

「ないと思うがね。おれにはわからんよ。おれはただ、木材の指定場所に釘を打つだけさ」

男は声を上げて笑い、つられてオンニも明るい気分になる。

ヨハンネスは、そろそろ下りて塔の高さをうっとり見上げたがっているが、オンニはその前に写真を撮ってやるから、と言った。

「もっとそっちの、反対側へ行きなさい。そっちじゃない、こっちだよ、陰に入らないように」

「父さんも一緒に写ろうよ」

「このカメラじゃ自動撮影はできないんだ」

写真を撮ろうとしている様子を、作業員が見ている。

「パチリとやってやろうか、おれでよければだが」

「もちろんだとも。ここから覗いて、ここを押すだけでいいから」

オンニは、塔の端、板の手すりのところへ行ってヨハンネスの後ろに立ち、息子の肩に手を置いた。作業員はカメラを両手で持ち、腹の前に構えて、上部のファインダーを覗き込んでいる。膝から下がすぼまったズボンに、フランネル地のジャンパーという服装だ。ハンチング帽が後頭部でいたずらっぽく揺れている。風にさらされ日に焼けた顔、今朝はひげをそっていないらしい。手の甲には黒い毛がみっしりと生え、晴れた秋の日の暖かさの中、ジャンパーの上のボタンが開けられてあらわになっている胸板も、やはり同じだ。オンニの視線は男の腰にぐずぐずととどまり、やがてズボンの前からブーツへと移動していった。ブーツは古く、使い込まれているが、丁寧に磨かれていて、大地と空の狭間にある教会の建設現場には不釣り合いだった。

「ふたりとも、こっちを見てもらえるか」

男はカメラを下ろし、オンニが正しい方向に目を向けるのを待っている。やがてまたカメラを構え、一枚撮った。それから無言でカメラを返してきた。視線に気づかれてしまったのか、オンニにはわからない。耳が熱くなる。男はジャンパーの上のボタンを留めた。

「手を貸してくれてありがとう」オンニは言ったが、男は金槌を手に取ると木製のはしごを上っていってしまった。釘袋から釘を取り、ひとことも発することなく斜めの角材に釘を打ちつけ始める。

ヨハンネスは鋳物製の階段を、一度に二段ずつ跳びはねながら下りていく。教会の出入口に着くと、昔の鐘楼の礎石を一緒に見にいこうと父親にせがんできたが、オンニはそんな気分になれない。

息がうまくできない。ヨハンネスは外へ駆け出していき、オンニは向きを変えると礼拝堂へ入っていった。天井はまだできていないが、壁はもう建てられていて、礼拝堂の形がはっきりわかる。身廊から、祭壇に上がっていく階段が何段か設けられている。内陣は、両脇に背の高い柱がそれぞれ二本あるせいで狭くなっており、左側にはこれから作られる講壇を支えるための台が見える。奥の壁面は上部が礼拝堂に向かって弧を描いていて、ドアがいくつかあるのは準備室へ通じているのに違いない。礼拝堂の窓になる大きな空間は、上端が角張っている。オンニはかぶっていた帽子を脱ぎ、積み重ねられた薄板や山になった厚めの板にすがろうとした。視界に小さな金色の点がいくつも舞っている。目を上げるのが難しい。教会の裏手へ走っていくヨハンネスの頭が、やがて窓になる空間のひとつひとつに順繰りに現れるのが、しばらく続いた。オンニは手が震えているのに気づいた。礼拝堂の床にうずくまり、片手に頭をもたせかけて、もう一方の手を床について体を支える。息をしようと試みる。唇がうずく。目はきつく閉じられている。

こんな人生は望んでいない。立派な夫、よき父親でありたいのに。ほかの誰かになることが可能なら、自分にそれができるなら、そうするだろう。オンニは両手を合わせて指を組み、祭壇が作られるはずの方向へぐっと体を突き出したが、目は開けなかった。組んだ両手に頭を押しつけ、唇は声にならない言葉と暗記している言い回しを形づくる。親愛なる神よ、憐れみ深く全能にして全知の神よ、おれをほかの男たちと同じようにしてください。この病を、この誘惑を取り除いてください。通りすがりの人が陰で口の端から吐き捨てる言葉のほかに、かける言葉もないこの病。

もう、十分に試練を与えられてきたのではないのだろうか。夜ごと、ベッドに横たわり、自分自身の妻がドアをノックするかすかな音におびえる男、それが彼だった。少しでも音を立てないよう、ベッドの上で身じろぎもせずにいる男。妻がじきにあきらめてくれれば、立ち去ってくれればと願う男。幼いわが子を、その子が父の罪を背負うべく選ばれてしまったがために、国土の最果てまで自らの手で連れていかねばならなかった男、それが彼なのだ、もうすべて帳消しになったのではなかったのか。せめてひとときでもほかの人間と同じになれるなら、みなの仲間に入れるなら、持てるすべてを、あらゆる喜びを差し出すと、オンニは神に誓うだろう。疎外感もなく、恐怖もなく、それに――

どこからか物音が聞こえてきて、オンニは思考を中断した。目を開けてみるが、誰の姿も見えない。視線を上げると、そこではただ頑強な垂木だけが天に線を描き、人間と神のあいだにはかない境界線を形づくっている。この秋最後のセキレイが垂木にとまって尾を振っていて、そのうちにパイプオルガン用のバルコニーへ向かってぱっと飛び立った。オンニはその動きを目で追っていたが、やがて作業員の男たちが塔の上から自分をじっと見下ろしているのに気づいた。彼らが昼休み中なのか、それとも自分を眺めるためだけに板切れの手すりにもたれているのか、オンニにははっきりわからない。言葉を交わし合ってはいるが、何と言っているのか聞き取れない。フランネル地のジャンパーの男が集団の真ん中にいる。男のひとりが身を乗り出し、礼拝堂へ向けてつばを吐いた。つばは風にさらわれ、建物の外側へ押しやられていく。オンニはあわてて立ち上がり、膝をきれいに払った。床に落ちていた帽子を拾い上げたが、かぶりはしない。板の山のあいだを縫って正面玄関まで行き、ヨハンネスの姿を探す。息子は内戦の記念碑に刻まれた名前を読んでいた。

「うちに帰ろう」

ヨハンネスはちらちら振り返っては、塔の高さが何メートルになるのか訊かなかったと残念がっているが、オンニは後ろを見る気になれない。

ふたりは四つ辻に向かい、郵便局の広場を通り過ぎ、家を目指して表通りを歩いていく。ひと足ごとに、オンニは思い知らされる。自分との闘いに勝つ力はないことを。建設現場でいうなら彼は、角に丸太の面が残る、そり返ったツーバイフォー材であり、垂直材にしようにも使い物にならないのだ。彼にはわかっている。この先、自分があの郵便局へ手紙を取りに来てしまうことも、あの広場からバスに乗り込んでしまうことも、そして、人生の中に見いだすことができた、あの唯一無二の短くも幸福なひとときを、どんなものとも引き換えにはしないことも。

オンニの脇では、ヨハンネスが砂利道を跳びはねながら、商店のショーウィンドウのつつましい品ぞろえを眺めている。白い建物の列が、道の両側にきっちりと直線を描いて続いている。その突き当たりに立っているのは、ほかに知る人のない競争に敗れたばかりの家だ。かつて助産師は水平方向に広がる家を建て、地上の場所を占領したが、オンニは高さを志向し、もっと上へ至ろうと努めてきた。

ヨハンネスはわが家の一階の窓を眺めている。

「父さんは、歳を取ったらやっぱり一階に行っちゃうの？　いまのおばあちゃんみたいに？」

「どうしてそんなことを？」

「ぼくは大きくなったら二階に住むよ。それにヘレナも、連れて帰ってきたときにはね。父さんは一階に住む？　母さんは？　いつかまたみんなで一緒に住むことになるんでしょう？」

二階の窓辺で人影が揺れている。ラハヤがもう、ふたりが食事をしに戻ってくるのを待っているのかもしれない。

「今度の冬に、いかだを作るのはどうかな」オンニは提案した。「夏が来たら川下りをしようか」

ふたりが庭に入っていくと、それを見てラハヤが台所の窓を開けた。オンニは自分の姿勢が変わるのを自覚する。ラハヤと目を合わせずにいるが、相手はそれに気づかない、あるいは興味を持っていない。

「食事の支度ができてるから。テーブルについて」

オンニはうなずく。ヨハンネスが階段へ駆け寄っていく。ラハヤは窓を閉めかけたが、再び開けた。

「地下にネズミがいるって話なの。お母さんが夜中に、床下でかりかりいう音を聞いたんですって」

「いまからもう、家の中に入ってきてるのか?」オンニはなんとか声を出す。

「そのようね。ゆうべはもう、夜中に氷点下まで下がったし」

「ネズミ捕りを仕掛けないと」

「そうして。殺鼠剤はあるかしら?」

「ぼく、取ってきてもいいよ」ヨハンネスが言う。

「手が届かないでしょう。それに、ああいうものに触るなんて、おまえのすることじゃありません」ラハヤが答える。

ヨハンネスがドアを開けていてくれて、オンニは中に入った。息子は足音を立てて二階へ上がっていき、オンニは地下へのドアを開ける。電気をつけ、階段を下りていく。ジャガイモ置き場の泥まじりの匂いに出迎えられた。地下室の壁周りには粘土質煉瓦が積まれ、隅でパン焼き窯が完成を待っている。ラハヤはパン焼き窯を望んでいなかったのだが、それでもオンニは作りたいと思った。これがあれば階段室を暖かく保てそうだ。耐力壁を回って向こう側へ行き、ボイラーに薪を追加する。古くてくたびれたボイラーだが、オウルで爆撃を受けた家から安く譲り受けることができたもので、おかげでこの家には村で最初の温水暖房があるのだった。維持するのに手がかかるが、ストーブをいくつも作るのも手間は同じだし、これほど大きな家だと薪のかごを運び込むのもひと仕事だろう。

オンニはボイラーの上の棚に手を伸ばして殺鼠剤を取った。瓶は平たく、黄色みを帯びたオレンジ色のラベルに、〝セリパ〟と商品名が書いてある。ネズミ捕りは見当たらない。地下の階段を上がり、灯りを消す。オンニは玄関で瓶を左手に持ち替え、義母の部屋のドアをノックしたが、中から返事は聞こえてこない。ドアを開けて、中を覗き込む。台所には誰もいない。寝室のドアに歩み寄る。義母はベッドに、脇腹を下にして横になっていた。指の関節を冷やして痛みをやわらげようと、湿らせたぼろ布を巻いていて、いまは上掛けを濡らすまいと両手をベッドの端から外に出して眠っている。喉がぜいぜい音を立てている。しょっちゅう呼吸が苦しくなるのだ。

眠っている女性を眺めながら、どうしてこの人はけっして泣き言を言わないのだろうと、オンニは考えていた。関節が痛むと口にすることすらない。ラハヤも同じだ。家族の中でさえ、誰かが失敗したとほのめかされることはけっしてなく、不運な出来事について語られることもない。誰の重荷も分かち合われることはなく、問題があると口に出されることすらない以上、解決策を探すこともできはしない。ほかの人たちが、どうしてこれほど穏やかに生き、微笑みを浮かべていられるのか、オンニは不思議だった。彼自身は、夜ごとベッドの端に腰掛け、誰にも見られていないのをいいことに、自らの手が震えるのを許してしまう。夜ごと、彼は手紙を書き、便箋を通して自分の手をよその村や町へと伸ばすのだった。誰か、自分と同じような別の人間とのつながりを求めて、禁じられた望みを抱いてしまうのがどんなことか語りたくて。日ごと、彼は手紙を郵便局へ持っていき、届いた手紙を持ち帰るが、道々、ポケットの中の手紙は石のように重い。手紙は集中暖房のボイラーの裏に隠してあって、家が静まり返り、何の物音も聞こえないとき、ひとりきりで読んでいる。便箋が静かにかさかさと鳴り、その中身は、会いたいという短い言葉や、卑猥な提案ばかりだった。そこに会話はなく、慰めもない。まれに心を引かれる言葉があっても、あまりに遠い場所から送られてきたものだった。

オンニは玄関へ戻り、殺鼠剤の瓶を見つめた。瓶の腹には死んだドブネズミの絵が描かれている。ネズミは仰向けにひっくり返り、足を真上に突き出している。台所のほうからラハヤのハミングする声が聞こえてくる。オンニは地下室へと下りていく。階段室のドアを背後で閉めるが、電気はつけない。丈が伸びつつある外の草むらが、地下の天井沿いの細長い窓から射し込む光を緑色に染めている。オンニはボイラーの裏から手紙を引っ張り出した。ボイラーの焚き口を開けて、手紙を投げ込み、続いてマッチを擦る。会おうという短い提案の言葉たちが、美しい黄色の炎の中で燃えていく。郵便局にはまだ二、三通あるはずだ。

手の中の瓶は傾いていて、黄色みを帯びた茶色の液体が瓶の首の部分に向かってゆっくりと流れていくのを、オンニは見ている。栓を開け、一度も瓶を下ろすことなく、液体を口に流し込む。中身をすっかり空けるまで、長い時間がかかる。液体は苦く、口の粘膜を焼く。上の階でラハヤが階段室のドアを開け、食事だと呼んでいる。オンニは飲み下すよう自分に言い聞かせる。液体は量が多く、二回に分けて飲み込まなくてはならない。薄暗い地下室を、そろそろと移動する。目を閉じて、何も見えぬまま、ヘレナのように手探りして道を見いだそうとする。積んである煉瓦の側面に足が当たる。オンニは手で探り、その上に腰を下ろす。手にはまだ瓶を握り締めたままでいる。階段から足音が響いてくる。いまできるのは、待つことだけだ。

一九五二年　罠の見回り　*Ansakierros*

　ヘレナの手が、テーブルに置かれたホットチョコレートのカップを探り当て、手前に引き寄せる様子を、オンニは眺めている。手はソーサーの上のスプーンを見つけ、それを取ると、カップの中を二、三回かき回して、ソーサーに戻す。この一学年のあいだに、娘は自信と度胸をずいぶん身につけたように思える。いいことだ。広い店内のざわめきの中で、娘は父の沈黙を感じ取った。カップから手を離し、いけないことでもしたかのように、両手をさっと膝に下ろす。

「父さんは何を考えてるの？」

「見てるんだよ」

「何も落としてないよね？」

「落としてないよ。何もかも、上出来だったよ」

　両手がテーブルの上に戻ってくる。指先はカップへの道のりを探り、途中でテーブルクロスのひだに気づく。指はひだにそって鉄製のポットへと向かっていく。

「これは何色かな」そう尋ねながら、ヘレナは指先でポットの表面をなぞっている。その声には笑いの気配がまじり込んでいる。父とふたりのとき、娘はいつもこの遊びをしたがった。

「おまえはどんなふうに感じる？」

ヘレナは両手でポットをしっかり包み、考え込んでいる。

「硬いけど、温かいわ。赤じゃないかな。薄い赤」

「じゃあ、そいつは赤だ。青いものはあるかな？」

手はぴったりくる表面を求めて飛び立つ。椅子のひじ掛けをまさぐり、ソーサーのふちの感触を心に刻み、最後に、ナプキンの上に置かれたままのフォークにたどり着いた。

「これがそうかも。冷たいから」

オンニは娘の手を椅子の生地に触れさせる。

「じゃあ、これは何色？」

ヘレナは布のざらざらした表面を、まずは指先で、それから手のひら全体で確かめている。

「これは黒。ううん、やっぱり茶色。すごく濃い茶色よ」

ふいに娘の笑う声が響く。ほかの誰にも理解できない遊び。ふたりのためだけにある遊びだ。

「母さんの讃美歌は黒よね」ヘレナはくすくす笑っている。オンニもつられて笑ってしまう。

「違うな」

「どうして？」

「あれは灰色だ」

「灰色って？」

オンニは考え込む。

「舌を出して、濡れた毛糸の手袋をなめる感じかな」

ヘレナの笑う声の響きは、店内の人目を引き始めている。カフェの大きな丸天井が声を反対側の壁まで運んでいって、向こうの端のテーブルに座っている男性がふたり、そろって振り向き、こちらの様子を見ているのに、オンニは気づいた。ふたりは顔を伏せ、会話を再開したが、片方の男性、金髪のほうが、オンニとヘレナのテーブルをちらちら見ては笑みを浮かべている。ふたりは向かい合わせでなく、並んでテーブルについていた。黒髪のほうは、脚のついたグラスで黄色っぽい飲み物を味わっている。

「これは何色かな」ヘレナが尋ね、ナプキンのレースをまさぐった。

オンニは椅子を回して、金髪の男の目が見えないようにした。もう、遊びに笑う気にもなれない。「もう行こうか」彼は言い、黒い服の給仕に勘定の合図を送った。「そろそろ寮のほうで心配し始めているかもしれないし」

通りに出ると、ヘルシンキの暑さが顔にぶつかってきた。空気は動かず、石造りの建物が歩道に熱を発散している。オンニは右手でヘレナの旅行鞄を持ち、左腕のひじの内側には娘が手を通してくる。

「学校へは、ここからなら七番か三番の市電でも行けるけど」

「まあ、歩こうじゃないか」

この二年で、町はヘレナにとってなじみの場所になったようだ。娘はもう、市電に乗り込むことも、目的の停留所で降りることもできる。いまも立ち止まるたびに、父親に向かって交差する通りの名前を教えてくれたり、周囲の様子を説明してくれたりする。いまちょうど、アレクサンテリ通りを渡るところ。ここから逆の方向にずっと歩いていけば、おばあちゃんが勉強した学校に行けるんだけど。ここで斜め右に曲がるわよ。オンニは、盲目の娘より自分のほうがよほどこの町に不案内だ、と感じてしまう。排ガスの漂う通りを抜けて導かれるままに歩きながら、ある場所ではトラックにひかれそうになったことがあるとか、ほかの場所では下水のどぶにまったく柵が設けられていなかったのだといった話に、耳を傾けた。話のひとつひとつが、娘が何を切り抜け、何を見いだしてきたか、どんなことができるようになったのかを物語り、ひとつ聞くたびに、オンニは自分が必要とされていないという思いをますます募らせていく。

ふたりは橋を渡り、立ち並ぶ建物の前を通りかかると窓が開け放たれていて、袖なしの部屋着を着た女たちが新聞紙をあおいで風に当たっているのが見え、それから、町の真ん中にとらわれている、泥の臭いのする湾の脇を通った。公園のベンチには上着を脱いだ退役軍人たちがいて、残っている短い腕や手榴弾にやられた傷痕を、メッシュの下着を透かしてやがて来る雷にさらしている。脇を通るとき、オンニは帽子のつばに指をやった。ひとりが真剣な面持ちでうなずき返してくれる。

学校に近づけば近づくほど、ヘレナの話しぶりに熱が入っていく。赤煉瓦の建物の前で、娘は突然立ち止まった。

「父さん」そうささやいたが、父のほうを見ようとはしない。「あたし、うちに帰ってもいい?」

オンニは鞄を歩道に下ろすと、しゃがみ込んで、ヘレナの体に腕を回した。娘が顔を胸に押しつけてきて、痩せたその体が、夏は終わってしまい、弟はおらず、母さんからの手紙は短いことを悲しんでひくひく震えているのを、オンニは感じ取る。

「あたしのこと、ほんとのほんとに好き? ふたりとも?」

どこからそんな疑問が娘の心に飛び込んできたのか、オンニにはわからない。ヘレナの頭をなでてやると、ヘレナは背広の上着に埋めた顔をますます強く押しつけてくる。

「もちろん好きだよ、みんなそうだ。好きじゃないわけがないだろう?」

「通り道に立たないって約束したら、うちにいてもいい?」

どうしてこの子に言えるだろう。ヘレナがまたうちで暮らしてくれたなら、それ以上の望みはないのだということを。ヨハンネスが姉のいないベッドでろくに眠れずにいたことも、ラハヤがいまでも食卓に余分な皿を並べてしまうことも。義母もまた、床に放り出されている靴下の片方や落ちている新聞をせっせと松葉杖で脇に寄せ、目の見えない子が通ったとき転ばないようにしている、ということも。そして、同時に——娘には立派に生きていってほしい、オンニが何より望むのはそれなのだ、ということも。この場所、遠く離れたここでなら、ヘレナは自分の力でやっていくことを学べるのではないか。ここでなら、ヘレナは他者の目に、その障害を持つ唯一の人間、手を貸してやらねばならない哀れな存在として映ることはなく、北の土地にはない可能性を手にすることができるのではないか。おそらくは職業も。ありのままでいられるのではないか。

「うちに電話を引くのはどうかな? さびしくなったら、いつでもかけてくればいい」

「お金がかかるんでしょう」

「そんなにすごい値段でもないよ。母さんや、ヨハンネスともおしゃべりできるようになる」

「おばあちゃんは、一階から電話のあるところまで上がっていけるかな」

「上がれなかったら、みんなで運んであげるさ」

ヘレナの顔に笑みが戻ってくる。

「そんなの無理でしょ」

「うちには父さんとヨハンネスと母さんとアンナがいるんだぞ。それでも足りなかったら、通りすがりの人たちに、手を貸してくださいと窓から呼びかければいい」

その発想に、娘は笑っている。

「馬で引っ張り上げられる?」

「きっとできるさ。父さんがおばあちゃんをそりに座らせて、引き綱を持って階段を上がって、窓から垂らすんだ。そいつをヨハンネスがトゥオヴィラさんのとこのポクの首かせにくくりつければ、おばあちゃんは見事、上に向かって滑っていくってわけさ」

「電話、引いてくれる?」

「約束するよ」

結局、ヘレナは進んで寮に残り、新しく同室になった子に夏のあいだの出来事を話して聞かせ、電話が引かれるまでは手紙を書くと約束した。寮監が夕食だと呼ぶ声がすると、ヘレナはさっとオンニを抱擁し、新しい友達を案内して食堂へ向かっていったのだった。


いまオンニは石畳の通りから通りへと歩いている。岩の上に建てられた教会の脇を過ぎ、通り沿いの景色をちらりと眺めやって、また歩き続ける。最初のうちは、あてどなくぶらつくのだと自分に言い聞かせていたが、すぐにそれは嘘だと思い知った。新しい集合住宅や、煉瓦造りの地階を持つ古い木造家屋の前を通り過ぎていく。上着の内ポケットから手紙を取り出し、もう一度住所を確認する。封筒の裏に、この町のざっとした地図を電話帳から描き写してあった。列車が出る時刻まで、まだ何時間もある。

通りの名を示す標識に書かれた名前はどれもなじみがなかったが、とうとうオンニは探していた通り、周辺より高くなっている堤の上の道を見つけた。道は上下二段に分かれていて、彼は上の段を行くコースを取り、下の段に沿って並んでいる建物を見やった。高くてきっぱりとした線を描く建物もあれば、背の低い木造家屋もある。新しい建物がいくつか建てられている最中で、見習いの若者たちが木で組んだ足場を渡り、煉瓦やモルタルを高いところで待っている煉瓦工のもとへ運んでいく。オンニは階段を使って下の段へ移り、目指す建物の前まで歩いていった。ガラス窓のついた出入口のドアがきしみながら開き、光沢のあるターコイズブルーの玄関ホールにはアンモニア臭が漂っている。ボードを見て、見つけるべき名前を探す。七階だ。エレベーターのボタンを押すと、建物の上部の奥深くから、鈍い金属音が響いてきた。首の血管に心臓の鼓動を感じる。呼吸が速くなっていく。

エレベーターが音を立てて下りてきた。オンニは蛇腹式の扉を開け、目指す階を示すベークライト製のボタンを押す。エレベーターは振動してから動き出し、一階ごとに小さな歯車が音を立てて、ドアを開けてはまた閉めている。何もない壁に音が反響する。音が五回響いたあとで、エレベーターはがくんと揺れて七階に停まり、オンニは蛇腹式の扉を横に引き開けた。廊下の灯りはつけず、エレベーターの光を頼りに、シラカバ材の板が貼られたドアの中から目指すひとつを見つけ出そうとする。これまで一度も訪ねたことはないが、オンニは相手の住まいの様子をつぶさに知っていた。部屋はひとつ、壁の一部をくぼませた小さな空間、それとシャワー室。台所には小さなテーブルが収まっている。自分で貼った壁紙。奥行きのある窓がまち。リノリウムの床の焼け焦げた穴は、新年を祝う食事のときに作ってしまったものだ。安楽椅子を占領する、茶色がかった灰色の猫。細部のひとつひとつが言葉として形づくられ、封筒に入れられて、オンニのもとへ送られてきたのだ。

オンニは暗い廊下に立ったまま、心臓の鼓動を感じている。耳をドアに押し当て、向こう側の音を聞く。中からレコードの音が聞こえてくる。ジャズだ。オンニは呼び鈴のつまみに手を伸ばしながら、音楽のスウィングするリズムを聞いている。途中でトランペットの深い金属的な音が割り込んできた。澄んだ、よく響く音。オンニの心に色彩が浮かぶ。黄色だ。このことはヘレナに話してやってもいいかもしれない。

ドアの覗き穴の中で影が揺れたようだった。誰かがドア越しにオンニを見ている。互いに相手を待つふたりをさえぎるものは、わずか数インチのシラカバ材の障害物だけ。オンニは自分の手に目をやる。指がつまみから離れている。呼び鈴は鳴らしていない。中には入っていない。そんな勇気はなかった、そうしたいとも思わなかった。ほかの人々と同じようにしていたい、それが彼の望みだ。闘わなくては。

オンニがエレベーターのドアを背後で閉めると、かたんと音がした。いちばん下の階のボタンを押すと、エレベーターは北の土地とラハヤとヨハンネスとヘレナとアンナに向かって戻り始める。一階ごとに、歯車はしばし彼の前にヘルシンキへの道を開き、再び閉じていく。どの階でもオンニは、ドアを開けて、うだる暑さのほこりっぽいこの町に消えてしまいたい、という思いに駆られる。自動車の排ガスの匂いをかぎ、市電の走る音を耳にできたなら。カフェの丸天井の下で笑い、七階でレコードを聴けたなら。

彼はここに属したいと望み、それでもエレベーターは音を立てるたびに彼を遠く離れたところへ連れていってしまう。若いころ、彼は自らの根を断ち切って、自分から逃げるために深い森の広がる土地へ向かったのだった。それがいまは、あの土地へ向かった理由から逃げて、ここへ来られたらと願っている。上のほうの階でドアが開き、また閉じる。オンニはのろのろと壁伝いにくずおれ、床にうずくまる。

一九五三年　逡巡の道　*Huoparintie*

眠りが訪れてくれなかった。オンニはベッドの隅で体を起こし、窓から漏れてくる光を頼りに服を探し始める。シーツが汗まみれだ。下着に足を通し、ベッドから身を乗り出して、床の上の靴下を手探りする。その動きにベッドの接合部がきしみ、寝床の片側から低いうめき声が聞こえてくる。オンニは動きを止める。聞こえる呼吸の音が規則的な寝息になるまで、その場で待つ。それから靴下の片方を探し出し、もう一方も見つけて、足を突っ込んだ。

異なる角度からよく確かめてみれば、物事は違って見えるものだ。家にいると、不安は日増しに大きくなっていく。オンニはそれを見せないよう努め、感情をせき止めようとしたが、彼の身の内で不安は枝を茂らせる木のように育っていった。ときには何か月も抑え込んでいられることがある。おそらく一年は持つかもしれない。しかしそれは体の中で生きていて、皮膚を圧迫し、オンニは夜が来るたびに息をするのが難しくなる。最後には、不安がまるで鋳型を満たすように彼を満たし、崩壊したくなければ家を出るしかなくなるのだ。自分自身もラハヤのこともずたずたに傷つけてしまうとわかっているのに、郵便配達車に乗り込まずにはいられなくなる。行きの道のりでもう安堵を覚えるものの、ほどなく、遅くとも翌朝には、彼は恥じ入り、置いてきたもののところへ戻りたくてたまらなくなる。自分のような人間の居場所はないことを、オンニはすでに学んでいた。家族を離れた場所には何もない、見知らぬ人々のドアを叩く以外のことは何も存在しない。あるのはただ、公衆トイレで密かに交わし合うまなざしだけだ。

オンニはしばらくのあいだベッドの端に腰掛けて、手を膝に押し当てていた。家に帰りたい。あと何時間かすれば、子どもたちが目を覚ますだろう。オンニが子どもたちとあまりに強く結びついているので、ラハヤはときどき不思議がる。しかし、ある種の女性たちが幼いころから母親になりたいと望むように、オンニは父親でありたいと常に願ってきた。子どもたちと一緒だと楽だと感じる。なぜなら、そんなときは誰からも、自分以外の何かになることを期待されたりしないから。見知らぬ相手と一緒のときも同じだ。自分を隠すのは、人と知り合ったばかりのときに始めればよりうまくいく。オンニは立ち上がり、シャツを着ると、椅子の背もたれからズボンを取った。

ベルトのバックルが鳴り、眠っている相手が目を覚ましてしまわなかったかと振り返る。ぼんやりした光の中で、男の顔の輪郭が見分けられる。まだ閉じられている目。夜のあいだにくしゃくしゃになった髪。髪は頭頂部では長く、サイドは短い。上唇の曲線が力強い。男は片足を曲げて横に出した姿勢で、仰向けに寝ている。腹と胸板の一部を布団が覆っている。ゆうべ、この大人の男の中には、何か少年めいたものが宿っていた。物腰か、微笑みか、目に浮かんだいたずらっぽいまなざしの中に。オンニはあわてて視線をそらす。

深夜の逢い引きで最悪なのは匿名性だった。見知らぬ者への警戒心から、名前が口にされることはけっしてなく、ほかの人間を指すときは何か違う名前、あだ名が使われる。トッピラの熱い視線。年増の郵便局嬢。タイヴァルコスキの本命。オンニは自分がどんな名前で呼ばれているか耳にしたことがあるが、美しい名ではなかった。ふたりきりになれば、名前はまったく使われないか、急ごしらえで何か考える。ふたりの男が、ベッドと触れ合いを分かち合うことはできても、真の名前はそういうわけにいかない。いったいこれまでに、カケと名乗る男に何人会っただろう。オンニは上着を着込み、ドアの脇のテーブルから帽子を探し出す。ゆうべこの部屋に、新顔の見知らぬ人間として入ってきたとき、そこに置いたのを覚えていた。ドアをゆっくりと、音を立てないように気をつけながら開ける。階段からひんやりした空気が入ってきて、部屋の床の上に広がっていく。町はまだ眠っており、郵便配達車の始発が出るまでには間がある。

オンニは部屋を振り返り、忘れ物はないかと確かめた。旅行鞄は駅の荷物預かり所で待っている。閉めようとドアを引く。ドアの端が、再び彼とひとつの部屋とを隔てていく。中身を見る暇のなかった本棚を、夜中にスイッチがオンにされることのなかったラジオを、暗い中で眺めを確かめる間もなかった窓を、境界線を引いて消していく。ドアが閉まりかけ、オンニの世界からベッドとそこに横たわる人物とを締め出そうとしたとき、男の目が開いていることにオンニは気づいた。まっすぐにこちらを見ている。

「もう行くのか?」

声は眠気のせいでざらついている。オンニは視線を床に落とす。

「あわてずに済むようにと思って」

男はひじをついて体を起こし、片方の眉を上げた。布団がずり落ち、腹に横方向のしわが寄る。

「あわてて、どこへ行く?」

オンニは話したかった。相手が目を覚ましている場にいたくないのだと。男の目を見つめることができないから。自己嫌悪と、自分を憎まずにいようとする努力と、生きていく上でよりつらい感情はどちらなのか、わからないということも。オンニはドアを閉めた。

「待てよ」

男がベッドを出てドアへ駆け寄ってくる音が、オンニの耳に届く。

「来るな」

下がろうとするドアのハンドルを、オンニはつかんでむりやり引き上げる。

「行かせてくれ」

「よこしまな望みなんか持ってはいないよ」

「おれには何も望まないでくれ」

オンニの呼吸が速まっていく。男はハンドルを押し下げようとするが、オンニは体重を前にかけ、手に腹を押しつけて支えた。オンニの力のほうが強い。

「静かに行かせてくれよ」

ハンドルの重みがふいに緩んだ。ドアの向こうから奇妙な声が聞こえてくる。オンニは耳を木材の表面に押し当て、聞き取ろうとした。中の男は笑っている。

「あとを追っていくとでも思ったのか？」

「何だって？」

「おまえが逃げ出し、おれは裸の尻を丸出しにしてラクシラ地区の通りを追いかけていくとでも？」

男の笑い声は明るく澄んで、彼は笑うのをやめられずにいる。

「仮につかまえたとして、おれがおまえに何をするというんだ？　まだ、していないようなことか？」

　オンニはハンドルから手を離す。すでに彼の顔にも笑みが浮かんでいる。

「まだ何か、新しい技でもかけてくれるのか？」

　男は大声を上げて笑い出した。浮かれた気分がドア越しにあふれ出してオンニにも伝染する。

「かけてもらうのは、おれの番じゃないかな」男は高らかに笑いながら、言葉の合間に息を吸い込んでいる。

　男たちはドアの両側で一緒に咆哮を上げ、笑い声が階段に通じる廊下の壁に跳ね返る。腹が痛い。オンニは階段のいちばん上の段に座り込まずにはいられなくなる。時折、笑い声の切れ間に男がしいっと言ってオンニを静かにさせようとするが、男自身も、ひどい笑いの発作の合間に空気を肺まで吸い込んでは、あえぐような大声を出している。

　少しずつ、浮かれた気分は鎮まっていった。オンニはポケットからハンカチを取り出し、目元の涙をふいた。下の階から足音が聞こえてくる。

「まだそこにいるか？」男が尋ねる。

「いるよ」

「よかった」

　男も床に座り込んでいる、声がオンニの耳の脇で聞こえるので、それとわかる。

「中へ戻ってこないか」

「そんなことはしない」

　オンニは立ち上がり、上着のしわを伸ばす。立ち去ろうとする物音を立てても、男はオンニを放ってくれない。

「違う自分になりたくないか？　あるいは、いまのままで、どこか別の場所にいたくはないか？」

オンニは階段を数段分、あとずさる。こんなことは望んでいない。知りたくない、つかまりたくない。

「おれにどうしてほしいんだ？」

「名前くらいは教えてくれてもいいだろう？」

オンニは背を向け、残りの段を慎重に下りていく。上の階の男はオンニが去ったことを知らずにいる。

「名前だけだ、ほかはいらない」

オンニはポーチに至るドアを開け、外へ出た。日はまだ昇っていないが、薄闇はすでに退場しつつある。建物の一階の窓に灯りがともっている。台所に女性がいてオンニを見ていたが、オンニの視線に気づいてはっと目をそらし、何か作業を始めた。空気に泥の匂いがまじっている。バラの茂みの葉が、今日か明日にも開くだろう。

門のところで、オンニは踵を返し、中へ戻っていく。

一九五四年　愉しみの小路　*Huvikuja*

〝大分割〟と呼ばれる土地制度の改革が、戦後になってようやく深い森に覆われた北の土地にも及んできている。南部ではもう二百年も前に始まっていて、土地も畑もその価値を評価され、住民には適切とみなされた面積の野原や森や畑地が与えられた。ここ北東部はのんびりしたものだ。農民はてんでに、いちばんいいと思える場所を開墾してきたし、名もない川が氾濫してできた野原へ痩せた雌牛を連れていき、草を食ませてきた。とうとう国のお偉方が、この地方でも国民ひとりひとりに適切と思われる分量の土地を分け与えるのがよい、と判断したのだ。いまや戦争も終わり、一部の地方が隣国に割譲されたことでもあるし。敵にではない、勤勉で友好的な民族に割譲されたのであり、彼らとは、全力を挙げて良好かつ平和的な隣人関係を保ち続けるよう、心を砕くべきなのだった。

オンニは〝大分割〟に備えていた。同じ木材の積み荷を、あるときはこちら、あるときはあちらの道端に手押し車で運び、測量局の事務所へ出かけては、まさしくその場所に農場を建設するつもりなのだと説明した。技師たちは、視線がそわそわと定まらず、手首には包帯を巻いた男の訪問をうるさがるようになり、しまいには、無名の湖とそこへ流れ込む川に挟まれた、馬の背状の尾根を持つ丘の一部を、オンニの名義で承認してくれた。オンニの妻のためには、本人の要求により戦前の地所の東半分がすでに区分けされており、夫は少々多めに土地を手に入れたことになる。砂地で一部は湿地でもあるこんな土地で農業を始める、というオンニの宣言など、誰も信じる者はなく、技師たちの温情は夫の懇願か、そうでなければ妻の性格のきつさによるものだろう。おそらく、その両方かもしれない。

最初のころ、オンニはとある丘の頂を自分のものにしたいと申請していた。心の中で、その場所に城を築く計画を立てていて、蠟引き紙の表紙のノートにスケッチを描いていたのだ。四角い塔がふたつ、それらを住居棟で結びたい。遠い昔の海辺の町にあったように。丘の頂にどうやって水や電気を通すのかといったことには興味を持たず、ただ塔の屋根が十分に高ければよかった。しかしその丘が不動産登記の対象になることはなく、オンニはこの小さな岬で満足するしかなかった。幸い、高さはある場所だ。

夏小屋は、長い尾根を持つ丘の突端、三方を水に囲まれた、まさにその地点に建てられつつあった。できあがっていく速度はのろく、ある日の姿と翌日の姿が違っていることもある。一方の端が短くなるかと思えばもう一方の端は長く伸びていき、ときにはもう完成していた切妻屋根の構造を破壊して、代わりに片流れ屋根用のツーバイフォー材を打ちつけたりする。間取り図はオンニの頭の中にあった——台所、居住用の部屋、大きなオープンテラス、そこから湖を見下ろせば広がるすばらしい眺め——しかし、細かい部分は建てながらつけ加えている。裏側の壁には、夕日と、草の茎が顔を覗かせる川の流れを一望できる、フラワーバルコニーを設置しよう。台所には水平連続窓を。真ん中を高くして、そこに塔を作るべきだろうか？　ヨハンネスが気に入りそうだ。今回は自分の手で建てることが楽しかった。オンニは時折、コーヒー用のやかんを携えて対岸へボートを漕いでいく。コーヒーをいれ、建物をゆっくり観察する。離れたところから眺めると、とびきりいい考えが浮かぶのだ。他人が見れば奇妙で風変わりな建物になるだろうが、同時に、その位置取りといい、全体のバランスといい、眺望といい、そこには物言わぬ美しさと目を満足させる何かがあるのだった。

オンニは、作業をし、計画を立て、変更を加え、細部について考えることを楽しんでいる。暖かくなるとすぐに、建てかけの夏小屋の脇に油布のテントを張って、そこで生活し始めたのだ。朝日がさしそめると同時に作業を開始できるように。コーヒーは、眼前に湖が開け、背後には川の湾曲部が控えている尾根の上で、焚き火をして用意している。いつかそこにベンチとテーブルを据えてもいい。ラハヤはこの建物を、別荘とか夏の屋敷とか、美々しい名前で呼んでいる。オンニはおかしくなってしまう。

オンニはテラスにいて、台所のドアを支える枠組みの直立材を鋸で切り出している。当初、出入口はひとつだけのつもりだったが、昨日になって、やはりテラスにも出入口を作り、まっすぐ台所につなげようと決めたのだった。コンロで料理が黒焦げになっても、煙をたやすく外に追い出せるだろう。彼は優秀ではないのだ、コックとしても、それに——

鋸が端ぎりぎりの位置で止まった。オンニはテラスの骨組み材にもたれ、先ほど頭にあったことをもう一度考えようとする。思考はゆっくり流れていく。夏小屋が完成したら、夏にはオウルからにこやかな目をした彼をここへ招待してもいい。その名を口にすることはとてもできない、口にしたら風に乗って村まで広まり、届くべきでない耳に届いてしまいそうで。その手紙が待ちきれない彼。美しい言葉を持っている彼。自分の世界の一部であってほしいとオンニが願っている相手。

違う、そうじゃない！　オンニは考えをもう一度まとめようとする。

夏小屋が完成したら、ヘレナのために森の中を歩く道を示したロープを張ろう。ひとつは水浴び場に向かう道、もうひとつは高くそびえる尾根のてっぺんのベンチを目指す道。そこまでは蚊も飛んでこない。それから三つ目は屋外トイレに至る道。娘は太陽のぬくもりと針葉樹の香りを楽しむだろう。それにヨハンネスも。どこかにサウナを建てなくては。子どもたちはそろって、川の流れが運んできた砂に囲われている水たまりを歩き回って、自分たちふたりは桟橋に腰を下ろして。鋸が手から落ちる。オンニは再び同じ過ちを犯したことに気づいた。

その考えは恥を一緒に連れてきた。またしても、ラハヤを計画から消し去ってしまった。オンニはやはり、自分たち、と複数形で考えていて、しかし想像の中でかたわらにいるのは、妻でなく別の誰かなのだ。ほかの細かい部分は同じだった――泳いでいる子どもたち、太陽のきらめき、夕闇のテラスに揺れるランプの灯り。

連絡は取らないと、彼は自分に約束していた。手紙は受け取りにいかないし、新たに送ることもしないと決心していた。失望もさせない、不快な思いもさせないと決めていた。ラハヤがいつ、彼に不快な思いをさせただろう？　オンニは首筋の血管に触れて脈を測った。

胸ポケットから茶色の瓶を取り出してそれを傾け、錠剤を二粒手のひらに落として、水なしで飲み込む。与えられたアドバイスを思い出す――気分の落ち込みはすなわち心の弱さだ。働いていれば、よくない連想から離れていられる。危うくなったときは、感情の虜にならず、注意をもっと楽しい別なことに向けるべきだ。二度と地域病院へ行かずに済むように。オンニは呼吸に気持ちを集中し、息を整えようとした。左手首の、色が薄くなりつつある傷痕に目をやる。

自治体に新しく来た医師の診断が、気持ちを楽にしてくれている。悪いのはオンニではない、彼の中の病なのだ。病が彼を、弱くて不道徳な人間にしてしまう。病は血管によって体中を駆け巡る。飛ぶような速さで体内を動く。それは彼の中で生きており、皮膚の下で呼吸している。心臓の鼓動に勢いづけられ、脳の中の最も秘められた部屋を見つけ出して、不安と不適切な行動を引き起こしてしまう。前回、欲望と嫌悪のせめぎ合いに耐えきれずオウルへ行ってしまったとき、彼は自分の中から病を流し出そうと試みた。いまは、そんなことをしても無駄だとわかっている。彼は堕落しており、もはや自分自身にとって何の意味もない存在だった。彼にできることはただ、かかわりを断つことだけ。強さを持つことだけ。

思考を中断し、鋸を手に取る。建設作業は続くのだ。鋸を前後に動かすリズムにつれて、気持ちが落ち着いていく。壁にはタールをしみ込ませた板紙を貼り、木板で覆わなくては。おがくずを詰め込んだほうがいいだろうか？　夏が過ぎて秋が深まるまで作業を続け、薄暗い晩に雨音を耳にしながら座っていられたら楽しそうだ。しかし、時間が足りない。ストーブも作らなければならないのだ。暖かさが深夜までずっと持つように、蓄熱式にしてもいい。その上には、兵士としての思い出の品、手榴弾が頭頂部に穴を穿ったヘルメットを置こう。

角材が音を立てて切れ、オンニはそれを所定の位置に当ててみる。五ミリばかり長すぎたが、金槌で叩くとはまってくれた。テラスの端に腰を下ろし、ポケットからたばこの箱を取り出す。たばこの先端で箱の側面を叩き、シガレットホルダーに回し入れて、火をつける。煙を肺の奥深くに感じる。休憩しているにもかかわらず、指は作業を続けている。ズボンの脇の縫い目に沿って移動し、たばこの箱の側面をなぞり、壁を支える枠組みの耐久性を確かめようとして宙に浮く。オンニは指をむりやりなだめ、体の向きを変えて湖を見やった。サウナの場所を決めて、基礎を流し込まなくてはならない。河口の三角州がよさそうだが、春の増水のとき、水位の上昇はどれほどになるだろうか。テラスから地面まで、一・五メートルの高さを飛び降りた。金槌をうっかり手に持ったままだったが、なくしてはいけないので、どこかに置くことはしない。体を横にして斜面を下りていく。傾斜が急で、ときどき小走りになってしまい、アカマツの幹をつかんでスピードを落とさなければならない。子どもたちのために、階段を作らなくては。

水浴び場の川岸は、見たところうってつけの場所だった。川が急なカーブを描いて湖に流れ込んでいて、細い岬はサウナのために作られたようなものだ。オンニは頭の中でサウナのプランを練り、赤く染まっていく夕空に金槌で壁の位置を示す線を引いていく。こうしていると、気分が楽になる。サウナの入口はいちばん遠くの端に、サウナ室はこっちに。湖に面した大きなテラス、サウナから出たあとでくつろげるように。桟橋の場所を決めるために、湖の中を歩いてみて、湖底のどのあたりがうまい具合に深くなっているか、確かめなくてはならない。窓は入口の高いところに複数つけて、サウナそのものにも、材料の入手状況に応じて大きな窓をひとつかふたつ。ときどきしか温めないのだから、煙突はセメント煉瓦で十分かもしれない。

計画がうまく滑り出したことで、オンニは気持ちがはずみ、斜面を大股で登り始めた。まずは村にラハヤのための家を建て、じきに夏小屋が建つことになり、次にサウナができる。

オンニはコケモモの茂みの中で立ち止まった。家がラハヤのためだったとしたら、今度は誰のために建てるのか？　表面に浮かび上がってきそうな思いを深みに押し戻すことに、心を集中させる。今回はまだ呼吸が速まってすらいない。望んではいけない。求めてはいけない。夏小屋に目をやる。

彼の目には別荘になど見えない。水平連続窓と外に突き出した張り出し窓を持つ、ちぐはぐな見かけ。いい加減に配置された角材と板の混合物、奇妙で、滑稽な姿。

目に痙攣が走る。オンニは金槌を建物に向かって投げつけた。金槌は柱に当たらず、建物を突き抜けて、向こう側へ消えていく。ヒースの茂みの動きだけが、どこに落ちたかを物語っている。オンニは落ちた場所の当たりをつけ、近くにどんな木があるかを見やる。シャツのポケットを叩くが、瓶を取り出しはしない。ただ触るだけで気分が落ち着く。神経症の病棟へ行きたくはない。金槌をなくしてはならないのだ。

一九五五年　祈りのろうそくの道　*Tuohustie*

名誉がいかにむなしきものか
この朽ちるべき世にあって
みながその手に望むもの
すべては風がさらいゆく

義母の亡骸は、教会の中で弔いの儀式を受けることができなかった。棺が重く、教会の身廊まで運ぶ道のりは長すぎると思われたのだ。墓のそばまでなら台車で運べるというので、葬儀はそこで執り行われることとなった。参列者が多く、台車が墓に近づいてきたとき、最後のほうにやってきた人々はまだ墓地の門から中に入っていないほどだった。集団の中に、オンニの知っている顔は多くなかった。

葬列の先頭に立つ人々は、カントルが低い音域から先導した讃美歌を歌っていたが、老いた女たちのか細いソプラノが、男には出せないところまで音域を上げてしまった。歌声は幾重もの輪唱となって列の中ほどまで広がったが、最後尾にいる女たちは、むしろ助産師と出産にまつわる思い出話を語り合うほうを好んだ。助産師のおかげで生きながらえたのは誰の子だったか、尽力にもかかわらず死んでしまったのは誰の子か。めいめいが、記憶に残っている逸話の数々を、ひとつの物語に織り込んでいった。

「まったく小さな手をしていたね」

「だけど力は強かったよ」

「それに太ってた」

「昔は違ったよ」

「亭主がベッドから離れていられないなら、蹴飛ばしてやれ、と言っていたよ」

「うちじゃ、亭主が本気にしなかったら、自分で蹴飛ばしにきたかもしれないよ」

遠くから聞こえてくる老女たちの静かな笑いさざめきを、オンニは聞いていた。

この地上はわれらの異郷
永遠の家にはあらず
むなしきこの世にあるあいだ
われらはみなかりそめの客

台車が砂地の通路の突き当たりに停まり、棺の担ぎ手を務める男たちがその両側で位置についた。墓は通路から遠く、旧区域にあるため門からはさらに遠い。男たちが、運搬用の細長い布で棺を持ち上げると、葬儀業者の男が下から台車を抜き取った。担ぎ手は全部で八人いたが、運搬用の布は肩にきつく食い込んでくる。砂地の通路から墓穴のふちまでの移動はのろのろして、コケモモに覆われた荒野の地面は平坦ではない。オンニは丸く盛り上がった草むらに足を取られてよろけ、棺の後ろ側の重みがほかの担ぎ手にかかってしまった。

「しっかり持てよ。重いじゃないか」

ラハヤは子どもたちを従えて、オンニのすぐ後ろを歩いていた。早足で二、三歩、近づいてくる。棺を持ち上げようと駆け寄ってきたかのように。

「お母さんのこと、立派にお墓まで運んであげてよ」

「誰がわざとするものか。ここの地面があんまりでこぼこだから」

「あなたたちでうまくできないなら、あたしも担ぐから」

オンニはバランスを取り戻し、重みを再び引き受けた。布を棺から遠いほうの手に巻きつけ直す。布が手の側面を締めつけてくる。

汝の顔をゴルゴタへ向けよ
説かれし教えを信じるがいい
われらが主の勝利の死は
汝の裸を包む服

遺体が搬出される前に対面したとき、オンニはそれが義母だと思えなかった。義母のマリアは、動かなくなったせいでたしかに太ってしまっていたが、オンニが目にしたことのある彼女は、いつも何かしら忙しそうにしていたのだ。体を半分起こした姿勢でジャガイモの皮をむいていたり、クッションに支えられて安楽椅子に座り、新聞への投稿を書いていたり。しかし今回、死装束を着せるので手伝ってほしいとラハヤに呼ばれたとき、初めのうちオンニにできたのは、ベッドに横たわる遺体の大きさに驚くことだけだった。義母が裸であることさえ気にはならず、オンニはまるで自然科学の驚異でもあるかのように亡骸に接した。もちろん、その恐ろしく大きな乳房、横たわった姿勢なので脇や腕の上まで広がった乳房のせいで、女性だということは見て取れた。それでも亡骸は、自らの属する性の代表というよりも、ヨーロッパの絵画の中で乳をねだる丸々とした赤子にも似た、巨大な子どものようだった。関節のひとつひとつに、紫色の結節ができていた。手の指は腫れ上がって曲がり、足の裏にできた腫れ物に押されて足指が斜めになっていた。蠟のような顔は微笑んでいて、ほとんど幸せそうといっていい表情を浮かべていた。

「心臓が弱かったんですよ」医者はそう指摘した。「肥大しすぎたんですな」

部屋の中には焼いたジャガイモの匂いがかすかに漂っていた。

人は草のごときもの
永遠不滅の身を
この世で打ち立てることはかなわぬ
死がその土を打ち砕く

ラハヤが自分で遺体の清拭をした。オンニや子どもたちの前では、ラハヤは母を恋しがっているそぶりを見せなかったが、閉じられたドアの向こうで彼女がどうしようもなく泣いているのをオンニは聞いた。ドアを開け、慰めようとしたのだが、触れるとラハヤの体はこわばった。

「いまさら何をしようっていうの」

ラハヤは濡らした布で遺体の清拭を続け、オンニはドアを閉めたのだった。あらためて呼ばれたとき、オンニは初めてその場に戻り、葬儀業者の男たちのためにドアを開けた。子どもたちに、おばあちゃんはすぐに息を引き取ったし、きっとぜんぜん苦しまなかったはずだ、と伝えた。この家でただひとり、ことあるごとに倦まず折り合いをつけてくれた人がいなくなって、さびしさを覚えた。一回余計に謝るほうが、一回少ないよりもいい、いつもそう口にするのを忘れなかった人。人間、物事が好転していくとわかっていれば、しばらくはカブハボタンの根っこにでもなって土に埋もれていることもできるものさ、そんなふうに言った人。金言には事欠かず、しかし義母自身は、誰であってもそばに人がいることに耐えられなかった。あるいは、義母はそばに人をとどめておくことができなかったのかもしれない。どちらなのか、オンニにはわからなかった。

男たちは棺を墓のところまで運び終えた。棺は墓穴に渡された何枚かの板に載せられ、運搬用の布は巻き取られて板の上で次の出番を待っている。牧師が小さなシャベルを棺の頭のほうに置き、盛り上げられた土の山には、墓掘人がもっと大きなシャベルをすでに何本か立てかけて準備していた。今朝になって、棺のふたがきちんと閉まらず、指二本分ほどの隙間が空いてしまうことがわかった。幸い、棺を覆う布の房飾りが隙間を隠していて、旅立とうとするいまもなお、助産師がこちらの所業を観察していることに気づく者はない。墓の場所も、故人が余裕を持って生前に自ら選んでおいたのだ。そこからほんの少ししか離れていないところに、焼け死んだ薬剤師の十字架、さびた鍛鉄製のそれが傾いて立っていて、さらに遠くには、オールドミスだった薬剤師の妹たちの、やや新しい墓石があることに気づいたラハヤは、場所を変えようとしたのだが、その場所は事前に予約されていて支払いも済んでいることが判明したため、教区は変更に応じなかった。

「お母さんは、ほかでもないこの場所を望まれたんですよ。戦争が終わってすぐに購入されたんです。支払いをしに、仮設の教会までいらして」

「何を望もうと勝手ですけどね。本人にはどの場所だか見えやしないけれど、あたしはそこへ行かなくてはならないんですから」

貧しき者も　富める者も
高き玉座にある者も
ひとしく死が連れ去っていく
誰の前にも死の道がある

オンニはこの讃美歌が好きではなかったし、義母も好まなかっただろうとわかっていた。こんな儀式そのものを、どうでもいいと思っただろう。

「ごみ溜めにでも蹴り込んでくれればいいよ」一度、子どもたちとのあいだで死が話題になったとき、義母はそう言っていた。「ただ、すっかり土に埋まるまで、その上で大勢が跳びはねないといけないけれどね」

　葬儀が始まるとき、オンニはラハヤが棺の反対側に行ってしまっているのに気づいた。アンナも夫と一緒に向こう側にいる。アンナは、彼女を妻にと望んでくれた最初の相手と、すぐに結婚した。

家を出ていくために。自分の人生を始めようとしていたが、結局、母親に命じられれば、たちまちただ働きの女中になってしまっている。ラハヤのまなざしは、オンニや子どもたちのほうへ一度もさまよってこない。手に花輪を握り締め、墓穴を見つめている。

「朽ちるものでまかれる。朽ちないものによみがえる」

牧師が棺の上に泥まじりの十字を切ったとき、女たちの大半はやっとその場にたどり着いたところだった。女たちは、傾いた墓標の十字架が立ち並ぶ中に具合のいい居場所を探し、先ほど誰かに向けて語られた話にまだくっくっと笑っている者もいる。この弔問客全員が、どうやったら追悼会の場に入りきるだろうと、オンニは考えていた。大勢来ると予想はしていたものの、ここまでの人数は誰も予測できなかった。料理は全員に行き渡らないだろうし、コーヒーが足りればいいほうだ。オンニはラハヤに、追悼の席は教区の集会所か平安協会に設けたらどうかと提案したのだが、ラハヤのほうは、助産師がこんなに長生きだったことを知っている人はいくらもいないはず、という意見だったのだ。

牧師が務めを終え、担ぎ手たちが棺の脇へ移動する。運搬用の布を肩に回し掛け、棺を持ち上げると、同時に墓掘人が棺の下から板を取り払った。担ぎ手たちは布を持つ手の一方を緩め、もう一方で棺が下りていく速度を加減しようとする。オンニの向かいにいるアンナの夫が手を緩めすぎ、棺の頭側が早く下りすぎてしまった。棺の頭は墓穴の壁面にぶつかり、黄色っぽい沈泥が底へと落ちていく。

「加減しろよ。ふたが開いてしまうぞ」

棺が墓穴の底に届くと、棺の片側にいた担ぎ手たちは布から手を離して、もう一方の側の担ぎ手たちが抜き取れるようにした。顔を上げたオンニは、ラハヤがひたと自分を見つめているのに気づいた。まなざしの中に何があるのか、読み取ることはできない。ふたりのあいだに義母の墓が氷の割れ目のように口を空け、割れ目はさらに深く、長くなっていくかのようだった。

男性参列者が墓穴を埋めるためにシャベルを取り、墓掘人が静かな声で、最初は砂を棺の脇に入れるよう指示している。ヘレナはヨハンネスのひじの内側に手を通していた。オンニは手を伸ばし、娘のもう一方の手を取った。ヨハンネスが姉に、誰が触れてきたのか説明している。

「父さんだからね」

ヘレナが一歩近づいてきて、オンニはその肩に手を置いた。娘が泣き始める。ヨハンネスも姉に続き、オンニは手のひらの側面で息子の肩をさすってやった。アンナは離れたところに立っている。シャベルの重たいひとすくいずつが棺のふたに当たって音を立てる。ラハヤはまだじっと見ていて、その口元は厳しく引き締まっている。まなざしが時折、ヨハンネスとヘレナのほうへ移動した。

罪の許しを信じるがいい
貧しき魂の平安のため
死はすなわち汝の勝利
この世からついに去ることは

墓が埋められると、参列者は一列に並び始め、ラハヤは悔やみの言葉を受ける準備をした。オンニはヘレナの頭をなでた。

「もう、家に向かおうか？」

「母さんはもう来るの？」

ラハヤが、シャベルでしっかり叩き固められた大きな盛り土のかたわらに立っているのを、ヨハンネスが見ている。ラハヤの前には女たちの長い列がくねりながら続いている。

「まだ来られないよ」

墓地の門のところで、オンニは振り返ったが、ラハヤは握手を求める人々の後ろに隠れてしまっていた。列に並んでいる女たちの顔からは笑みが消えていた。

一九五七年　機械の道　*Konetie*

夕闇の中、バスがカーブを切って郵便局前の広場へ入っていくと、ヘッドライトが立ち並ぶ建物の壁に青ざめた曲線を描き出す。霧雨が降っている。運転手はぐるりと輪を描いてから車体の前面を四つ辻に向けてバスを停めた。オンニは油布のコートのボタンを留め、ベニヤと板紙でできた旅行鞄を持ってバスを降りる。バスの脇に生協の店の責任者が立っていて、車の屋根を見上げている。運転手はもう屋根の上にいて、大きな箱を荷台から下ろそうとしていた。

「何を手間取ってるんだ？」

「この結び目が、えらく固くて」

誰もが家路を急いでいる。オンニは鞄を左手に持ち替えて、四つ辻へ向かう。オウルでは、まだあちこちの庭でバラの茂みに最後の花が咲いていたが、この高原では空気の中にもう秋の訪れが香っている。

オンニは寄棟屋根を持つ合同銀行の建物のところで向きを変え、雨の中を家へ向かって歩き始める。表通りは秋の夜の静穏に沈み込んで、歩いてくる人影もない。背後でバスのエンジンがかかる低い音が、オンニの耳に届く。運転手が結び目を解き終えたのだろう。バスはタイヤで砂利道を鳴らしながらカーブを切り、じきにオンニに追いついてきた。車が停まり、ドアが開く。

「乗っていくかい」運転手が訊いた。

「足を伸ばしてやりたいから。それに、うちはもう、すぐそこだし」

「風邪ひくなよ」

オンニが別れのあいさつに手を振ると、運転手はドアを閉めた。ヘッドライトの光が雨粒に反射している。バスが表通りを遠ざかっていくのを、オンニの目が追う。バスはまるで、彼の家の前、道が曲線を描いているところで、もう一度スピードを落としてくれたかのようだった。

のんびりと歩いていく。急ぐことはない。旅行鞄は重たくはなく、足取りは軽い。雨も、ぬかるんだ道も、目に入らない。彼はまだ、ここではないどこかにいた。ふたりして映画館の闇の中にいて、オンニは隣に座った相手の腕にそっと手をからめる勇気が持てる。ふたりしてレストランに入り、相手がきっぱりした物腰で給仕長を呼び寄せるのを、オンニは眺めている。さらに真夜中には、賃貸の部屋のカーペットを巻いて床の真ん中を空け、ふたりはダンスをする。私はほんの小さな人間　いま、きみに願う　おお、青き空よ　願いを聞いておくれ。

腰にまだ、もうひとりの手の感触がある。しっかりとリードしてくれるので、オンニは目を閉じ、導かれるままにもう一度、もう一度とターンに身をまかせていていい。ふたりは大きく滑るようなステップを踏んで踊っている。ふたりの動作も、体も、思いも、互いに相手に寄り添って、そのさまは、部品のひとつずつが全体の中での自らの位置づけを理解している、精確に研ぎ澄まされた機械のよう、時計のようだ。相手の男がレコードの歌と声を合わせるのを、オンニは聴いている。私の夢を隠しておくれ　奇跡を信じない者に　見つけられてしまわぬように。その声は低く、心地よい。バリトンだ。

オンニはわれに返った。湖のほうから、ボートの櫂受けの音が切れ切れに聞こえてくる。雨が強くなったようだ。コートの襟を首元にしっかり押しつける。こんなに標高の高いところでもバラは育つだろうか？　ライラックは？　せめてオウルの小さなかけらでも、家のそばに持ってこられたら。

消防署まで来ると、もう家が見えてくる。灯りのともっている窓はひとつとしてない。オンニは足を止め、家を見やる。南側の壁はじきにペンキを塗り直さなくてはならないし、柵には新しい杭を打たなくては。頭をそらし、建物の大きさを並んでいるほかの家と比べてみる。腹の底で満ち足りた気分が揺らめく。三倍とまではいかなくても、二倍は大きい。

庭の通路のあたりに何かが見えた。目を凝らす。誰かがそこで動いている。オンニは足を速めた。工具はすべて中にしまっておいただろうか？　玄関の戸締まりは忘れずにきちんとしてあるだろうか？　ラハヤとヨハンネスはもう寝ているのか？　オンニは走り出した。幸い、ベッドが置かれているのは奥の部屋だし、あれほど多くのドアを気づかれずに開け閉めすることは不可能だろう。

オンニの足が止まる。雨の向こうにラハヤの姿が見える。こちらの目をまっすぐに見ていたが、何も言わずに、下を向く。雨で崩れた髪が、幾筋もの濡れた房となって首筋や額に貼りついている。丈の長いコートを着ているが、ボタンは留められていない。コートの下から濡れた寝間着が覗いている。彼女は先端が平らなシャベルで芝生を掘っていた。

「何をしているんだ？」

ラハヤは答えない。

「風邪をひいてしまうよ」

ラハヤはシャベルの刃を芝生に下ろし、片足で押したが、先端はほんの少ししか埋まらない。両足で刃に乗りかかると、もっと深く突き立てることができた。オンニはあたりを見回す。柵と平行に、平べったい穴が四つ、並べて掘られている。オンニはラハヤの腕に手を触れた。シャベルの動きが止まる。

「どうしたんだ？　ずぶ濡れじゃないか」

「どこへ行っていたの？」

「わかっているだろう。オウルだよ」

「なぜ？」

「中に入って、乾いた服を探そう」

ラハヤは手を振り払い、掘る作業を続けた。

「あなた、アフターシェーブローションの匂いがするわ」

「何をしている？」

「お母さんは常々アカマツを嫌っていたのよ」

ラハヤがシャベルをねじると、草の塊が浮いてきた。手で引き抜き、遠くへ転がす。濡れた土がコートの袖につく。オンニは手を貸すこともできずに作業を見守る。ラハヤは足で穴の底をこそげ、より深くしている。それからシャベルを地面に突き立て、手押し車を引き寄せた。手押し車に積んであるのは、根に泥炭まじりの下生えが塊になってくっついている、いじけたシラカバの若木、森から抜いてきたものだ。最初の一本を取り、腰で支えながらいちばん近くの穴へ運んでいく。

「お母さんは広葉樹が好きだったの」

シラカバの根元に足で土を寄せる。寝間着の胸から膝にかけて土が何本も筋をつけている。

オンニは気配を感じて振り返った。二階の窓にヨハンネスの姿が見える。息子は父の視線に気づき、カーテンの陰に隠れた。ラハヤは次の穴にも重たい塊を運び終えた。シャベルを手に取り、また始めようとする。

「ラハヤ、中に入ろう。朝になったら続きをやればいい」

「いま、やってしまうの」

「シャベルをよこして、もう行こう」

オンニがそばに寄ると、ラハヤの姿勢が変化した。シャベルを少し振りかざし、体を横や後ろに傾けている。その体は、ぎりぎりの姿勢を取って緊張し、準備を整えているように見える。殴るつもりなのか、オンニにははっきりわからない。

「いったい何だっていうんだ?」

「あなた、アフターシェーブローションの匂いがするわ」

ラハヤの両手は殴る構えのまま緊張していたが、やがてだらりと力が抜け、シャベルの先端がのろのろと地面の上に戻っていった。オンニは身じろぎもせずに立っている。油布のコートに雨がしみ込み始めている。

「それは砂を掘るシャベルだ。明日、先のとがったやつを探そう。そのほうが掘りやすいよ」

ラハヤは両手でシャベルにもたれ、深く息をついた。頭を上げると、雨がその顔の上を流れていく。

「あっちへ行って」

静かな、ほとんどささやくような要求。そこには怒りも苛立ちも感じられない。

「中に入ろう」オンニはなだめすかそうとする。

ラハヤはオンニに背を向け、体の後ろにシャベルを引きずりながら最後の穴の向こうへ行く。シャベルの先端を地面に突き立て、足で押して深くめり込ませる。ヨハンネスの姿はもう見分けられないが、息子がすべて見ていることを、オンニは知っている。

一九五九年　オウルの道　*Ouluntie*

『オウル市のカルヤ通りにある前述の賃貸住宅に、滞在していた事実があるか？』オンニは郵便配達車の通路を歩きながら、眠っている人が蚊を追い払うように、その文章を頭からぬぐい去る。運転手がドアを閉めた直後で、広場ではラハヤが弱々しく手を振っている。ヘレナはただ立っているだけだ。父の乗ったバスが出発しようとしている方向に、母が体を向けてやっているにもかかわらず。娘は復活祭で帰省してきたのに、この祝日にヨハンネスが軍から休暇をもらえなかったせいで、いきなりひとりぼっちになってがっかりしている。広場までの道々、ヘレナはベニヤと板紙でできた旅行鞄を、彼女には重すぎるというのに持ちたがった。朝はゆっくりと明るくなって、澄みきった昼に変わっていこうとしている。薬局のかたわらの木でスズメたちが目を覚ます。昨日とけた雪が夜中のうちに凍りついて、固いふたを持つ水たまりができている。

「帰ってくるでしょう？」乗り込もうとしたとき、ラハヤがオンニの手をつかんだ。「今回も、帰ってくるでしょう？　いろいろあったとしても？」

オンニは答えず、ただ郵便配達車に乗り込んだのだった。いまは横の窓から外を見ている。ラハヤが小走りに何歩か、車に追いすがってくる。そのまなざしはおびえている。

車が振動とともに動き出す。四つ辻を過ぎ、オウルへ向けてまっすぐに進路を取る。オンニは通路越しに首を伸ばし、道の突き当たりまで見渡そうとした。どの土地にもすでに家が建てられていて、どこの敷地にも母屋以外の建物があるし、一部はもう増築されている。まるで戦争などなかったかのようだ。道の遠く、カーブのところに立つわが家は、ほかの家から見ると少々斜めを向いている。オンニはこの道全体の終点としてまっすぐに家を建てたかったのだが、敷地が足りなかったのだ。家に向かって、別れの手を振る。

運転手がギアを落とし、車は丘の頂を目指して悲鳴を上げながら登っていく。村は、郡の中でも特段に目立つところのない、多くの湖の懐に抱かれた場所に築かれていて、起伏のない道が、村と南部の都市、また北方ではノルウェーのフィンマルクと結んでいるが、西へ、つまりこの村の人々が目指そうとする唯一の方角へ行こうとすれば、何百もの丘の斜面を上っては下りるより仕方がない。村は幾千もの細い糸で西海岸の町と結ばれている。人々はその町へ、森に覆われたこの土地には存在しない、ありとあらゆる贅沢で無駄なものを求めて出かけていく——もっと上等な婚礼衣装用の生地、もっと人目を引く眼鏡、もっとしゃれた時計。カヤーニやロヴァニエミへ行くほうが近いかもしれないが、そういう町はこの村と同じく、深い森の真っ只中に位置している。オウルだけが、何か違うものを約束してくれる場所なのだ。

オンニはマフラーを外し、若い女性の車掌が運賃を集めようと車内を回り始める。もしもいま、振り返ったら、村がもう雪の森の向こうにすっかり消えてしまったのがわかるだろう。せいぜい、どこかの煙突の煙が、そこに人が住んでいることを明かしてくれる程度だ。

『オウル市のカルヤ通りにある前述の賃貸住宅に、前述の日時に滞在していた事実があるか？』質問が再び浮かび上がってくるが、オンニはそれが心をわずらわすことを許さない。フロントガラス越しにまっすぐ前を見ていると、朝日が大きなアカマツの梢を赤く染めていくのが目に入る。日射しは枝に積もった雪をとかし、雪の塊は何十メートルもの距離を落ちていって、雪面に深く埋もれるだろう。あとひと月もすれば、根雪は魔法のように消えてしまう。数週間のうちにとけてしまって、水は砂地の地面にしみ込み、誰も彼もが、不思議なそわそわした気分に取りつかれるだろう。たばこの香りが、オンニをとらえる。向かい側のベンチに座っている男がパイプに火をつけていた。仕草で勧めてくれたが、オンニは首を横に振る。あとでもらうかもしれない。いまはこの平穏と静けさを楽しんでいたい。できることはもう何もない、という事実を。オンニはたたんだマフラーを枕代わりに窓に当て、丈の長いコートの襟を立てる。やっと安らかな眠りが訪れてきてくれた。

タイヴァルコスキでしばらく停車時間があった。ここの眺めはよそと違っていて、戦前の自分の村に似ており、平屋の建物が道沿いに並んでいる。村の場合はどの家もペンキが塗られていたが、ここでは色がついている家は数えるほどで、大部分は裸のままの材木だ。道の両側に深い溝が掘られていて、天候のせいで路面が悪い期間を短くする工夫がされている。オンニは車から飛び降りると、木製のシガレットホルダーにたばこを取りつけた。運転手が裂き織りのマットでくるんだ貨物を座席から運び出そうとしているが、ドアのところを回りきれずにいる。オンニは貨物の片側をつかんで、運転手が外に出てこられるまで誘導してやった。木がしなる音で、貨物の中身は薄板を編んで作ったかごだとわかる。運転手はオンニにうなずいてみせ、雪面についた泥まじりのタイヤ跡の脇にかごを下ろした。彼が前ポケットからたばこの〝労働者〟を取り出したので、オンニは火を貸してやった。運転手はしばらく何も言わずにいる。

「くそったれが」彼はやがてそう言った。

オンニは最初、何のことだかよくわからなかった。念のために、たばこをぬかるんだ雪の上に捨ててもみ消し、車内に戻る。運転手は外に残ったまま、スカーフをかぶった女に向かって、ラーッティのどのあたりなら車を停められるか話をしている。スカーフの女はバスに乗り込んできて、先ほどまで裂き織りマットにくるまれたかごが置かれていた席に座った。後ろ姿がかつての義母にそっくりだ。自分はいまでも義母を恋しく思っているのだろうか、とオンニは考える。ラハヤは母親の死に震え上がってしまい、太ることを恐れ続けている。常に運動しているし、食べ物に目を光らせ、食材にいちいち警告を発する。バターは毒だ。塩は白い死神だ。砂糖は体を殺す。オンニは道の進んでいく先を眺めていたが、運転手がバックミラーで自分のことを見ているのに気づいた。『オウル市のカルヤ通りにある前述の賃貸住宅に、前述の日時に写真の男とともに滞在していた事実があるか？』オンニの目が固く閉じられていく。

不可解な状況だった。かつて前線で一緒だったシリアマーが、夕闇の迫るころにやってきて警察署へ来てほしいと言い、いつものような世間話も一切しなかった。ただ妙な目を向けてきて、早くしろとせき立てたのだ。オンニは、いまだに隠匿物の捜索があるのかと思ったが、幸いなことに銃は、屋根裏の天井の隙間、丸鋸のおがくずの中に埋めた油布の袋に入れてあったのを、一丁を除いてとうの昔に遠くの場所へ移してあるし、その場所はオンニ本人と、幕僚陣の将校の中でも三人以外はまずわからない。シリアマーとともに警察署へ向かって歩きながら、オンニは屋外トイレのマウザー銃のことを話しておくべきだろうかと考えていた。しかし署に着くと、シリアマーはペンとノートを手に取っただけで隅のほうに座り、オンニにも座れと言った。

部屋に見知らぬ男が入ってきた。背が高く、がっしりして、レスラーのようだ。頭のてっぺんは薄くなっているが、手の甲には茶色に近い金色の長い毛が生えている。茶色のスーツを身につけて、ひげは丁寧に剃られていた。

「カンドリン警部だ。オウル警察区から来た」

オンニは立ち上がり、片手を差し出した。

「オンニ・ロユトヴァーラです」

カンドリンは丈の長いコートを脱いでフックに掛けたが、握手には応じなかった。

警部は机の前には座らず、オンニの周りを歩き回りながら、目に映るものを検分した。前かがみになってオンニの顔を横から眺める。体臭を確かめようとするかのように、脇にしゃがみ込む。それから立ち上がると、シリアマーにオンニの本人確認をし、厚紙のファイルから紙を取り出して、目の前の机に広げた。上着を脱いで椅子の背もたれに掛け、紙の中から何か選び出すと、再びオンニの背後に回り込んで、オンニの前の机に、注意深く一枚の写真を置いた。さらに、机の端の線ときっかり平行になるよう、写真の向きを直す。

写真の男は人なつこい目をして、目の端にはしわが寄っているが、口は一直線に厳しく引き結ばれている。髪はきっちり後ろになでつけられ、こめかみの生え際がわずかに後退している。照明がきつく、その顔はほとんど二次元の平面のようにのっぺりして見えるが、見栄えよく見せることが目的の写真ではない。顔の背景に白黒の目盛りがあり、センチメートルが示されている。それが百八十六であることをオンニは知っていた。男の顔を、オンニは凍りついたまま凝視していた。

そして、一回目のそれがやってきた。

「オウル市ラクシラ地区カルヤ通りにある賃貸住宅に、警察生活安全部の家宅捜索時、写真の男とともに滞在していた事実があるか？」

オンニの体はこわばり、手が伸びて椅子のひじ掛けを握り締めた。背骨から冷たい光線がほとばしる。喉がからからだ。

「繰り返す――オウル市のカルヤ通りにある前述の賃貸住宅に、警察生活安全部の家宅捜索時、写真の男とともに滞在しており、開いた窓から逃亡した事実があるか？」

オンニはひとことも発することができなかった。唇がうずき出すのを覚える。心臓の鼓動が耳の中に感じられる。シリアマーは、ひとことも書き漏らすまいと前かがみになっている。

オンニは心の中で、カルヤ通りのタイルストーブが発散するぬくもりを、木の階段のきしむ音を、口蓋に感じるリキュールのプンシュの甘さを、ラジオから流れるもの悲しいタンゴを、相手の目の笑いじわを、腕にうっすら生えた毛を感じていた。わずかに開いた唇。プレスしたシーツのひんやりした感触。上階の窓から雪面への長距離の落下。凍りついた道で滑る足。追ってくる警官たちが背後でどなる声。家に向かう郵便配達車の中で感じた恥。

シリアマーが上着を脱いだ。警部は急いでいない。静かに、もう一度、さらにもう一度と質問を繰り返す。

「オウル市のカルヤ通りにある賃貸住宅に、警察の家宅捜索時、この男とともに滞在しており、しかし逃亡した事実があるか？」

相手の口の左端につばの泡がついていた。写真の中の顔は待っているように見えた。

海の香りの風が、ピキサーリ島やトッピラ港を越えてオンニの顔に吹きつけてきた。インティオ地区にある兵営から、軍事演習の銃声が切れ切れに聞こえてくる。足の下で、フピサーリ島の木造のアーチ橋がこつこつと音を立て、耳の中では夏の夕べにヨシキリがさえずっている。オンニは、隣を歩く人の手を取ろうと、自分の手を伸ばす勇気が持てそうな気がする。

警部の声が高くなった。

「肯定か否定か、いずれかの返事をしろ、家宅捜索時にカルヤ通りにいたのか、いなかったのか？」

彼は、あたりまえのように結婚し、娘と息子、ふたりの子どもにも恵まれた。妻の娘をわが子として受け入れた。みなと同じく戦争に行った。灰の中から新しい部屋を築き上げ、家具をしつらえた。痛む指で揺り椅子を作った。あちらから一ペンニ、こちらから一ペンニとかき集めるようにして金を稼いだ。何を間違えたというのだろう？　どんな過ちを犯したと？

警部の声が大きくなった。質問を何百回、何千回、何万回と繰り返す。そのたびに口から小さなしぶきが飛び散る。シリアマーが尊敬のまなざしで警部を見つめる。ついに警部はファイルから何通もの手紙を取り出したが、その筆跡には見覚えがあった。オンニ自身の書いたものだ。

「見覚えはあるか？　おまえたちが交わした手紙か？」

オンニは上端に赤いインクで〈証拠品〉と書かれている手紙を見た。言葉は発しない。警部がオンニの無表情な顔を見ている。

「はいかいいえで答えろ」

オンニは黙っていた。カンドリンはさらに何かをファイルから引っ張り出した。オンニの背後に回り込んでくる。机の上にもう一通手紙が飛んできたが、その筆跡はこれまでのものとは違っていた。オンニにはすぐにわかった。几帳面な文字の列の上で、tの横棒が道に迷ったカラスのように舞っている。喉が詰まった。望まぬままに手紙を取り上げる。警部がオンニの肩をつかんだ。

「読め!」

オンニの手は震えていた。むりやり単語をひとつ読み、次の単語を、さらに次の単語を読んだ。理解はしたくなかった。世界は灰色だった。

「もう一度訊く――家宅捜索時、カルヤ通りで、写真の男のベッドに全裸でいたのか、いなかったのか?」

オンニの口からか細い声が漏れた。それは返答だった。肯定の。肩をつかんでいた警部の力が緩む。ほっとしたようだ。シリアマーは小さく几帳面な文字をペンでノートに書き込んでいる。警部は机の向こうに腰を下ろし、手紙を厚紙のファイルにしまった。最後の一通は机の上に残したままだ。ベストのボタンを開け、椅子の背にもたれて、時折ちらちらと手紙を盗み見ている。

「それでも、おまえはまったくまともな男性だ。兵役を務め上げた男。上級曹長。ロヒラハティ、ピンコサルミ、ロホ、シュヴァリ、そのほか幾多の戦場で戦った。軍から授けられた勲章は三つ、最後のひとつはあの木の枝の装飾がついたもの。さらにドイツ軍から鉄十字章。戦後は物資配給委員会の一員。既婚。自分の子がふたり、妻の婚外子の面倒も見た。それなのに」

オンニは聞いていない。恥を突き抜けて、ピアニストのしなやかな体が自分の腰の上で動いていたさまを思い出す、頭をのけぞらせ、ピアニストの肩を自分の体に強く押しつけながら、悦楽と恍惚の叫びを上げたさまを。オンニは片手で目を押さえる。涙があふれてきて、口は声にならない謝罪をつぶやいている。継続戦争の森が再び燃えている。オンニは、生木の板で作られた急ごしらえのヴィレムの棺に、泥炭のまじる砂をシャベルでかぶせる。かたわらのコケモモの茂みには、シラカバの枝で作った墓標、フィンランドのものとは異なるそれが置かれて、出番を待っている。二本の横杭が腕となって斜め上に伸びている十字架。中央の杭は死者からの賜物を待っているが、それが与えられることはない。血まみれのヘルメットは、オンニがすすいで、自分の背嚢にしまい込む。世界には色彩がなく、集中砲撃の後にたなびくほこりのせいで灰色だ。

警部は細部を知ろうとし、シリアマーが出来事を書き取った。シリアマーはときどき警部に向かって詳細確認の質問をし、すると警部は考え込んで、最後にオンニに確認することもあれば、しないこともあった。オンニの目の裏側でずきずきと脈動する頭痛が目覚めた。質問が、こちらを麻痺させるすばやい攻撃となって繰り出されてくる。どちらが先に誘いをかけた？　現場でアルコールは摂取したか？　分量は？　被疑者はこの不貞行為のためだけにオウルへ出かけていたのか？　訪問の回数は？　嘘をついても無駄だ、ふたりのことはすでに一定期間、監視していたのだから。そもそもなぜ妻以外の人間に手を出そうと思ったのか？　被疑者は行為によって快楽を得たか？　その回数は？　被疑者は自分が犯罪者であることを認識していたか？　自分自身を弱い人間とみなすか、それとも病んだ性質とみなすか？　すでに救いは求めたのか？　精神的にゆがんでいることは理解していたか？　法的責任を問われ、おそらく隔離施設に収容され治療を受けることになるのは避けられないと理解していたか？

すべてに対し、オンニは静かに肯定の返事をした。すべて耳には入っていたが、言葉は彼に届かなかった。静けさの中で、彼は子どもたちといかだに乗ってアヴェントヨキ川を下っていた。深くえぐれた川床を、背の高いアカマツが縁取っている。いかだの端にヘレナが座り、はだしの足をひんやりした水の中で泳がせている。川の流れは湾曲部に砂を集め、ヨハンネスがパドルでいかだをもっと深いほうへ押しやった。トンボが一匹、旅する人々を観察しようとふいに飛んできて、みんなの周りで二、三回、輪を描き、やがて岸辺の草むらへ戻っていった。太陽が森の砂地を温め、そよ風が木々の梢をかすかにざわめかせている。ヨハンネスが父のほうを見た、目に尊敬の色を浮かべて、何か言おうとするかのように、しかしやがて自分のナップサックに腰を下ろすと、目の上に手をかざして陰を作った。暖かく、静かで、川はいかだをゆったりと運んでいく。ヘレナは肌で日射しを感じている。顔を太陽のほうへ向け、声を立てて笑っている。何事であれ、気をつけなさいとヘレナに注意する人は誰もいない。自然は緑濃く生い茂り、川は空の深い青さを映している。

やがて警部はコートを着込み、席を立ったが、開いたドアのところで一度振り返り、目の前の人間に批判のまなざしを向けた。オンニはその視線に応えず、シリアマーとともに部屋に残った。シリアマーはさらに、先ほど警部に質問したものの答えてもらえなかった、細かいことを訊いてきた。やがて彼も、調書に署名するため明日もまたここへ来いと命じて去っていき、オンニは部屋にひとり取り残された。最後の手紙が机の上に残されている。オンニは手紙を、そんなことが許されるかは知らぬまま、折りたたんでポケットにしまった。

家に帰ると、灯りはもうすっかり消えていた。音を立てないようにダイニングルームのベッドを目指す。居間へ続くドアからかすかなノックの音が聞こえたが、オンニは返事をしなかった。ラハヤが喉をつまらせながら、どこへ行っていたのかと訊いている。オンニは何も答えず、ただ寝返りを打って壁のほうを向いたが、聞こえてくる息づかいから、ラハヤがまだドアの向こうに立っているのがわかった。オンニは起き上がり、コートのポケットから手紙を取り出すと、ドアの下へ滑り込ませた。居間で紙がこすれる音がして、やがてくぐもった泣き声が聞こえてきたのだった。

郵便配達車がトゥイラ地区で南へ向けて曲がったとき、オンニは目を覚ました。車は放水路を越えてトゥイラ橋へと進んでいく。ラーッティで停車し、義母に似た女性を降ろしてから、アンマンヴァユラ、ポッキネンと水路を越えて進む。空が灰色だ。じきに降り出すかもしれない。

あの翌朝、家でラハヤは何も訊かず、オンニも語らなかった。誰かに四六時中見られている気がした。人の視線が、日中のあいさつを口にする前の一瞬の間が、いちいち気になったし、男たちが自分とのあいだに一歩分の余計な距離を取り始めた気がした。前線で一緒だった戦友たちが訪ねてくることは以前よりさらに減り、ミーックラやニスカンカンガスの戦闘を再び戦うことはなくなった。郵便局や生協の店に立ち寄れば全員の目に追いかけられ、そこにいた女性が横を向いたのも、視線が注がれていることに気づいたそぶりをこちらが見せたから、ただそれだけが理由ではないか、という気がした。世界と自分自身のあいだの境界線が太くなっていき、同時に自分の存在が痩せ細っていくのを感じた。もはや妻の目を見ることはできなかった。

郵便配達車は、橋を渡るとすぐに右へきついカーブを切ってアレクサンテリ通りに入り、エンジンをふかしながらラーナオヤ川を渡っていく。みぞれが降り始める。

ついに郵便配達人が、一通の書状を、茶色の封筒を、持ってきたのだった。ラハヤはそれを台所のテーブルの上に、映画雑誌の『エロクヴァ・アイッタ』と一緒に置いていた。封筒は罪のない顔をしてそこに横たわっていたが、左上の隅には、大文字で書かれた青黒いスタンプで、差出人が地方裁判所であることが記されていた。封筒の中身は四月二十二日に出頭せよという令状だった。オンニはそれを屋外トイレへ持っていき、便器の穴の上で焼き捨てた。そして、階段の化粧板の隙間からマウザー銃を取り出した。装塡し、右の眉の、触れると頭蓋骨が途切れて眼窩が始まっているのがわかる部分に当て、脳に向けて狙いをつけた。かつて、ヴィレムと流れゆく雲を眺めていたとき、彼が勧めてくれたように。永遠に感じられた時間ののち、オンニは銃を下ろし、弾を抜いて、ドアの掛け金を外した。眉に銃口の跡を残して。家に入ると、ラハヤがちらりとオンニを見たが、じきに視線を落とした。一週間、彼は耐えた。

車はアレクサンテリ通りからハッリトゥス通りへ曲がり、やがて長距離バスターミナルに停まった。白い雨よけ屋根の下で、笑いじわのある懐かしい目が待ってくれているのが見えたが、もはやうれしさは感じない。その目は疲れた様子をして、黒いくまに縁取られていたが、それでも口元は微笑もうとしている。マフラーを首に巻き、濡れた雪でぬかるむ広場に降り立ちながら、オンニは泣きたくなる。海から冷たい風が吹きつけてくる。みぞれが降りしきっている。

男たちはオヤ通り沿いに歩いていく。ラーナオヤ川を覆う氷にはところどころ割れ目ができて、氷の表面に水が押し上げた汚い茶色の線が幾筋もできている。ベニヤと板紙でできたオンニの旅行鞄は、笑いじわの男の手にある。重い鞄ではないのに、持つ手を替えている。川に沿った砂地の小道の真ん中で、彼は立ち止まり、こちらを向いた。オンニも足を止める。

「四月二十二日？」

オンニはうなずく。相手の顔をよぎった表情は、オンニには読み解けない。恐怖と怒りと屈服の入りまじったもの。みぞれが公園の色彩をすっかり消し去っている。オンニのフェルト帽のつばから、男とオンニのあいだにしずくがしたたり落ちる。

男は向き直り、また歩き始めた。オンニは遠ざかっていく背中を眺めている。何歩か走って、男に追いつき、鞄を引き取ると、相手から遠いほうの手に持ち替えた。しばらくののち、オンニは自分の片手を、手袋に包まれた男の手にさっと押しつけた。男がびくりとする。まず、つながれた手と手に目をやり、それからすばやくあたりを見回す。公園に人影はない、みぞれが人々を家の中へ追いやったのだろう。男がオンニの手をしっかりと握る。ふたりは一緒に、レトク公園を、アセマ通りを、ラクシラ地区を抜けて歩いていく。子どもたちを思ってさびしくなる。他人に言わせれば彼の子どもではないという、その子のことも。

一九九六年　屋根裏　*Vintti*

「ヨハンネス」わたしが問いかけると、彼は顔を上げる。彼は、母親の本棚の中身を段ボール箱に空けているところだ。

「うん?」

「こういうの、どうする?」姑のものだったペルシャ子羊の毛皮のコートを二着、彼に見せる。ブラウンのと、グリーン系のと。

「どうしたもんだろう?」

「アンナかヘレナに電話してくれない? もしかして、使うかも」

「何に使うんだ?」

「だって、すてきなものだし」

わたしはコートをたたみ、ごみ袋に突っ込もうとする。ヨハンネスは手に本を一冊、『ジャルナの祝祭』というのを持ったままだ。ごみ袋のビニールがはち切れそうになるのを見ているが、手伝ってはくれない。

「何もかも捨てる必要はないんだよ」

「こういうのはフリーマーケットじゃ引き取ってくれないのよ。問い合わせたんだから」

ヨハンネスは本を本棚に戻し、ドアに近づいていく。

「まるで、ひとりの人間が一度も存在しなかったみたいだな」彼が言う。

「ちょっと、どこへ行くのよ」

「サウナに薪を足してくるんだ」

「ごめんなさい」彼の背中に向かって言うけれど、返事はない。

うちの中は静まり返って、家も死んでしまったかのよう。子どもたちが巣立っていくにつれて、あの子たちの会話に出てくる姑は物語に変わっていった。「覚えてるかな、昔おばあちゃんが」みんなが集まったごちそうの食卓で、子どもたちはそんなふうにして、悪意も意地悪も感じさせない思い出話を始める。以前はおそらく少し驚きを込めて、最近ではほとんど説明して聞かせるように。子どもたちの話は、ともにテーブルを囲んで聞いているガールフレンドや夫に向けられてはいなくて、そういう人たちにはマッシュポテトやロースト肉の皿が回される。共通の思い出は、きょうだいのためだけに食卓に上るのだ——「おばあちゃんに言われたことある?」「言われたよ」

ごみ袋を抱えて、キッチンのドアまで持っていく。外に出すつもりだったけれど、屋根裏部屋へ通じるドアを開けて、そっちへ運ぶことにする。戸棚の奥から出てきた、古くなったコーヒーのパッケージと、ビニール袋にためられていた、つくろってあるストッキングは、やはりごみ箱行きにする。

ヨハンネスは元気がない感じがする。まるで、母親との飽くなき闘いこそが、彼を奮い立たせていたかのよう。母親がいなくなってさびしがっているのがわかる。わたしもさびしいと思っている、わたしなりに。ときどき立ち止まって、もしも別な場所にいたらわたしはどんな人間になっていただろうと考える。もしも、姑がいなかったら。わたしは、まったく別の、違う人間になっただろうか？

この家がわたしたちだけのものになるのを、どれほど長いこと待ち続けてきただろう。ごく最初のころからふたりだけになるとその話をしていた。なぜなら、金属メッシュの底面がへこんだ使い古しのスチールベッドで眠るわたしたちの部屋は、姑の手で今度はあちら、今度はこちらと移されてしまったから。夕闇の部屋で、自分たちだけのキッチンや寝室があったらとささやき合った。いつか建てたいと夢に見て、二、三の土地を見にいったりもしたけれど、結論はいつもさらに遠くへ逃げていった。共働きができるように、もう少し子どもたちが大きくなってから。あと少しお金を貯めてから。そのときが来たら。あとこれだけ待ってから。いずれそうなったら。

いま、そうなってみたけれど、わたしたちのどちらも、自由を与えられてどうしたらいいかわからずにいる。毎晩、テレビがコマーシャルに入ると、反射的にボリュームを下げている。電気スタンドの光が姑の領分に届かないようにしているし、キッチンへ行くのに姑の部屋を通って近道することすらない。家の片側に、必要のない部屋がいくつもできてしまう。家の片側で、わたしたちふたりはソファーの端に、みなしごみたいに腰掛けている。ヨハンネスはいまだに、ワインのボトルをテーブルの脚の陰に置いて隠す。

ごみ袋ははち切れそうだけれど、破れてはいない。着るものを保管している部屋まで持っていくこともないだろう。踊り場に置いたのを取り上げ、涼しい場所へ持っていくことにする。広々とした屋根裏には煙突が貫通していて、そのかたわらに半分作りかけの壁があり、まるでこちら側にも部屋をひとつ作るつもりだったのにその考えは途中で放棄された、といった感じだ。作りかけの壁の右側、天井の傾斜との隙間に当たる細長い空間には、余裕が生まれている。ここに置いてあった古い寝椅子を、ミンナが家を出ていくときに持っていったから。ここなら、ごみ袋を置いてもほかの場所より邪魔になりにくいだろう。レゴブロックの袋や、折りたたんであるベビーサークルや、ヨハンネスが若いころに作ったライティングデスクのあいだを縫って歩く。いつだったか、ライティングデスクを下へ持っていきたいと頼んだことがあったけれど、ヨハンネスは断固として拒否した。父親に比べたらはるかに劣る腕前だからと言って。通路の狭苦しい隅っこ、床と天井が出合うあたりに、ベニヤ板の箱や古いマットが積んであった。ごみ袋はその上にうまく収まってくれない。いちばん上のマットを、箱の上から引きずり下ろす。マットに挟まれていた古いクリスマスカードの束が床に散らばる。

残りのマットも下ろして、カードをひとまとめにする。どこに置いておこう？ てっぺんの箱をちょっと開けてみる。茶色いクラフト紙の包みがいくつも入っていた。いちばん上の包みをひとつ広げる。黒いワンピース。襟元を両手で持って振り、たたんであるのを広げる。かなり大きい。立ち上がり、むっと臭いのこもった服を片手で喉元に当てて、もう一方の手で前身頃をウエストに沿って広げていく。ぐるっと一周してしまう。箱の底には壊れた兵士のヘルメットがあった。さらに別な包みを見てみる。刺繍の入った小さな布袋に、使われていない小さな子ども用の靴が入っていた。白い革で、鈍く光る真鍮製のボタンの列が、上は足首から下は足の甲まで続いている。

箱の隅に、小さな楕円形の缶が縦に突っ込んであって、ふたには英語で〈ファイネスト・アソーテッド・チョコレート〉と書かれている。缶の中身は、写真や書類やちょっとした品物だった――ひねって刃を出すシェーバー、鉤十字のあしらわれた勲章、何か青いリボンがついたメダル。死亡証明書。新聞から破り取った追悼の辞には、〈親族のみが哀悼の意を表す〉とある。ヘレナからの手紙は、口述したのを盲学校の先生が書き取ったもの。わたしが一度も見たことのなかった、ヨハンネスの家族の写真。未使用の封筒に、何か入っている。手紙だ。便箋の右上の隅に青い印章が押されていて、〈オウル管区警察／受領済〉の文字が読める。空行に日付が手書きで書き込んである。一九五七年五月十三日。

警部
ユリヨ・カンドリン様

オウル署へ電話でご連絡を差し上げた際、お目を通されたい旨ご要望のあった、手紙一式をここにお送りいたします。手紙は、わたくしが、復活祭にそり滑りをしようと子どもたちとともに別荘を訪れて見つけたもので、それ以前に目にしたことはございませんでした。誰がそこに隠したのかは存じませんが、わたくしの夫だと推測いたします。

手紙はすべて、オウルの同じ住所から差し出されたもので、わたくしの配偶者に宛てられております。差出人はわたくしの知らない人物で、夫がこの人物について話すのを聞いたこともございません。すべての手紙を読みましたが、わたくしにはつらい内容です。ですが、これはただの言葉にすぎません。

戦争は夫にひどい衝撃を与え、そのため彼が悪い影響を受けることになってしまったのではないかと危惧しております。夫として、父親として、彼は常に立派であり、戦争では祖国に捧げた勇気を多くの勲章によって称えられました。お尋ねしたいのですが、警察に当該の差出人を調査していただき、夫から最終的に手を引くようこの人物に求めていただくことは可能でしょうか。

さらに、本件の扱いにはご配慮をお願いできればと存じます。オウル市内、カルヤ通りの当該住居の捜索が必要とご判断された場合、わたくしの氏名、また居住地を誰にも明かさないでいただければ幸いです。このようなことは、小さな村では簡単に広まってしまい、子どもたちや妻は周囲の目にさらされなくてはなりません。わたくしはこのようなことを終わらせたいのです。夫が家族と妻のために心を尽くせるように。あるべき姿に戻れるように。

畏れながら

ラハヤ・ロユトヴァーラ

屋根裏のドアがぱたんと音を立てる。わたしは手紙を折りたたみ、ポケットに入れる。缶はベニヤの箱に戻しておく。ペルシャ子羊の毛皮のコートを入れたごみ袋をベニヤの箱に載せて、何枚ものマットを小脇に抱える。

上の踊り場でヨハンネスと鉢合わせした。もうひとつのごみ袋を持っている。

「何が出てきたんだ？」

「古いマットよ。使えそうか、見ようと思って」

「おれのおばあちゃんのかな？　捨てていいよ」

ヨハンネスは涼しいほうへ向かっていく。

「ごみ袋、もうひとつはどこへ持っていった？」

「あっちの隅っこ。何か、お父さんのメダルがあるみたいよ」

ヨハンネスの足が止まる。こちらを振り向いて、疑わしそうな目を向けてくる。

「それ、ほんとか？」

「あそこの箱を見てみたら。缶の中よ」

ヨハンネスは屋根裏のほうへ首を伸ばしている。その顔に、少年めいた、ためらいがちな笑みが浮かんできた。

「メダルをもらったことがあったのかな？」

わたしはマットを地下のサウナへ持っていき、火床に薪を追加する。ポケットから手紙を取り出すと、まだ火のついていない薪の上へ投げ入れた。薪が燃え上がるのを待たずに、焚き口を閉じる。マットは、姑がいつも洗濯物のつけ置きに使っていた、大きな茶色いプラスチックのたらいに入れる。サウナの温水タンクからひしゃくでお湯を汲み、蛇口の冷たい水を足す。ひしゃくの柄でマットを押してお湯の中に沈ませる。折り目からあぶくが逃げ出してきて、ほこりで黒くなったお湯が床に飛び散る。お湯の筋は床のタイルの目地をジグザグに曲がりながら、排水口へ向かっていく。洗えばきっと、マットはまたきれいになるだろう。

階段からヨハンネスの勢い込んだ足音が響いてくる。わたしはひしゃくを置き、彼を迎えに行く。

歌詞引用

「あんたを一度、愛したけれど　ほかにも大勢、幾度も愛した」
フィンランド民謡

「また恋したのよ」
ロベルト・リープマン　作詞
フリートリッヒ・ホレンダー　作曲
一九三〇年

「この地上はわれらの異郷」(シオンの歌　百十六番)
フィンランド民謡
グスタフ・スキンナリ　作詞
一八九四年

「碧空」
ヨーゼフ・リクスナー　作詞作曲
ラウリ・ヤウヒアイネン　フィンランド語訳
一九三六年

訳者あとがき

人生は建物だと、マリアは思っている。多くの部屋や広間を持ち、それぞれにいくつもの扉がある、大きな家。誰もが自分で扉を選び、台所やポーチを通り抜け、通路では新たな扉を探す。（中略）自分で選んだ扉を開け、それらを閉めて、助産師学校という部屋や、薬剤師という部屋や、苦境を切り抜けるという部屋をも通ってきた結果として、マリアはここにいる。

（本文より）

これは家を建てる人々の物語だ。彼らが建てようとするのは、煉瓦や木材を積み上げて作り上げていく居場所としての住まいであり、同時に、人生という名の家でもある。物語の中で、ひとつの家系の三世代、四人の主人公が、あるいは家を建て、あるいはそれを受け継ぐが、四人のたどる道のりは、読者の前に容易にはその全貌を現さない。助産師のマリア、その娘で写真技師のラハヤ、ラハヤの息子の妻カーリナ、ラハヤの夫オンニ。それぞれの視点から切り取られた物語が、順に語られ、互いの空白を埋めていくうちに、この家族に何があったのかが少しずつ明らかになっていく。そして、四人の道が一瞬交わる交差点に、すべてのピースが見事にはまり込む結末が待っている。

物語はおよそ百年前のフィンランド北東部から始まる。出産で母子ともに命を落とすことが珍しくなかった時代、若くして助産師の資格を取ったマリアは、多くの赤ん坊を取り上げて周囲の信頼を獲得しながら、未婚のまま娘を産み、女手ひとつで育て上げる。強い女性の代名詞のような彼女が建てる家は、建て増しに次ぐ建て増しを経て、横へ横へと広がっていく。地上での居場所を確保しようとするかのように。一方、のちにマリアの娘の夫となったオンニは、戦争で灰燼に帰した村に、自らの手で高くそびえる家を建てようとする。村のどんな建物よりも高さのある家を欲した彼には、そうせずにいられない理由があった。ふたつの家のいずれにも住むのが、マリアの娘であり、オンニの妻となるラハヤだ。彼女は母親とは違う人生を手に入れようとするが、思うようにはいかない。母の家を出ていくことはできず、夫の建てた家では充足感を得られずに、いくつもある部屋を苛立ちと陰鬱さで満たしてしまう。そんな姑のもとに嫁いだカーリナは、大きいばかりで陰気きわまりない家に新たな風を呼び込もうと、彼女なりの闘いを挑む。しかし、やがて時が経ち、彼女もまたまぎれもなく同じ家族の一員——秘密をけっして口に出さず、大きな家の部屋の奥に隠しておく家族の一員になっていたことが、はっきりとわかる瞬間が訪れるのだ。

本書を訳しながら、何度も思った。窓もドアもすべて開け放ち、助けてほしい、と叫んでしまえたら、彼らはどれほど楽だったろう、と。何かあったとき、とりあえず大声で人を呼ぶ、という選択肢もあるはずなのだ。けれど彼らはそれを選ばない。選びたくても許されない場合も含めて、ひたすら口を引き結び、秘密はすべて部屋の奥に隠して、鍵をかける。四人の中には、頭を高く上げて誇り高く歩む者もあれば、抱えているものの重さに押し潰されそうになって打ち震える者もある。けれど、胸の奥底に何があるかを口に出さないのは誰も同じだ。大声で主張しないぶん、彼らの秘めたる叫びは深く痛切な響きをもって読者の心に食い込んでくる。むしろ、叫ばないからこそ、かすかなささやきだからこそ、よく聞こえる声もあるのではないか。四人の歩む道のりを日本語で表現する言葉を探しながら、そんな考えが幾度となく頭の中をよぎっていった。

秘密を部屋の奥にしまい込み、誰にも打ち明けないということは、その重荷は自分ひとりで背負う覚悟を決める、ということでもある。人はひとりで生きていくものだ、という前提をまっすぐに受け入れる彼らの姿は、潔いというか、強いというか、強情というか、もう少しだけ心のうちを誰かに吐露してもいいのに……と思わないでもないのだけれど、そこになんともいえぬフィンランド人らしさを感じる。黙って、ひとりで、闘う人々なのだ、彼らは。いつだったかフィンランドの友人に、この国で盛んなクロスカントリースキーの魅力はどんなところにあるのかと尋ねたことがある。「誰もいない森の中で、たったひとりになれるんだよ。すばらしいじゃないか」それが友人の答えだった。スポーツの楽しさとして、ひとりになれること、をさらりと挙げる人々。彼らの国で、この物語は書かれた。本書はフィンランドでベストセラーとなった作品だが、現地の読者にとっては〝われらの物語〟として受け入れやすい素地があるのではないかと思う。そんなフィンランド的な物語を外国人であるわれわれが読むとき、深い森に覆われた北の大地の風景が目の前に広がり、さえざえと冷たい空気の匂いが鼻孔に届き、そこに生きる人々のひそやかな息づかいを肌で感じることができる。

もうひとつ、物語の中で印象に残るのが、女たちの見せる強さと激しさだ。女たちは、激情に駆られて洗い桶を投げつけ、ハンマーで戸棚を打ち壊し、場合によっては猫を叩き殺すことさえある。男であるオンニだけが、壊すことを好まず、釘抜きのついた金槌を使うことさえ嫌って、一心に家を建てようとする。女たちが、ときに暴力的とさえ呼びたくなるような行動を起こすのは、たとえ壊してもものごとには再生する力があることを知っているからではないだろうか。対するオンニは、壊してしまったらすべて終わりだ、とおびえているふしがある。オンニの名には〝幸い〟という意味があるのだが、築き上げていくことのかなわぬ幸福を求めた彼の人生を考えると、この名は皮肉だ。それでも、オンニが子どもたちに注ぐ愛情の深さ、まじりけのなさには、読んでいて心を打たれる。いつも父親でありたかった、という彼は、女たちとは違うやりかたで、幸福という名の家を建てたかったのかもしれない。

本書が作家としてのデビュー作である著者トンミ・キンヌネンは、一九七三年、フィンランド北東部のクーサモに生まれた。現在は南西部の古都トゥルクに在住し、教師として十代の若者たちに国語（フィンランド語）と文学を教えている。本書では各節のタイトルが道の名前になっているが、これらの道はすべて、著者の故郷クーサモに実在する（した）ものだという。著者はさまざまな意味をこめて道の名前をひとつひとつ選んだそうで、日本語版では、ときには直訳し、ときには隠された著者の意図を表すことに重きを置きながら、それぞれの名を日本語で示した上で、原語のつづりを添える形を採った。フィンランド語の表記は、多くの読者にとって初めて目にするアルファベットの組み合わせではないかと思うが、英・独・仏・露語などヨーロッパの主要言語とはまったく異なるこの言語の持つ雰囲気を、いくらかなりとも感じていただければうれしく思う。また本書の原題 Neljäntienristeys は〝四つ辻〟の意で、やはりクーサモにある、四つの古い街道が交わる場所にちなんでつけたタイトルだという。四つの道は、北の北極海、東の白海、南のカヤーニ、そして西のオウルへ続く道だそうだ。

道の名前のほかにも、北東部の高原地方らしい気候風土や、西海岸の都市オウルが最も近い都会だという地理的条件など、クーサモを思わせる描写は随所に登場する。ただし著者は、本書を実在するクーサモの年代記として読まないでほしい、と発言している。主人公たちが暮らす場所は一貫してただ〝村〟とだけ呼ばれ、その名が語られることはない。物語が扱う百年のあいだに、作中の〝村〟と同じような運命をたどった村や町は、実際に数えきれないほどあった。そのどれかが、あるいはそのどれもが、この作品の舞台であり、フィンランドの普遍的な物語としてとらえてほしい――著者はそんな思いを抱いているようである。

著者が身近なところから題材を得ている部分はほかにもある。その強さと優しさがたいへん印象的な助産師マリアは、クーサモで長く助産師として活躍した著者の曾祖母がモデルになっているとのこと。マリアがオウルまで自転車を買いに行き、帰りは自力でペダルを漕いで二百キロの道のりを走っていく、読んでいても心が躍るエピソードなどは、曾祖母にまつわる実話を下敷きにしているという（ちなみに、海沿いのオウルから標高の高いクーサモへは、全行程が上り坂といえる、なかなかにハードな道だ）。また、著者の実家は代々写真館を営んでおり、父も写真技師だった。家族の思い出は常に写真として記録され、そんな写真の中から本書の構想が芽を吹いたと著者は語っている。古いアルバムをめくるように、少しずつ過去の物語が立ち現れてくる本書の構成にも、著者の出自が影響を与えているのかもしれない。

作中で百年という長い歳月が流れる本書の物語には、フィンランドの歴史がさりげなく織り込まれており、それもまた魅力のひとつといえるだろう。たとえば、第二次大戦中、大国ソ連を敵に回し、やむなくドイツと手を組んで戦った、通称〝継続戦争〟が重要なエピソードとして使われ、戦時中の強制避難や戦後の荒廃と復興のさまが生々しく描かれる。強制避難のため、人生をかけて建てた家を離れなければならないマリアの心の揺れは、読者の心をも強く揺さぶる。〝継続戦争〟でフィンランドは敗北し、ソ連の要求によりそれまで友軍だったドイツ軍に銃を向けることとなるが、戦場にあるオンニとドイツ兵との交流は、名状しがたい切なさを伴って読者の胸に迫ってくる。一方で、かつて人気を誇ったテレビ番組、ヒット曲や商品名など、その時代ならではのささやかな日常のひとこまが、そこここにちりばめられてもいる。カーリナの章で、テレビの画面に〝司会者のヘイッキ・ヒエタミエス〟が映っている場面があるが、彼は『土曜日のダンス』という人気番組の司会を長年務めた人物である。さまざまな歴史的背景のうち、日本の読者にはわかりにくいと思われる点をひとつ、簡単に説明しておきたい。フィンランドでは長いあいだ、同性愛行為は男女ともに刑事罰の対象となる犯罪であり、この法律が撤廃されたのは一九七一年で、北欧諸国の中では最も遅かった。その後、同性愛を病気の一種に分類することが廃止されたのは一九八一年になってからである。このような社会の事情を踏まえて本書を読むと、作中で描かれる登場人物たちの苦しみが、いっそう立体的に感じられることと思う。

登場人物はみな心に深い傷を負っている。しかし物語はその傷を癒やす手立てを提示してはくれない。愛という名の薬を塗れば、家族の絆という名の薬を飲めば、きっと傷は癒える、といった安易な解決法は与えられず、物語はただ、人生の重荷は自分の力でたったひとり背負っていくしかない、と登場人物たちを突き放す。その厳しさは容赦がないと言っていい。北欧の長く厳しい冬のように。けれど同時に、傷を抱えた彼らを黙ってそっと抱擁するような、控えめな温かさが全編を包んでいるとも思うのだ。静けさをたたえたそのぬくもりは、華やかに燃え盛る太陽とは違う、凍てつく夜に遠くで輝く星にも似た、北国で生まれた物語ならではの感触ではないだろうか。

本書は二〇一四年に発表されるとたちまち大きな反響を呼び、デビュー作ながらフィンランド国内のベストセラー・ランキングで十三週連続第一位に輝くなど高い評価を得た。フィンランドでは二〇一五年のヌオリ・アレクシス賞など複数の賞を受けたほか、舞台化もされ、フィンランド独立百周年のメモリアル・イヤーである二〇一七年にはオペラ化の予定もあるという。また現在までに版権が十六か国に売れており、海外でも注目を集めている。著者は二〇一六年に、第二作となる長編 Lopotti を発表。これは、本書に登場する盲目のヘレナと、彼女の甥でカーリナとヨハンネス夫妻の次男トゥオマスを主人公に据えた物語で、こちらも発売直後にベストセラーとなり、複数の国に版権も売れて、第一作に続き好評を博している。これからどのような作品を世に送り出してくれるのか、まだ四十代前半の作家の今後が非常に楽しみだ。

なお本文中、オンニの章の冒頭でドイツ語の歌が効果的に挿入されているが、歌詞の日本語訳については、保坂一夫氏によるものを使用させていただいたことをお断りしておく。このすばらしい日本語訳を物語の中に採り入れることができたのは大きな喜びであり、深く感謝申し上げる。

本書の翻訳にあたっては多くの方々のお力添えをいただいた。訳者の質問に丁寧に答えてくださった著者トンミ・キンヌネンさん、本書を日本の読者に紹介する機会をくださり、的確なアドバイスで訳者を導いてくださった新潮社出版部の佐々木一彦さん、そして、さまざまな形で助言と励ましを与えてくださった日本とフィンランドのみなさんに、心からの感謝を捧げたい。

古市真由美

二〇一六年八月

Neljäntienristeys
Tommi Kinnunen

四人《よにん》の交差点《こうさてん》

著者
トンミ・キンヌネン
訳者
古市　真由美
発行
2016年9月30日

発行者　佐藤隆信
発行所　株式会社新潮社
〒162-8711 東京都新宿区矢来町71
電話 編集部 03-3266-5411
読者係 03-3266-5111
http://www.shinchosha.co.jp

印刷所
株式会社精興社
製本所
大口製本印刷株式会社

乱丁・落丁本は、ご面倒ですが小社読者係宛お送り下さい。
送料小社負担にてお取替えいたします。
価格はカバーに表示してあります。

ISBN978-4-10-590130-1 C0397

CREST BOOKS
Shinchosha

世界の果てのビートルズ

Populärmusik från Vittula
Mikael Niemi

ミカエル・ニエミ
岩本正恵訳

笑えるほど最果ての村でぼくは育った。きこりの父たち、
殴りあう兄たち、そして手作りのぼくのギター！
とめどない笑いと、痛みにも似た郷愁。
世界20カ国以上で翻訳、スウェーデンのベストセラー長篇。

CREST BOOKS